# 두 남자와
# 어울리기

*Getting Along with
Two Men*

# 두 남자와 어울리기

**1판 1쇄 발행** | 2019년 4월 10일
지은이 | 이현숙
발행인 | 이선우
펴낸곳 | 도서출판 선우미디어

등록 | 1997. 8. 7 제305-2014-000020
02643 서울시 동대문구 장한로12길 40, 101동 203호
☎ 2272-3351, 3352 팩스: 2272-5540
sunwoome@hanmail.net
Printed in Korea ⓒ 2019. 이현숙

값 13,000원

※ 이 도서의 국립중앙도서관 출판예정도서목록(CIP)은 서지정보유통지원시스템
홈페이지(http://seoji.nl.go.kr)와 국가자료공동목록시스템(http://www.nl.go.kr/kolisnet)에서 이용하실
수 있습니다.(CIP제어번호: CIP2019013104)

ISBN 978-89-5658-607-6 03810

# 두 남자와 어울리기

*Getting Along with Two Men*

이현숙 세 번째 에세이

Essays by Hyun Sook Senteno

선우미디어 sunwoomedia

## 작가의 말

Here where I belong.

여기 내 자리에서,

매일 눈을 뜬다.

마음의 눈을 열면 의미 없이 지나치던 것들이 낯선 목소리로 이야기를 건넨다.

놀라운 발견들이 실체를 드러내며 사유(思惟)의 문을 조심스레 두드린다. 무뎌진 감각이 신선한 자극에 반응하고, 편견으로 굳어진 상(像)이 무너지며 새로운 탄생의 꿈틀거림이 온몸을 휘감고 나를 이끈다. 고비와 방황으로 절룩거리면서 거쳐 온 길목의 기억을 더듬는다.

한 줌의 햇살과 바람 그리고 스친 인연이 남긴 소소한 행복들이 차곡차곡 쌓인 골목도 다시 돌아봤다. 때로는 뛰고 때로는 지쳐 머뭇거렸지만, 나를 놓치지 않으려 노력했다.

버티는 법도, 한 박자 쉬어가는 법도 터득했다.

한 편 한 편 다시 읽으며 그 때 그 시간으로 돌아갔다.

소중한 순간을 글로 옮긴 자신을 다독다독 쓰다듬는다.

글을 쓰는 일은 고되지만 행복하다. 날마다 새로 태어나는 아침처럼 마음의 눈을 뜨고 일상 안에 담긴 무궁한 삶을 신선하게 바라보려 노력한다. 무의식 밑에 침전된 것을 끌어올려 내일을 엮어가야지.

또 '나다운 나'를 찾으려 오늘을 소홀히 하지 않을 것이다.

내가 있는 이 자리에서.


문단의 선후배들께 감사하다. 항상 든든한 힘이 되어주시는 유숙자 수필가님, 그리고 책으로 엮어준 선우미디어 관계자께 감사하다.

I am grateful to Joe who always cares for me with love. Thank you.

사랑하는 Andy와 Kenny 그리고 Micki가 있어 행복하다.


엘에이의 동쪽 변두리에서

이현숙

# 차례

작가의 말

# chapter 01

# 추억,
# 그리움 품고

나는 행복하게 잘 살 거야.

결혼식 날, 마음 둘 곳을 찾아 이리저리 허둥댔다.

번진 화장을 고쳐줄 가족도, 엉킨 드레스 자락을 펼쳐줄 친구도 없다.

둘러보아도 아직은 낯선 시댁 친지들뿐이다.

웃어라! 혼자라고 기죽지 말고 당당하고 환하게 웃어야 해.

그게 사랑받는 며느리가 되는 길이야.

전날 한국에 계신 어머니가 전화로 해준 말이 생각나

가슴속으로 파고드는 외로움을 안으로 삭히며

환하게 웃으려 노력했다.

—본문 중에서

# 바다는 말이 없다

　팔로스버디스의 언덕 위에 올라 바다를 바라봤다. 저 멀리 바다가 하늘과 하나로 만난 곳은 잔잔하게 일직선을 이룬 채 낮잠 중인가 보다. 등 뒤로는 유리교회(Wayfarers Chapel)가 온 유리창에 은빛 물결을 담아 반짝이며 그늘을 만든다. 통나무로 된 난간에 몸을 기댄 채 비릿한 냄새를 깊게 들이마신다. 오랜만에 찾았는데도 변한 것이 없다.

　Wayfarers Chapel. 벽과 천장이 유리로 되어 있어 '유리교회'로 불린다. 길 떠난 자를 위한 교회란 말처럼 자연과 하나를 이루고 있어 명상의 장소로도 유명하다. 삼나무, 노간주나무, 소나무 주위에 선인장, 장미, 백합, 철쭉꽃 등이 피어 있다. 자연석으로 쌓아 올린 십자가 탑이 어우러지며 조화를 이룬다. 커피 한잔 들고 나무 벤치에 앉아 푸른 바다를 바라보는 것만으로도 마음이 느긋해지는 평화로운 곳이라 드라마 〈올인〉의 촬영 배경이 되기도 했다.

　나는 이곳에서 35년 전에 결혼식을 올렸다. 당시 구경삼아 들렀다가 경치에 반해 사무실에 물었다. 마침 예약을 취소한 사람이 있어서 열흘 뒤인 금요일 오후 시간이 빈다고 했다. 우리를 위해 비워진 시간이라는 생각에 서둘러 결정하며 희망에 부풀었다. 나는 행복하게 잘 살 거야.

　결혼식 날, 마음 둘 곳을 찾아 이리저리 허둥댔다. 번진 화장을 고쳐줄 가족도, 엉킨 드레스 자락을 펼쳐줄 친구도 없다. 둘러보아도 아직은 낯선 시댁 친지들뿐이다. 웃어라! 혼자라고 기죽지 말고 당당하고 환하게 웃어야 해. 그게 사랑받는 며느리가 되는 길이야. 전날 한국에 계신 어머니가 전화로 해준 말이 생각나 가슴속으로 파고드는 외로움을 안으로 삭히며 환하게 웃으려 노력했다. 어머니의 간절한 기도가 파도에 밀려 왔다가 돌아가는 듯했기에 딸의 홀로 서는 모습을 전해주길 바랐다.

　마법에 걸린 것처럼 행복이라는 주문을 외우며 살았는데 녹록치 않은 삶을 이겨내지 못했다. 20년 넘게 가꾸어온 가정은 허물어졌다. 이곳에서 결혼식을 올린 사람들의 이름이 새겨진 벽돌 길을 외면했다. 저들은 모두 잘 살고 있을지. 무슨 의미가 있을까. 바다만 바라봤다. 내 삶은 변화가 많았는데 바다는 그때나 지금이나 여전히 평온하다. 식어버린 커피를 한 모금 삼킨다. 쓴맛이 입안을 휘감는다.

　주차장의 비탈길을 터벅터벅 걸어 차로 향했다. 바다 쪽으로 난 길을 따라 남쪽으로 내려갔다. 차창너머의 바다는 내 차와 속도를 맞추며 따라온다. 왼쪽으로 돌아 엔젤스 게이트(Angel's Gate) 공원 주차장에 차를 세웠다. 우정의 종각(Korean Friendship Bell)이 있는 곳이다. 종각에 이르는 길에 들어서자 내 키만 한 천하대장군, 지하여장군, 두 장승이 버티고 서서 미소로 반겨준다. 한국 고유의 단청이 칠해진 정자의 처마 끝과 지붕에 흰 구름이 걸려 있고, 초록의 잔디에 푸른 바다가 올라앉아 색들의 화려한 향연이 펼쳐졌다. 종은 1976년 미국독립 200주년을 기념해 한국에서 성덕대왕신종을 본 따서 제작하여 미국에 선물했다.

우정의 종, 한인들은 이역만리 고향이 그리울 때마다 태평양이 바라보이는 종각을 찾아 외로운 마음을 달랜다. 그 한이 배어서인가. 언덕 위에 서 있는 범종을 볼 때마다 슬픈 그늘 안에 갇혀 있다는 느낌을 받는다. 미국의 자유의 여신상과 한국의 선녀가 손잡은 상징을 가슴에 새긴 채 실려 온 그녀. 소금기 절은 바람을 맞으며 낯선 생활의 어려움을 속울음으로 바다에 던졌겠지. 사계절 내내 따가운 햇볕을 온몸으로 받으며 수월하지 않은 삶을 한숨으로 삭혔으리라. 이제 한고비 넘겼나 싶으면 다시 또 달려드는 파도에, 잠겨버린 꿈과 열정이 안타까워 장탄식을 늘어놓지 않았을까. 이민 초기의 내 하소연도 아직 얼룩으로 남겨져 있을 것이다.

정자를 지나 바다에 닿을 듯 막힘없이 넓게 펼쳐진 잔디밭에 앉았다. 바다를 봤다. 산페드로(San Pedro) 바다가 보내는 바람이 어찌나 힘이 센지 머리카락이 정신을 차릴 수 없이 날린다. 머릿속의 시끄러운 삶의 부스러기가 바람에 묻어갔으면 좋겠다. 길게 흰 꼬리를 단 노란색 연과 물고기 모양을 한 파란 연이 하늘과 바다 사이를 날며 춤을 춘다. 옆에 백인 할아버지와 열 살쯤 되어 보이는 남자아이가 얼레를 잡고 연의 높이를 조절했다. 무언가 마음대로 되지 않는지 아이가 할아버지를 부르며 도움을 청하는데 연줄이 끊어지며 노란색 연이 바다를 향해 튕겨 나갔다. 저 연은 어디로 가는 걸까. 이대로 바람의 힘을 빌리면 혹시 한국까지 가려나. 아니 얼마 못 가서 바다 속으로 젖어들기 십상일 것이다. 양손을 허우적대며 안타까워하는 아이의 어깨를 할아버지가 다독인다.

손가락으로 머리카락을 쓸어 넘기며 바다를 본다. 아니, 말없는 바다가 나를 본다. 깊게 숨을 들이마셨다가 후하고 한 번에 탁 놓아버렸다. 쏟아냈다. 속이 시원하다.

공자(孔子)는 바다가 넓은 이유는 가장 낮은 곳에서 온갖 물을 다 받아들이기 때문이라고 했다. 사람들이 각기 다른 사연을 들고 바다를 찾아도 항상 그 자리를 지키고 침묵으로 받아준다. 넘치지도 모자라지도 않는 그대로의 모습으로 변함이 없는 나를 기다리고 있을 것이다. 내가 또다시 넋두리하러 올 것을 알기에.

바다는 말이 없다. 그저 거기 있을 뿐이다.

# 그 다리를 건넌다

미국에 도착했다. 1984년 1월의 22일, 밤 10시가 넘은 LA 공항은 대낮처럼 밝다. 아는 사람이라고는 동아리 활동하면서 만난 선배 달랑 하나다. 이미 이곳에 와서 사는 그를 믿고 단행한 이민이다. 유리문이 열리자 훅, 하고 낯선 냄새가 얼굴을 스치며 줄달음친다. 사람에 밀려 출구를 나오는데 휘청거려 잠시 가방에 몸을 의지했다.

귀에서는 여전히 '붕' 하는 소리만 들리고 땅을 딛고 서 있다는 것이 느껴지지 않는다. 처음 타는 비행기인데다 열 시간 넘게, 그것도 혼자라 두려워서 몸을 웅크리고 있었다. 선배와 그의 친구가 공항에 마중 나왔다. 어머니가 꾸역꾸역 눌러 담아 터질 듯 울퉁불퉁한 가방을 두 남자가 낑낑대며 차에 실었다. 하나라도 더 챙겨주려던 마음도 따라왔.

차 안의 셋은 말이 없다. 동서남북이 구분되지 않는다. 엘에이 다운타운은 밤안개를 두르고 깊이 잠들어 있다. 그 사이를 달리며 자동차의 두 갈래 불빛이 앞을 연다. 간판에 적힌 낯선 글자는 피곤한지 반쯤 눈을 감은 채

지나는 우리 차를 힐끔거린다. 길쭉한 상자들이 건물의 벽에 반쯤 기댄 채 여기저기에 누워 있다. 깊은 골목길 안쪽에는 웅성거리는 소리와 함께 검은 움직임이 어둠을 술렁거리게 한다.

자동차의 불빛이 50m 앞의 다리에 머문다. 양쪽으로 팔각의 기둥이 곧게 올라가며 점점 좁아지더니 위에는 꽃봉오리 유리관이 올라앉았다. 그 안에서 흐릿한 빛이 새어 나온다. 기둥의 허리춤부터는 다이아몬드 모양의 구멍을 낸 난간이 옆으로 이어지며 다리의 모양새를 편안하게 받쳐준다.

차가 안개를 누르며 다리 위로 올라선다. 다운타운을 지나며 건물 따라 우중충했던 기분이 날렵한 다리를 만나자 좀 나아진다. 멋지네요. 어색한 공기를 흔들며 내가 말했다. 이 다리가요? 운전하는 선배의 친구가 되묻는다. 고풍스러운 분위기가 풍겨요. 앞좌석의 두 남자는 서로 마주 보며 고개를 살래살래 흔든다. 엘에이 다운타운과 4가 길을 연결해 주는 '4가 다리(4th Street)'다. 낮에 보면 실망할 거라고 그들은 입을 모은다.

이 다리를 건너면 집에 다 온 것이라는 선배의 말에 정신이 번쩍 들었다. 미국에 오긴 왔구나. 곧 시댁 가족과 첫인사를 나눌 것이다. 등을 타고 한 줄기 땀이 흘러내린다. 두꺼운 모직 겨울 코트가 무겁다. 목 주위에 붙은 인조털이 거북스럽고 불편하다. 미국에 온다며 명동의 신세계백화점에서 거금을 주고 산 것인데 이제 바꿀 수도 없다. 후회해도 소용없다.

미국은 나에게 꿈과 동경의 나라다. 입국비자를 기다리며 한 달에 한 번꼴로 통화할 때면 선배는 내가 원하는 대로 학교에 갈 수 있다고 했다.

자동차가 발인 이곳에서는 운전도 배워야 한단다. 운전면허증을 취득해 나도 자가운전자 대열에 끼일 것이다. 빨리 이곳 생활에 적응해서 미국 사람이 되어야 해. 이곳에 든든하게 뿌리내려야지. 그래, 잘 살 수 있어. 운전대를 잡고 달리는 내 모습을 그려본다.

4가 다리는 안개를 휘휘 감은 채 양팔을 벌려 포근하게 나를 품어준다. 걱정하지 마. 모든 게 다 잘 될 거야. 지푸라기라도 잡고 싶은 절박한 심정이 다리에 매달린다. 중간쯤에 세 개의 텐트가 어깨를 나란히 하며 밤샘했다. 자동차가 지나니 순간 부르르 떨다가 다시 잠에 빠져든다.

다리를 건넌다. 이제 곧 시댁에 도착할 것이다. 손바닥 가득 땀이 고인다. 속에서 더운 기운이 울컥울컥 올라온다. 막내둥이 응석을 받아줄 사람이 이곳에는 없다. 몸을 슬쩍 비틀어 코트를 벗는다. 어깨가 한결 가벼워졌다. 숨을 깊게 들이마신다. 잘해낼 수 있을 거야.

그 후 시차에 적응하느라 몸살을 심하게 앓았다. 아니 서울에서부터 꼬리 이어 달려온 것들을 잘라내려는 아픔이었는지도 모른다. 한 달쯤 뒤, 한인 타운에 있는 마켓으로 장을 보러 가는 가족을 따라나섰다. 오랜만의 외출이다. 그 길에서 4가 다리를 다시 만나게 되었다. 그날 느낀 만큼 길지도 또 높지도 않았다. 인위적으로 만들어져 바닥과 강둑이 모두 콘크리트로 덮인 엘에이 강(LA River). 밸리 지역 공장과 가정의 오·폐수를 정수한 물이 졸졸 흐른다고 한다. 주변은 공장과 철길이 얽혔다. 난간은 낙서로 지저분하다. 이 지역 갱단이 자신의 지역이라고 알리는 표시란다. 다리 중간에 누덕누덕 헌 옷을 겹겹이 쌓아 만든 텐트가 햇볕 아래 무심하게 널브러져 있다. 걸인이 하룻밤을 지내기 위해 만든 것들이다. 무언가가 등 뒤에서 와르르 무너지는 소리가 들렸다.

　다리의 실체를 보고 난 뒤, 이민 생활이 녹록치 않는다는 것을 깨닫는데 그리 많은 시간이 걸리지 않았다. 영어도 제대로 못 하면서 미국대학의 캠퍼스를 거닐 꿈을 꾼 내가 바보지. 시댁에서 운영하는 마켓에서 당장 잔돈 거슬러 주는 일부터 배워야 했다. 그렇게 시작되었다.

　이민 생활이 30년을 넘는다. 셀 수 없이 4가 다리를 건너며 시간은 줄달음쳐 가버렸다. 그 세월 속에서 다리는 이어준다는 것을 배웠다. 건너려고만 했기에 겪은 시행착오 덕분이다. 내 몸 안에 한국인의 정서가 녹아 있고, 머리는 미국식 사고방식을 따르는 코리안 아메리칸(Korean American)으로 절충하며 산다.

　4가 다리는 여전히 그곳에 있다. 난간의 낙서는 지워졌는가 하면 다시 써지고, 걸인의 텐트는 허물어도 어느새 또 세워진다. 나는 어제도 그 다리를 건넜다.

# 아, 코리아타운

페루에서 손님이 왔다. 저녁식사 자리에 초대됐는데 초면이기도 하지만 언어가 다르기에 서먹서먹했다. 조카의 아내가 통역해 어설프게 대화를 나누었다. 마주 앉았던 조카의 처형인 마리아는 내가 한국 사람이라고 하자 한국 드라마를 좋아한다며 핸드폰을 꺼내서 자신이 보는 드라마를 보여준다. 스페인어로 밑에 번역이 되어 나왔다. 15살인 그들의 딸 안드리아나는 태어나서 처음으로 한국 사람을 만났다며 자꾸 곁눈으로 슬금슬금 나를 본다. 마리아가 페루로 돌아가기 전에 코리아타운에 가보고 싶다고 했다. 아, 코리아타운.

미국에 이민 온 80년대 초, 남미계 사람들이 사는 동네에 터를 잡았다. 말과 문화 모두 낯선 환경에서 긴장하며 살다가 일주일에 한 번, 장을 보러 차로 한 시간 거리의 코리아타운에 나갔다. 그 나들이는 마치 친정집에 가듯이 기다려지고 설렜다. 한국 식료품을 취급하던 유일한 올림픽마켓에 갔다. 그 안에서 만나는 한국 사람은 단지 동족이라는 이유만으로도 반갑

고 정겨웠다. 한동네 살던 언니를 만난 것처럼 덥석 손을 잡고 잘 지냈느냐
는 안부를 묻고 싶을 정도다.

지금의 코리아타운은 반경도 넓어지고 뿌리를 깊게 내렸다. 한인의 주
거지역이라는 의미에서 벗어나 거대한 상권을 이루어 한국 사람들이 필요
로 하는 모든 일을 해결할 수가 있다. 영어 한마디 사용하지 않아도 별로
힘들지 않게 살아갈 수 있는 곳이다. 나 또한 변했다. 20대 초반의 갓 시집
온 새댁이 아니다. 중년의 나이로 생활이 미국화가 되어서인지 코리아타운
이라는 단어가 더 마음을 찡하게 만들지 못한다. 그뿐 아니라 중심거리라
고 할 수 있는 올림픽과 놀만디 길은 지나기 싫어 일부러 돌아 다른 길로
간다. 나를 자극하는 곳이 두 군데 있기 때문이다.

올드 타이머들의 사랑방이라고 할 수 있는 영빈관(VIP Palace)의 달라진
모습으로 명치끝이 아프다. 이 건물은 주인이 1975년에 직접 청기와 1만
장을 공수해 오고 단청 장인까지 초빙해서 한국적 문화와 정서를 담은 한식
당을 열었다. 당시에는 아파트에서 된장찌개를 끓이면 무슨 냄새냐고 이웃
에서 소동이 나고, 강한 마늘 냄새에 눈총을 받기 일쑤였다. 눈치 볼 것
없이 된장찌개를 마음 놓고 먹을 수 있는 그곳이 우리에게는 고향 집이었다.
후에 뷔페로 바뀌었을 때는 돌잔치 회갑 잔치 등으로 자주 드나들었다.

몇 년 전 남미 레스토랑인 '겔라게차(Guelaguetza)'로 바뀌어 내 눈을
의심했다. 된장의 구수한 냄새가 뱄던 기와가 이제는 남미의 몰레 칠리소
스의 진한 향에 묻혀버렸다. 주말이면 그들의 민속춤 공연이 펼쳐지고 식
당 안의 코너에는 민속공예품도 판다. 청기와 밑에 진한 오렌지색으로 칠
해진 벽, 거기에 그려진 남미계 어린이들이 노는 모습은 어울리지 않는다.

언젠가는 철거되고야 말 청기와를 곱게 걷어내는 방법은 없을까. 얼룩진 단청이 아깝다. 우리의 고유문화를 지켜내지 못해 아쉽다.

건너편에 있는 다울정은 나를 더 우울하게 만든다. '다 함께 우리'라는 순 우리말에서 이름을 따온 다울정 정자. 부지는 LA시가 기증했고 십시일반 교포사회에서 모아진 성금으로 이루어졌다. 경복궁 안에 있는 팔각정을 모델로 했다. 한국에서 온 열여섯 명의 장인이 못과 콘크리트를 사용하지 않는 한국 전통 조립 공법으로 기와를 얹고 단청을 입혔다. 명분을 중요시하는 우리 민족이기에 미 주류사회에 한국 문화를 알리고 1.5세, 2세 한인들에게는 정체성과 긍지를 심어줄 것으로 기대했다.

이민 100년을 넘는 한인사회에서 처음으로 세워지는 한국 전통의 상징 조형물이라는 자부심에 들떴다. 그러나 지금은 근처 큰 건물의 그림자에 눌려 다울정은 잘 보이지도 않는다. 팔각정과 어울리지도 않는 철근 울타리 안에 갇혀 쓰레기만 쌓여간다. 관리하는 데 어려움이 있는 것은 이해하지만 꿰다 놓은 보릿자루처럼 세 길이 엇갈리는 삼각지 구석 자리에 웅크리고 있다. 가끔 한인사회의 표를 의식하는 정치인이 필요할 때마다 '단장을 다시 하고 관리에 신경 쓰자'라고 하지만 반짝할 뿐이다. '다울정'의 의미는 빛을 바랜 지 오래다. 지킬 것을 지키지 못하는, 세월 따라 퇴색해져 가는 마음의 고향이 안쓰러워 아예 안 보려고 일부러 다른 길로 돌아서 다닌다.

엘에이 다운타운 근처의 차이나타운은 두 마리의 용이 만든 아치(Dragon Gate)로부터 시작이다. 붉은색으로 칠해진 기와 건물과 황금용 사이에 전통물품을 파는 상점들로 중국을 그대로 느끼게 한다. 또 일본 타운인 리틀 토교(Little Tokyo)는 신의 영역으로 들어가는 입구라는 신사의 토리이가 높게 자리 잡고 대문 역할을 한다. 전통 음식점과 서점이 야트막하고 아담한 건물 안에서 동양의 멋을 풍기며 자리를 잡았다. 특별히 재패니즈 아메리칸 내셔널 박물관은 그들의 이민역사를 외국인과 후손에게 남겼다. 이 두 곳은 엘에이의 관광 명소로 꼽히며 외국인을 불러들이며 자신을 알리는 데 일조를 한다.

가끔 손님 대접할 일이 생기면 고민한다. 한국문화와 전통을 알리고 싶은데 딱히 내세울 것이 없어 아쉽다. 코리아타운에는 한국에 대해 알릴 건물이나 문화를 나타내 보여줄 그 무엇이 없다. 한국을 느끼기 위해 찾은 외국인의 눈에 이해하기 힘든 한글 간판만이 늘어서 있는 코리아타운에 실망할 것이다. 그들이 발길을 돌리면서 가 봤자 볼 것도 없다는 인식에 나의 모국인 Korea도 한꺼번에 묶어버리면 어쩌나 걱정된다.

그뿐 아니라 우리 2세에게 부끄럽다. 미국에서 태어났지만, 그 뿌리는 한국에 있다는 정체성을 심어줄 상징적 실체가 없기 때문이다. 미국화되어 가는 그들에게 한국인으로 떳떳하게 내세울 그 무언가가 필요하다. 역사는 과거와 현재가 이어질 때 그 의미가 빛을 발한다고 했다. 지금 내 자식에게 물려주어야 그 다음으로 이어질 터인데.

먹고 사는데 바빠서라는 핑계를 내려놓고 한국의 전통과 문화를 알려야 한다. 코리아 타운(Korea town)이라는 이름에 걸맞게 한국의 문화적 매력을 발산시켜야 한다. 느끼게 해야 한다. 저절로 찾아오게 만들어야 한다.

요즘은 한식이 외국인들에게 대세이니 손님을 코리아타운의 식당으로 데려가 갈비와 잡채로 입이라도 즐겁게 해줘야겠다.

# 우박소리가 들려준 나의 14살

지붕을 두드리는 소리가 요란하다. 후드득 툭툭. 어둠이 슬금슬금 자리 잡는 초저녁, 창밖에는 우박이 내린다. 비가 드문 엘에이에 얼음 덩어리가 쏟아지다니. 신기해서 밖으로 나왔다. 양손에 담자마자 차가운 기운을 느낄 틈도 없이 스르르 녹는다. 우박을 알알이 뒤덮은 잔디는 봄기운 가득하던 초록빛을 감추고 잔뜩 어깨를 움츠렸다. 후드득 툭툭. 처마 밑에 서니 양철 물받이에 총알처럼 부딪히는 소리가 귀를 때렸다. 아, 귀에 익은 소리. 14살이었던가. 그때도 머리 위에서 이런 소리가 들렸다.

여자 중학교에 막 입학한 3월 중순. 아직 학교에 적응도 못하고 있을 때다. 교무실에서 담임선생님이 나를 찾는다는 소식을 전달받았다. 혹시 꾸지람이라도 듣게 되는 걸까. 선생님 앞에 양손을 꼭 잡고 섰다. 선생님은 걸 스카우트가 너의 적성에 맞을 것 같으니 부모님과 상의해 보라며 입단 원서를 건네주었다.

교실로 돌아오자 친구들이 내 주위로 몰려들었다. 나는 원서를 내보이며 어깨를 으쓱거렸다. 당시 걸 스카우트는 여학생에게 선망의 대상이었다. 월요일 운동장에서 전교생 조회시간에 멋진 단복을 입고 태극기를 게양하는 모습은 꿈 많던 사춘기 여학생의 눈을 사로잡았다. 나는 국기에 대한 맹세를 외우면서도 태극기를 올려다보는 것이 아니라 그들을 바라보곤 했다.

걸 스카우트의 입단 기회는 누구에게나 주어지는 게 아니다. 생활 여건이 어느 정도 풍족한 집안의 학생이 신청할 수 있었다. 당시는 새 학기가 시작할 때마다 생활환경 조사를 했다. "집에 전화 있는 사람은? 텔레비전 있는 사람은?" 하는 선생님의 물음에 공개적으로 손을 들어야 했던 때였다. 아마도 나의 생활기록부에 아버지가 초등학교 6년 내내 육성회장을 한 것이 선생님의 눈에 띄었을 것이다.

집으로 돌아오는 길은 구름에 두둥실 떠가는 기분이었다. 그동안 오빠가 보이 스카우트로 활동하는 모습을 보면서 얼마나 부러웠는지 모른다. 캠핑, 잼버리, 영어단어들이 오빠의 입에서 나올 때마다 마치 다른 세계를 대하는 것처럼 신기했다. 단복과 장비를 사들일 때마다 눈여겨봤다. 오빠가 하는 것이니 당연히 나도 시켜줄 것으로 생각했다. 엄마는 찬찬히 읽어 보던 원서를 내 앞으로 도로 밀며 고개를 저으셨다.

"너의 작은오빠를 시켜보니 돈이 많이 들어가더라. 둘은 무리야."

내 눈엔 금세 눈물이 고였다.

"엄마는 아들만 좋아해. 난 항상 뒷전이구."

평소 엄마는 두 살 위인 작은오빠에게 갖은 정성을 들였다. 그에 비해 나는 뒤로 처진다고 느꼈다. 화가 났다. 뒤도 보지 않고 대문을 뛰쳐나왔다.

세상에 내 편은 없어. 엄마도 나를 사랑하지 않아. 큰길까지 나왔지만 얼떨결에 신고 나온 엄마의 커다란 슬리퍼 때문에 발걸음이 뒤뚱거렸다. 더 걸음을 옮길 수 없어 멍하니 길 한가운데 서 있었다. 어디로 가야 할까. 집에서 버려진 모습으로 친구를 찾아가기도 싫었다. 내 아지트로 갈 수밖에. 나는 다시 골목으로 들어섰다.

우리 집은 동네에서 처음으로 지은 3층 건물이다. 안채는 우리가 사는 가정집이고, 바깥채는 가구점과 기원, 주산학원이 세 들어 있었다. 상점 쪽으로 난 계단을 하나하나 무겁게 밟고 옥상으로 올라갔다.

내가 즐겨 찾는 곳이다. 지난 몇 년 동안 웅변대회에 나갈 때마다 여기에서 혼자 연습했다. 빨랫줄에 원고지를 한 장씩 걸어 놓고 읽으면 빨리 외워졌다. "이 어린 연사 여러분께 목청 높여 외칩니다." 소리를 질러도 방해받지 않는 곳이다. 한 번씩 멀리 아차산을 바라보며 심호흡을 하기도 했다. 한쪽 구석에 잡동사니를 넣어두는 창고의 지붕 끝과 옥상의 난간이 이어지며 만든 작은 공간이 있다. 내 키로도 채 일어설 수 없는 높이지만 자그마하고 아늑한 그곳은 나의 놀이터로 안성맞춤이다. 단짝 친구인 명순이와 몰래 만화책을 빌려 읽거나 숙제도 했다. 때론 옹기종기 붙어있는 이웃집의 뜰 안을 몰래 내려다봤다. 초등학교 4학년 때 짝꿍이던 상철이가 마당에 두 손을 높이 들고 벌 서는 모습을 보고 키득댄 적도 있다. 일을 도와주던 성자언니가 가끔 빨래를 가지고 올라오긴 했지만, 그 구석진 곳에 관심을 두진 않았다.

몸을 웅크리고 작은 공간에 들어가 앉았다. 내일 학교는 못 간다. 아니, 이제 학교는 안 갈 것이다. 선생님에게는 어떻게 말씀을 드리나. 어떤 핑계를 대야 하지. 반 친구들도 비웃을 거야. 도대체 내가 오빠보다 못한 게 뭔데. 그냥 땅속으로 푹 꺼져 들어갔으면 좋겠다. 눈물이 멈추지 않고 흘러 내렸다. 하늘이 무너져 내리는 기분이었다.

갑자기 으슬으슬 한기가 느껴지며 무언가 무너지는 소리가 들렸다. 깜짝 놀라 눈을 떴다. 아마도 울다가 그만 잠이 들었나 보다. 어둠이 짙게 깔린 하늘에서 우박이 쏟아졌다. 양철지붕을 사정없이 때리며 튕겨 날아간 하얀 알들이 옥상의 시멘트 바닥에 깔려 있었다. 빨랫줄에 널린 옷가지가 우박을 피하려 이리저리 펄럭였다. 무서웠다. '엄마, 엄마' 달달 떨리는 입술로 나도 모르게 엄마를 불렀지만 소리는 목젖을 넘어오지 못했다.

이른 봄이라 바람은 아직 차가웠다. 몸은 얼어붙고 다리가 마비되어 감각이 없었다. 비틀거리며 걷는데 얼음 덩어리들이 내 몸을 사정없이 때렸다. 문을 밀고 첫 번째 계단으로 발을 내딛는 순간, 나는 균형을 잃고 3층 바닥까지 뒹굴었다. 손바닥과 무릎에서 피가 났다. 마침 빨래를 걷으러 올라온 성자언니의 등에 업혀서 안채로 들어갔다. 저녁식사를 준비하다가 놀란 엄마가 얼른 나를 안아주었다. 폰드 크림과 밥 뜸 드는 냄새가 어우러진 엄마의 가슴에 얼굴을 묻고 엉엉 소리까지 내며 서러운 눈물을 쏟았다.

열감기로 이틀을 누워 있었다. 며칠 결석하고 엄마와 함께 학교로 향하는 발걸음이 무겁기만 했다. 걸 스카우트는 손바닥 위에서 형체도 없이 녹아버렸던 우박처럼 내 꿈속에서 사라졌다. 나는 다시 학교 행사 때마다 단복을 입고 뽐내는 그들을 부러운 눈길로 쳐다보아야만 했다.

말년의 어머니는 막내딸인 내게 많이 의지하셨다. 병상을 지키다가, "그때 걸 스카우트 시켜주지도 않고." 때 지난 투정을 부리면 "내가 언제" 라며 어머니는 슬쩍 말머리를 돌렸다. 자식 일곱을 키우며 어찌 해달라는 것을 다 들어 줄 수 있을까. 나도 이제 그 마음을 헤아리는 나이가 되었다. 자식들이 바라는 것을 여건이 되지 않아 'No' 하며 돌아설 수밖에 없는 아린 상처를 나도 안다. 자식의 투정에 나 역시 말머리를 돌린 적이 몇 번인지 헤아릴 수 없다. 2년 전 여름, 어머니는 떠나셨다. 잊어버릴 만하면 들추어내 응석을 부릴 분도 내 곁에 안 계시니 누구에게 내 마음을 풀까.

후드득후드득. 양철 물받이가 울린다. 로즈힐 공원묘지의 잔디 위에도 하얗게 얼음덩어리들이 쌓이고 있겠지. 추운 걸 싫어하시는데 걱정이다. 으슬으슬 한기가 느껴져 집안으로 들어섰다.

# 소울 푸드(soul food), 크림빵

크림빵이다. 언니가 한국 식료품점에 다녀왔다며 봉투에서 꺼내 나에게 주었다. 보름달을 연상시키는 둥그런 얼굴에 작은 구멍이 셀 수 없이 뚫렸다. 어머나, 크림빵이네. 얼른 받아 비닐봉지를 서둘러 뜯어 한 입 베어 물었다.

"아니지, 그렇게 먹는 게 아니야."

언니의 말에 머릿속을 번쩍 스치는 것이 있다. 빵을 살짝 벌리니 역시나 가운데에 하얀 크림이 뭉쳐 있다. 빵을 양손에 한쪽씩 나눠 들고, 마주 비볐다. 손힘에 못 이겨 크림이 빵 전체로 넓게 퍼졌다. 눈이 단숨에 마중을 나가고, 얼굴에 저절로 미소가 번지며, 입안에 침이 가득 고였다. 간식거리가 흔하지 않던 그때는 금방 먹는 것이 아까워, 아니 먹어버리는 것이 아쉬워서 혀로 크림을 핥으며 단맛을 음미한 후에 빵을 야금야금 아껴 먹었다. 이제는 나이가 있으니 점잖게 양쪽을 맞대고 베어 물었다. 음, 맛있다. 바로 이 맛이야.

언니는 말했다. 그게 어디 맛으로 먹는 건가, 추억으로 먹는 거지. 정말 그럴지도 모른다. 소문난 베이커리에서 구워낸 말랑말랑한 빵에 비하면 뻣뻣하고 밀가루 냄새가 났다. 스르르 입안에서 녹는 생크림과 달리 미끈거리고 고소하지 않지만, 내 혀와 마음은 그 빵 봉지를 받았을 때 이미 어린 시절의 달달한 시간 속으로 달려갔다.

그때 그 시절. 모든 것이 귀했다. 껌을 씹으면 단맛이 다 빠져도 버리기 아까워 잠들기 전에 벽이나 장의 한구석에 붙여 놓았다. 아침에 눈을 뜨자마자 다시 입에 넣어 침으로 적당히 녹녹하게 만든 후 오물거리곤 했었다. 언니가 자주 해주던 찐빵도 그중의 하나였다. 밀가루 반죽에 이스트를 넣어 하룻밤을 재운 후 팥을 넣어 쪄낸 빵. 갓 나온 쑥으로 만든 개떡. 고구마를 찐 후에 적당한 크기로 잘라 바짝 말렸다가 먹으면 쫀득쫀득해 씹을수록 단맛이 입안을 돌았다. 엄마가 메주를 만들 때, 옆에 앉아 막 쪄내 김이 솔솔 올라오는 콩을 한 숟가락씩 얻어먹기도 했다.

국민학교 담벼락을 따라 길게 늘어선 좌판의 군것질거리는 집으로 향하는 발길을 붙잡고 놓아 주지 않았다. 수저에 설탕과 소다를 녹여 그 위에 여러 모양이 찍은 후, 그대로 떼어내면 하나를 공짜로 얻을 수 있는 뽑기와 달고나는 단골 메뉴다. 특히 별 모양은 꺾이는 부분이 많아 쪼그려 앉아 옷핀에 침을 묻혀 정성을 들였지만, 번번이 실패했다. 안에 든 설탕이나 팥에 혀를 데이면서도 호호 불며 먹던 호떡과 붕어빵. 칡뿌리는 껌 대용이고, 신문지로 만든 삼각뿔대 모양에 담아 주던 번데기와 소라는 그 국물 맛이 일품이었다. 하얀 별사탕을 골라 먹는 재미가 쏠쏠한 뽀빠이 과자도 기억난다. 추운 겨울밤, 골목길을 메아리치던 찹쌀떡 장수의 발목을 잡으려고 아버지의 다리를 주무르며 애교를 부리기도 했었다.

25년 만에 고국을 방문했다. 여고시절 친구들과 드나들던 신당동 떡볶이가 먹고 싶었다. 하굣길에 친구들과 몰려갔던 그곳은 허름한 판잣집이다. 할머니가 연탄불 위에 넓은 냄비를 올려주면, 끝없이 이어지는 수다에 꿈과 희망을 양념으로 떡볶이가 익기를 기다렸다. 가끔 할머니가 덤으로 야채를 얹어주면 약속이나 한 듯, 입 모아 감사하다고 합창을 했다. 그러고는 그것이 웃겨 또 까르르 넘어갔다. 다시 찾은 신당동 떡볶이 골목은 모두 원조라는 간판을 달고 있는데, 갖은 부재료를 넣어 냄비가 넘치도록 풍성했지만, 그 맛이 아니었다. 할머니도, 그 매콤하고 달던 국물 맛도, 친구들도 사라졌기 때문일까.

며칠 전 서울에 사는 조카가 단체 카톡방에 사진을 올렸다. 어릴 때 엄마가 해 주던 막걸리 빵을 만들었다며 그 과정을 찍었다. 그 밑으로 맛있겠다. 엄마처럼 콩을 넣어봐. 댓글이 주룩 달리고 언니는 우리 딸 어느새 살림꾼 됐다며 즐거워했다.

요즘 온갖 기호식품에 맛을 들인 아이들에게 이런 간식을 내민다면 맛이 없다고 먹으려 하지 않을 것이다. 미국에서 태어나고 자란 아들은 내가 사다 놓은 번데기 통조림을 보고 벌레를 징그럽게 먹느냐며 버렸다. 요즘은 풍요로운 환경과 세계 각국의 음식을 접할 수 있다. 온갖 향신료와 조미료로 길든 그들 입맛에 담백하지만 투박하고, 흔한 재료를 이용한 간식이 맛이 없는 것은 당연하다.

음식은 그 시절의 풍속과 흐름, 시대상을 말한다. 인스턴트식품에 길든 시대는 즉석에서 해결되고, 더욱 강한 맛, 색다르고 자극적인 것을 원한다.

어릴 적 간식은 자연에서 그 재료를 구하고 익는 과정을 거치는 인내와 기다림을 배웠다. 귀하기에 아낄 줄 알고, 콩 한 쪽도 나눠 먹는 인심과 정이 있었다. 지나온 시간은 다시 갈 수가 없기에 아쉬운 것일까, 어린 시절의 느낌과 감성을 되새길 수 있어서 그리운 것일까. 세상의 풍파에 시달리다 시름을 잠시 내려놓고 근심과 걱정 없던 순수로 돌아가고 싶어서일까. 고국을 떠나 미국에 살기에 고향을 그리워하는 마음과 멀어진 거리만큼의 아쉬움이 배가되어서인지도 모른다. 기억 속의 음식에는 추억이 담겼기에 그 맛은 잊히지 않고 새록새록 생각난다.

오랜만에 먹은 크림빵은 소울 푸드(Soul food)가 되어 얼굴에 찍힌 구멍만큼이나 많은 생각을 떠오르게 했다. 작은 사건 하나에도 이렇게 즐거울 수가 있다. 입가에 묻은 크림을 혀끝으로 살짝 핥는다. 역시 맛있다.

# 한글 사랑, 한글 자랑

간판 읽기를 좋아한다. 미국 엘에이는 다민족이 어울려 살아 자신들의 모국어로 특색을 살렸기에 살펴보는 재미가 쏠쏠하다. 지나다 간판을 보면 그 지역에 어느 나라 사람들이 주로 모여 사는지도 알 수 있다. 얼마 전 멕시코를 다녀왔다. 미국 국경으로 넘어오는데 차량이 밀려, 차도는 주차 장을 방불케 했다. 세 시간을 차 안에 앉아 있자니 지루했다. 무심결에 거리를 내다보다가 한글로 쓰인 간판을 보았다. 'Corean BBQ- 한국 식당' 한글을 보니 가슴이 두근거렸다. 낯선 곳에서 보게 되는 한글은 반가움이 배가 되어 무작정 들어가 보고 싶어진다. 헤어진 피붙이를 만난 느낌이라면 너무 과장일까.

모국어는 몸 안에 흐르는 피와 같다. 두 아들이 유치원에 가기 전까지 영어를 가르치지 않았다. 한국 사람이니 당연히 모국어로 말해야 한다는 생각에서다. 후에 자식들과 대화가 안 통할까 봐 걱정이 되기도 했다. 집에서는 영어를 사용하면 안 된다는 규칙을 정했다. 잠자리에 들기 전에는 한국의 전래동화를 들려주고 한국어 방송도 같이 보았다. 차 안에서는 동요를 틀어주면서 같이 노래를 불러 자연스레 한국말을 익히도록 했다. 친지들은 공부할 아이와 함께 한국방송의 쇼 프로그램을 보며 키득댄다며 철없는 엄마라고 야단을 쳤지만 한귀로 듣고 흘려버렸다.

그 덕에 웬만한 의사소통은 가능하지만 읽고 쓰기가 걱정되었다. 큰아이가 여덟 살 때, 매주 토요일이면 한인타운에 있는 한글학교에 보냈다. 기역니은을 배우며 조금씩 흥미를 갖는 아들이 내 눈에는 기특했다. 어느 날, 한글학교를 마치고 집으로 오는 길에 지나치는 거리의 한글 간판을 읽어 주었다. "저기 봐, 식당에 네가 좋아하는 갈비탕이라고 쓰여 있지? 미장원, 분식집, 냉면, 컴퓨터 수리. 어, 이거 재미있네." 내가 먼저 읽고 따라 하게 했다. 눈으로 보며, 귀로 듣고, 입으로 말하다 보면 더욱 효과가 있을 거라는 생각이 들었다.

점점 재미가 붙어 아들이 읽으면 다음은 내가, 바통을 주고받았다. 한인타운에서 뿐 아니라 다른 지역에 가서도 한글간판이 보이면 일초라도 먼저 읽으려 했다. 어떤 때는 아들이 한글간판 밑에 쓰인 영어를 보고 꾸며 읽는다는 걸 눈치 챘지만 그게 무슨 대수인가. 반만 챙겨도 성공이니 모른 체 넘어가 주었다.

이렇게 시작한 간판 읽기는 놀이가 되었다. 한글읽기 게임에서 이기면 그날 식사메뉴를 정하기로 했는데 점점 발전했다. 아들은 게임기나 유행하는 운동화를 상품으로 요구했고, 나는 청소기 돌리기, 설거지하기 등 집안일을 시켰다. 대가를 점점 늘려나가니 아이도 지루해하지 않았고 은근히 다음을 기대하기도 했다. 아마 그 뒤에 따라오는 상에 욕심이 났는지도 모르지만 목적은 이룬 셈이다.

　지금 아들은 서른 살이 되어 독립해서 살고 있다. 아직도 서태지를 좋아하고 한국의 축구 경기가 있는 날은 새벽이라도 알람시계를 맞추고 일어나서 본다. 한글로 나에게 문자 메시지를 자주 보낸다. 엄마 내일 모해? 바지에 구몽 나서 고치야 대. 지금 일헤요. 받침이나 맞춤법이 틀리긴 하지만 나는 잘 읽어내고 뜻을 이해한다. 짧은 문장이라도 받을 때마다 기쁘고 사랑스럽다. 미국에서 태어나 영어가 일상어인데 한글로 문자를 보내고 농담까지 주고받기란 쉽지 않기 때문이다.

　병원에서 간호사로 일하는데 한인 환자가 오면 통역을 하러 다른 병동까지도 불려간단다. 말이 안 통해 쩔쩔매는 사람을 도와주고 나면 기분이 좋다고 한다. 가끔 남편에게 알리고 싶지 않은 일은 아들과 한글로 문자를 보내거나 대화를 하기에 모자끼리만 통하는 문이 열려 있어 즐겁다. 우리끼리, 우리말로, 참 좋다.

　영어는 머릿속으로 먼저 주어와 동사를 나열한 후 문장을 만들어 말해야 하기에 항상 3초 늦게 입에서 나온다. 모국어는 '어' 하는 첫소리만 듣고도 상대가 무슨 말을 하려는지 대충 알아차린다. 말의 높낮이만으로도 순간적으로 기분이 전달되기에 긴장하지 않아도 되니 편하다.

　며칠 전 아들이 남편의 핸드폰에 하루 한 마디씩 한글을 가르치고 번역하는 프로그램을 입력해 주었다. 이제 비밀 이야기를 못하겠다는 나의 불평에 남편은 열심히 배워 우리의 대화에 끼어야겠다고 해서 웃었다.

　손자가 생기면 남편과 함께 손뼉 치며 〈나비야〉 노래를 불러줄 것이다. 잠자리 이야기(Bedtime Story)로 우리 전래동화를 들려줘야지. 좀 더 크면 아들과 함께 했듯이 간판읽기 놀이를 할 것이다. 우리말, 우리글은 내 할머니가 그랬듯이 또 할머니의 할머니로부터 이어지는 내림이다. 그 안에 피가 흐르고 같은 숨을 쉰다. 정이 담겨 있고 역사가 흐른다.

이민 생활 30년, 딱히 내세울 것 없이 평범하게 산다. 누군가 나에게 제일 잘한 일이 무엇이냐고 물으면 아들에게 우리말과 글을 가르친 것이라고 답한다. 나 또한 지금처럼 그 이야기를 글로 써나갈 것이다. 고국에서의 살가운 추억도, 외국 생활에서의 애환도 담으려 한다. 우리 말, 우리 글로.

# 하고 싶은 말, 듣고 싶은 말

말은 마음의 소리다. 진심을 다해 이야기했을 때, 상대는 감동한다. 그래서 말은 영혼을 두드리는 문이라고도 했다. 영화 ≪아이 캔 스피크(I can speak)≫를 보았다. 전통시장에서 바느질을 하면서 살아가는 나옥분과 그녀에게 영어를 가르쳐 주는 구청 말단공무원 민재 형제와의 좌충우돌식의 삶에 대한 내용이다. 일상의 애환을 함께 나누는 시장 사람들의 눈물과 웃음이 훈훈하게 마음에 다가왔다. 나옥분 할머니의 비밀이 밝혀지며 왜 그녀가 영어를 배우려 했는지 이유를 알게 됐다.

그녀는 일제강점기 때 일본군 위안부 피해 할머니다. 미국 의회 공개 청문회에 나가려 결심했다. 미국인들 앞에서 "I Can Speak, 나는 말할 수 있다. 꼭 하고 싶은 말, 들려주고 싶은 말이 있다."라고 할머니는 당당하게 외쳤다. 생존해 있는 피해자 할머니의 현재를 조명하고, 전 세계 앞에서 증언한 그녀의 용기에 감동했다. 말의 힘이 얼마나 큰지 느꼈다.

캘리포니아주 로스앤젤레스 인근 글렌데일에 소재한 시립 중앙도서관 앞 공원에 동상이 있다. 〈평화의 소녀상〉이다. 단발머리의 소녀가 의자에 앉아 있다. 한복 저고리의 옷고름을 단정히 매고 주먹을 꼭 쥐었다. 신발도 신지 않은 소녀의 맨발 뒤로 바닥에는 허리가 굽은 할머니 모양의 그림자가 검은색 타일로 새겨져 있다. 꿈 많던 소녀에서 짓밟혀진 몸으로 인해 여인의 삶을 강제로 빼앗기고, 이제 나이 들어 어둠속에 사는 위안부 피해 할머니를 상징한 것이다. 〈평화의 소녀상〉이 해외에 세워지는 것은 이곳이 처음이다.

얼마 전 신문을 읽다가 충격을 받았다. 일본군 위안부에 대한 상반된 기사 때문이다. 본국 지면에는 국정 역사 교과서에 일본과 충돌 우려가 있는 일본군 위안부 관련 내용을 대폭 삭제하거나 축소한 것으로 나타났다고 했다. 또 미주판 기사에는 미국의 제9 연방 항소법원이 일본계 극우단체 회원들이 글렌데일 시를 상대로 제기한 평화의 소녀상 철거 항소심에 대한 내용이다. 소녀상은 연방정부의 외교권 침해가 아닌 표현의 자유라는 점을 들어 원심유지 판결을 내렸다는 내용이다. 다행이다. 아무 관련이 없는 글렌데일 시정부는 매년 7월 30일을 '일본군 위안부의 날'로 지정했는데, 본국에서는 축소를 하다니 주객이 전도됐다.

그분들은 타국까지 끌려가 말로 표현 못할 고통과 치욕을 당했다. 이제 또 다른 나라에서 이런 황당한 소식에 울분을 터트리지도 못한 채 먼 하늘만 바라보고 있는 소녀상의 모습이 가슴을 시리게 했다.

"나라가 약하니 내가 끌려갔지. 나라가 그동안 우리를 너무 외면했어." 라던 할머니의 증언이 귓가에 맴돈다.

공장에 취직을 시켜준다는 말에 속아서 혹은 납치되어 끌려간 소녀들이다. 정상적인 여인의 길을 걷지 못한 한이 깊은 상처로 남아 아직도 그분들을 괴롭히고 있다. 일본 정부는 위안부가 필요악이었다는 발언 등으로 전쟁기간 동안의 성노예에 대한 책임을 부인하고 있다. 곱디고운 청춘을 강제로 짓밟혔다. 광복 이후 살아서 조국에 돌아왔다는 안도감보다 더럽혀진 여자라는 굴레로 평생을 고통 속에 살아왔다. 죄 없는 죄인으로 숨어 살았다. 이제 연세가 많아 생존자가 줄어드는데 한 분이라도 더 살아계실 때 진심이 담긴 사과를 받으셔야 하지 않겠는가.

영화 속 옥분 할머니가 어머니의 산소 앞에서 숨어 살 수밖에 없었던 심정을 말로 풀어냈다.

"죽을 때까지 꼭꼭 숨기고 살라 했는데, 이제 그 약속 못 지켜. 아니 안 지킬라고. (중략) 엄마, 왜 그랬어. 왜 그렇게 망신스러워 했어. 내 부모 형제마저 날 버렸는데, 내가 어떻게 떳떳하게 살 수가 있겠어?"

이 대사를 듣다가 나는 엉엉 울었다. 위로를 받아도 부족한데 가족마저 멀리했으니 얼마나 서러웠을까.

십여 년 전, 남편은 USC대학에서 열린 환경문제 세미나에 참석했다. 일본인 연사는 미국이 일본에 투하한 원자폭탄으로 무수한 인명이 죽었고, 그 피해가 지금까지 이어진다며 미국은 일본에 사과하고 피해보상을 해야 된다고 주장했다. 그런데 객석에서 한 여성이 손을 들고 일어나자 모두의 시선이 그녀에게 집중됐다.

"당신들은 한국 국민에게 핵폭탄보다 더한 피해를 줬다. 귀한 문화재를 훔쳐가고 파괴했으며 성을 바꾸고 글을 말살했다. 특히 제 2차대전 당시 순결한 젊은 여성을 취직시켜 준다거나 납치를 해서 강제로 일본 군인들의 성 욕구를 채우는 위안부로 만들지 않았는가. 당신들은 그 문제에 대해 사과를 했는가. 부끄럽지도 않느냐."

그녀의 말이 끝나자 강단 안에는 박수가 쏟아지고 일본인 연사는 말을 얼버무리며 급히 자리를 떠났단다. 역사에 관심이 많은 미국인 남편은 가끔 그날의 감동을 되새기며 시간이 흐르면 잊히게 마련이니 위안부 (Comfort Women)에 대해 글을 쓰라고 했다.

《아이 캔 스피크 I can speak》 영화를 보고 나도 용기를 냈다. 소녀에서 여성을 잃어버리고 할머니가 된 분들의 삶을 글로 쓴다. 그 끔찍한 일을 겪을 때는 소녀였기에 위안부 할머니라고 부르는 것은 잘못이다. 위안부 피해자 할머니가 맞다.

할머니가 말했다. "I Can Speak." 그분이 듣고 싶은 말은 "I am sorry"다. 그 한마디가 그렇게 어려운가.

# 첫눈 오는 날의 외출

오빠가 딸꾹질을 했다. 멈추지 않았다. 얼굴색이 점점 하얗게 변해갔다. 식당 벽에 몸을 기대고 앉은 오빠의 앙상한 어깨가 힘들게 들썩일 때마다 내 엉덩이도 방석 위에서 앉지도 서지도 못했다. 병원 응급차를 부르거나 다른 가족에게 연락하려는 나를 오빠는 손짓으로 막았다. 조금 지나면 가라앉을 것이니 걱정하지 말란다. 눈이 내리는 것을 보며 내가 호들갑을 떨어서 생긴 일이다.

25년 만의 고국 방문길. 겨울로 들어서는 문턱이라 미국으로 돌아가기 전에 첫눈이 내렸으면 좋겠다고 노래처럼 흥얼거렸다. 엘에이는 사막기후라 일 년 내내 큰 변화가 없어 살기는 편하지만 겨울을 느끼지 못한다. 그래서인지 눈이 고향처럼 그리웠다.

아침나절, 한가롭게 차를 마시다 무심코 창밖을 바라보았다. 어머머. 기다리던 눈이 내리고 있다. 눈이다. 첫눈이 내렸다. 창에 가까이 가서 사진을 찍으며 어린아이처럼 신나서 껑충껑충 뛰었다.

흐뭇하게 바라보던 오빠가 밖으로 나가자고 했다. 잔뜩 흐린 하늘을 올려다보니 툭툭 눈을 털어내고 있다. 첫눈이라 그런지 피부에 닿자마자 스르르 녹았다. 내리는 눈을 헤치며 차가 달렸다. 미처 피하지 못하고 살포시 앉다가 사라지는 그들이 안타까워서 손을 유리창에 대고 손바닥에 그 물기를 담았다.

얼마를 달렸을까. 이제 눈도 멈추었으니 돌아가자고 했다. 추운 날씨에 괜히 나온 것은 아닌지 걱정이 되었다. 오빠는 벌써 용문사 주차장에 들어섰는데 천년 넘은 은행나무는 보고 가자고 했다. 조금만 올라가면 된다는 오빠의 말을 믿고 구불구불 잘 닦인 등산로를 걸었다. 찬 공기는 우리의 코를 빨갛게 물들이고 계곡으로 달아났다. 몇 발자국 걷다가 멈추어 서서 한숨을 몰아쉬면서도 오빠는 우리를 이곳저곳에 세우며 사진 찍기에 바빴다.

돌아가면 보이겠지 하며 따라가는 산길, 걷기에 지칠 때쯤 눈이 다시 내렸다. 잠깐 올라가면 된다더니 끝이 없다고 투덜대는데 앞에 맨가지만으로도 웅장한 은행나무가 보였다. 노란 잎은 다 떨어뜨리고 겨울잠을 잔다. 일백 년 살기 힘든 것이 우리의 삶인데 이 나무는 오랜 세월 동안 땅속으로 깊게 뿌리를 내리고, 하늘로 한없이 팔을 벌려 살아내고 있다. 내리는 눈도 슬슬 피해 가는 당당한 모습이다. 두툼한 옷에 모자와 마스크로 완전히 무장한 오빠는 우리를 돌려세우고 열 발짝쯤 물러서며 사진기를 꺼내 들었다. 그 모습을 보며 '천년을 살아온 나무여, 가지를 뻗어 그 기운의 일부를 지독한 약과 싸우는 저 사람에게 주세요. 큰 오빠를 살려 주세요. 많이 아픕니다.'라며 마음속으로 빌었다.

몇 달 전 오빠가 위암 진단을 받았다고 할 때 믿을 수 없었다. 대학시절부터 등산 동아리를 이끌더니, 사회에 나와서는 산악회를 만들어 주말이면 암벽을 타는 산사나이다. 단단한 체력을 자랑했고, 긍정적인 성격으로 매사 걱정이 없는 사람이다. 건강해서 몸에 무서운 병마가 자라고 있으리라고는 생각지도 않았다.

진단을 받은 일주일 만에 오빠는 급히 수술을 받았다. 그 때 미국의 친정어머니는 죽음의 문턱에서 어렵게 하루하루를 이어가셨다. 조마조마 했다. 양쪽에서 일이 생길까봐 불안했다. 한 달 후 엘에이에서 친정어머니의 장례를 치르고 오빠를 보기 위해서 서울에 왔다. 도착하자마자 요양병원으로 갔다. 병원복은 옷걸이에 걸쳐 놓은 듯 어깨가 삐죽 올라오고 앞뒤가 붙은 듯 비쩍 말랐다. 항암치료로 손톱 밑까지 까맣고 머리숱이 엉성했다. 변해 버린 모습에 "우리 큰오빠 맞아?" 몇 번을 물었다. 위를 다 들어내어 속없는 사람이 되었다며 "허허" 바람 빠지는 소리로 웃어 나를 더 슬프게 했다. 초기라더니 아닌가 보다.

오빠는 우리가 머무는 언니네로 자주 놀러 왔다. 아프지만 않으면 전국 곳곳을 데리고 다닐 터인데 근처의 한강변에 나가 산책을 즐기는 것에 만족해야 하는 자신을 답답해했다. 유별나게 사랑해 주던 막냇동생의 친정나들이에 한몫하고 싶은 그 마음을 잘 알기에 함께 있는 것만으로도 행복하다고 했다. 어릴 적처럼 오빠의 팔짱을 끼고 어리광도 부렸다.

눈을 보고 좋아하는 동생을 그냥 보아 넘기지 못하고 단행한 외출이었다. 산속의 밤은 일찍 찾아드는지 오후 4시도 안 되었는데 어둑해졌다. 용문사를 내려오는 오빠의 발걸음이 더딘 것을 나는 눈치 채지 못했다.

점심식사를 못해 허기가 져서 근처의 한정식 집으로 들어섰다.

눈을 맞아 축축해진 옷이 식당의 온기에 스르르 녹자 몸도 따라 노곤해졌다. 밥을 먹을 수 없는 오빠는 일하는 분께 누룽지를 조금 끓여 달랬다. 허겁지겁 된장찌개와 밥을 먹는데 오빠가 딸꾹질을 했다. 말간 액체를 토해내며 숨을 제대로 쉬지 못했다. 검던 얼굴이 점점 창백해졌고 딸꾹질도 멈추지 않았다. 아니, 점점 빨라졌다. 힘이 드는지 오빠의 눈에 눈물이 그렁그렁 차올랐다.

남편과 나는 당황했다. 오빠가 잘못되기라도 하면 어쩌나 겁이 났다. 위장이 없어 부드러운 음식을 20~30분 간격으로 먹어주어야 하는데 4시간 동안 물도 못 마시고 추운 곳에서 몸이 꽁꽁 얼었기 때문이다. 가슴을 문지르며 고통스러워하는 모습을 보니 송구하고 죄스러웠다. "오빠 미안해." 내가 할 수 있는 말의 전부다. 무언가 대책을 세워야 할 텐데, 올케언니에게 알려야 할 것 같은데. 애먼 전화기만 손안에 갇혀 부르르 떨었다.

20분쯤 지났을까, 오빠가 트림하더니 긴 숨을 몰아쉬었다. 그제서 얼굴에 핏기가 돌기 시작했다. 아, 이제 살겠네. 그 말에 안심이 된 것인지 소리 없이 흐르던 눈물 대신 울음보가 터졌다. 식당 안에 있는 사람들이 보건 말건 엉엉 울었다.

"막내는 나이가 오십이 넘어도 아직 울보구나. 좀 전에 내린 눈(雪)이 눈(目)으로 다 들어갔나 보네." 오빠의 농담에 울다가 웃었다.

언니네 집으로 돌아와서 그 이야기를 가족에게 했다. 철없이 아픈 사람을 추운날씨에 운전하게 했다고 야단맞으니 또 울었다. 큰오빠가 죽는 줄 알았어, 내 앞에서. 오빠 같은 남자 만나면 결혼할 거라고 했던 나의 첫사랑이다. 대신 아파주고 싶다 하고는 더 고통을 받게 했으니 내 사랑의 깊이가 거기까지인가. 혼자 갈 수밖에 없는 길, 꼭 이겨내야 하는 외로운 싸움을 한다. 그런 큰오빠를 지켜보는 가족의 마음은 드러낼 수도 감출 수도 없어 그저 안타깝다.

작년 겨울은 큰오빠가 내 기억 속에 그렇게 자리를 잡았다. 이 글을 쓰며 오빠의 딸꾹질하던 모습이 떠올라 또 운다.

올겨울, 첫눈이 올 때쯤은 투병 중인 오빠가 건강해졌다는 소식을 듣고 싶다.

# 국화화분을 품고

　사랑하는 사람을 떠나보내는 것은 가슴을 찢는 고통이다. 아직도 얼얼한 마음으로 로즈힐 공원묘지에 왔다. 꽃집에 들러서 산 하얀 국화가 차창 밖을 기웃거린다. 양옆으로 펼쳐진 잔디 위에 자리 잡은 비석들이 햇볕을 쬐고 있다. 차를 세웠는데 내릴 수가 없다. 발이 떨어지지 않았다. 저 아래 나무 밑에 화환 여러 개가 길게 누워 있다. 며칠 전 장례식 날, 어머니를 그리워하는 분들이 보내준 것들이다. 강렬한 8월의 태양 볕에 꽃들은 물기를 날려 보내고 시들시들 말랐다.

　아직 잔디가 뿌리를 내리지 못해 엉성한 자리. 누구인지 이름표도 달지 못한 채 어설퍼 불안해 보였다. 여기에 어머니가 누워 계신다는 것이 믿어지지 않는다. 아버지가 옆에 계셔서 외롭지는 않으시겠지. 이런저런 잔소리를 들으실 아버지도 내심 반가워하실 거야. 양로병원의 침대에 비할까. 언덕 위에서 시원한 바람을 벗 삼아 시내의 전경을 내려다보시니 답답하지 않으실 거야.

떠나가신 지 5일째다. 잔디를 손으로 쓸어본다. 가슴께가 미세하게 들썩이는 것 같다. 가벼운 시트조차 몸에 닿는 것을 고통스러워하시던 어머니. 무거운 흙더미를 덮고 계시기 힘드실 터인데. 몸을 숙여 가만히 귀를 대어본다. 강한 진통제에 의지해 잠만 주무실 때 숨을 쉬시나 확인하느라 생긴 버릇이다. 한 번씩 숨을 몰아쉴 때마다 얼마나 고마워했던지. 아무 말이나 해보라며 속삭이곤 했었다. 힘든 가운데에서도 다정하게 주위 사람들을 챙기고 분위기를 환하게 해주던 국화 꽃 같은 분. 자식을 즐겁게 해주던 어머니의 목소리가 듣고 싶다. 가슴에 안겨 은은한 체취를 맡고 싶다.

어머니는 어느 날 스르르 무너지듯 다리의 힘이 풀려 주저앉았다. 척추수술 후에 제대로 걷지도 못한 채 두 달 만에 재활 양로병원으로 자리를 옮겼다. 말이 재활이지 기실 양로원이다. 두 번 넘어져 척추를 다칠 때 신경 줄이 많이 손상되었기 때문이기도 하지만 아마도 살아내는 일에 지치신 듯했다. 병실에서 웃는 얼굴로 맞아 주셨지만 눈을 마주칠 수 없었다. 선뜻 집으로 모시고 가겠다고 나서지 못한 자신이 부끄러웠다. 시아버지는 3년 가까이 집에서 돌보았는데 왜 엄마는 안 되는가. 남자와 여자의 차이가 뭐길래 한 쪽은 당연한 것이고 다른 쪽은 접어야 하나. 혼자 살았다면 상황이 달라질 수 있지 않았을까. 재혼한 것을 처음으로 후회했다.

매일 양로원에 갔다. 집에서 모시지 못하는 죄송한 마음을 그렇게라도 풀고 싶었다. 어머니의 방에서 그리고 정원 등나무 그늘에서 이런저런 살아온 이야기를 나눴다. 내가 어렸을 때 어머니가 몸이 아파 자리를 펴고 누우면 아버지는 바람 쐴 겸 나가자며 두 분이 훌쩍 여행을 가셨다. 두 분만 다니셔서 속상했지만 다정한 모습이 좋았다고 했더니, 엉뚱한 말씀을 하셨다. 호탕하고 기분파인 아버지가 여자로 인한 문제나 지인의 빚보증을 잘못 서서 일이 생기면 무마하느라 그랬던 것이라고 했다. 믿어지지 않았다. 자식에게 내색을 안 해서 몰랐다. 그 시간을 어떻게 견디셨을까.

　부모님은 여행으로 엘에이 오셨다가 4·29 폭동이 나는 것을 보고 아버지가 충격으로 쓰러졌다. 전신을 움직이지 못했는데 몇 년을 어머니 혼자 병시중을 드셨다. 나는 시댁 어른들과 살며 하루 열여섯 시간 일하고 아이들 키우느라 살아내는 일이 힘겨웠을 때였다. 아버지 얼굴 한번 제대로 닦아드리지 못했고 잠시 잠깐 머물다 오는 것이 인사의 전부였다. 어머니는 체격이 큰 아버지의 축 늘어진 몸을 추스르느라 환자보다 더 고통스러웠을 텐데 한마디 불평도 없었다. 가끔 가도 아버지는 깔끔하셨고, 기저귀도 자주 갈아 욕창이 생기지 않게 아기 다루듯 했다. 어느 날 치료차 방문한 의사가 지쳐 쓰러진 어머니를 발견하고 아버지를 양로병원으로 보내기를 권했다. 이러다가는 두 분 모두 견디시지 못 할거라고 했다. 결국 그 방법밖에 없었다. 어머니는 버스를 타고 양로병원으로 아버지를 만나러 갔다. 한 숨 돌려 몸은 편한데 마음은 죄진 것 같다고 했다. 눈을 껌뻑이는 것으로 의사를 전하는 아버지 옆을 지키다 오는 것으로 하루를 보냈다.

　병수발을 어떻게 지극정성으로 할 수 있었는지 궁금했다. 너희 아버지니까. 그리고 마음고생은 젊을 적 어쩌다 한두 번이니까 참아낼 수 있었다고 했다. 자식 일이라면 맨발로 뛰어다니던 아버지라고 감싸셨다. 반평생을 자식 낳고 살아 미운 정과 고운 정이 켜켜이 쌓였기 때문일까. 친정어머니를 집으로 모시자고 당당하게 주장하지 못한 나와 아버지의 실수를 참고 살아온 어머니는 여자이기 때문이라는 어색한 이유로 모든 것을 덮어버렸다. 여자의 삶은 이런 건가.

아버지가 먼저 이곳에 묻히셨다. 바로 옆에 외국인 여자의 묘가 있다. 전에 명절 때나 기일에 오면 옆에 젊은 여자가 있으니 당신 좋겠네, 그것도 외국여자가. 어머니의 농담 속에 뼈가 있었다. 그때는 몰랐었는데.

이제 바로 옆에 어머니가 누우셨다. 지난 몇 년 우리의 어머니로 살았으니 이제는 아버지 옆에서 사랑싸움하시게 놔두자. 두 분이 나란히 누워 옛날이야기 나누시겠지.

아버지, 어머니 힘들게 하지 마세요. 잔소리 좀 들으시면 어때요. 자식 거두느라 애쓴 어머니에게 상도 주세요. 아버지 병시중하느라 힘들어 부쩍 흰머리가 늘더니 2년 사이에 백발로 변하셨던 거 아시죠. 얼마나 곱던 분인데.

국민학교 때 일이다. 환경미화의 날, 전교생이 대청소를 했다. 갑자기 유리창을 닦던 아이들이 환호성을 지르며 창가로 모였다. 나도 무슨 일인가 하고 다가섰다. 운동장에 짙은 청색 비로도 한복을 입고 머리를 곱게 올린 여인이 교무실 쪽 건물로 걸어갔다. 걸을 때마다 비로도 치마가 햇볕을 받아서 마치 바닷물이 물결치듯 여러 빛깔의 파란색으로 변하며 출렁였다. 파도 같았다. 아름다웠다. 우리 반뿐 아니라 다른 교실의 학생들도 창가로 몰려 "누구야 누구?"하며 웅성거렸다. 내 어머니였다. 그런 분이다.

어머니를 불러본다. 이제 두 분이 함께 계시다는 것으로 위안을 삼으려 해도 마음이 가라앉지 않는다. 실감이 안 난다. 저 모퉁이를 돌아서면 환한 미소를 지으며 나를 기다리고 계실 것 같다. 언제쯤 현실로 인정할 수 있을지 자신이 없다. 시간이 필요하리라. 아니 시간이 흐를수록 더 절실해질지도 모른다. 덜어내려고 애쓸수록 그리움은 한 줌 한 줌 더 쌓여갈 것이다. 그래도 차곡차곡 담아둬 하나씩 꺼내어 곱씹어야지. 이 슬픔도, 그리움도. 아버지를 먼저 보내고 어머니의 마음도 이랬을 것이다.

국화 화분 놓을 자리를 찾아 둘러본다. 울퉁불퉁한 잔디 위에 놓으려니 쓰러질까봐 걱정이 된다. 눈길 가는 곳마다 마음에 들지 않는다. 화분을 양팔로 두르고 가슴에 품으니 향기가 나를 보듬는다. 고운 꽃잎들이 내 뺨을 어루만진다. 그냥 안고 있을 수밖에.

# 나무는 푸른 소리

나무들이 누워 있다. 집 뒷마당에는 전나무 두 그루와 소나무 한 그루가 뿌리째 파헤쳐 속내를 하늘로 뻗치고 늘어졌다. 뿌리 깊은 나무는 바람에 아니 흔들린다고 했던가. 의외로 흙덩어리들이 매달린 뿌리는 옆으로 넓게 뻗어 나가서 길이의 열 배는 넘어 보였다. 뿌리는 얽히고설키면서 땅속에서 양분을 모으고, 균형을 잡아주었다. 묵묵히 나무를 지탱하고 튼튼한 상태를 유지하게 하는 보이지 않는 생명선이다. 이제 물길을 잡아서 가지로 전달해 주지도 못하고, 바람으로부터 나무를 지켜 줄 수도 없다.

뿌리가 정화조 파이프를 뚫어 물이 역류하는 바람에 굴착기로 밀어내고 새로운 파이프로 교체하는 공사를 해야 한다. 나무를 뽑을 필요까지 있느냐고 물어보았더니 화장실을 사용하지 못하는 불편을 생각해 보란다. 생리현상이 발생할 때마다 참으며 옆집이나 근처의 낯선 곳으로 달려간다는 것은 상상만으로도 끔찍한 일이라 입을 다물었다. 그래도 마음에 걸려 발꿈치를 잡아당겨 저녁 내내 창밖으로 눈길이 갔다.

이틀 동안 비가 올 것이라는 일기예보로 서둘렀지만, 마무리가 덜 된 상태로 흙과 나무들이 뒤섞인 채 동산을 이루었다. 달면 삼키고 쓰면 뱉는 것이 인간의 이기심이다. 20년 넘게 뿌리를 내리고 살아온 나무조차 천덕꾸러기로 만든다. 한 여름에도 시원한 그늘이 좋아 그 밑에 둘러앉아 간식도 먹고, 더위를 식혔는데 이제는 그런 즐거움은 누리지 못하리라.

어둠이 내리며 후드득 굵은 빗방울이 떨어지기 시작했다. 지붕을 두드리더니 이내 집과 마당과 뒤뜰을 흠뻑 적셨다. 천둥이 울고 번개가 번쩍 하늘을 가른다. 나무는 누구의 소유가 아니라 자연의 일부분이라고 말하는 것처럼 들렸다. 자신들의 편리를 위해 소중한 생명을 마구 훼손하는 인간들의 행위를 질책하려는 듯 했다. 자연 또한 그에 상응하는 벌을 내릴 수도 있는데 참고 있는지도 모른다. 천둥소리가 귀를 울리고 심장까지 흔들었다.

죄책감이 들어 커튼을 살짝 들추고 내다보는데 뭔가 달라졌다. 땅에 쓰러지고 엉킨 나무의 무리가 어깨를 펴고 몸을 키운 듯하다. 몸을 반쯤 구부리고 단단하게 무릎을 굽힌 짐승 같았다. 아니 인디언들이 나무의 정령은 키 큰 사람이라더니 그런지도 모른다. 돌풍을 막아 집을 지켜 주려나. 비가 그치면 토막토막 잘려나갈 그들이다. 그런데도 해야 할 일이 남아 있는지 나무는 침묵으로 제 몸을 보여준다.

시누이는 가지와 기둥은 말렸다가 겨울에 벽난로 땔감으로 쓰자고 한다. 굴착기 기사는 밑동을 가져다 거실의 티 테이블로 만들 것이니 남 주지 말라고 미리 부탁했다. 나도 나무토막 하나를 갖고 싶다. 옹이가 많이 맺힌 부분이라면 더 좋겠다. 나무가 성장하면서 가지가 나온 자리가 옹이다.

예로부터 옹이가 많으면 단단해서 나무가 갈라지는 현상을 멈추게 하기에 집의 대들보나 기둥으로 쓰였다.

충격이나 변화에도 꿋꿋하게 자신을 지키는 나무의 아픈 생채기인 옹이는 단단하고 향이 깊다고 한다. 컴퓨터 테이블 위에 올려놓고 예측 없이 찾아드는 삶의 고비 때마다 만져 보리라. 세상 모든 것들은 상처 하나쯤 갖고 있다고, 이겨내면 깊은 삶의 이야기를 품을 수 있다는 위안을 나에게 줄 것이다. 풀리지 않은 글을 붙잡고 씨름하다 잠시 베개 삼아 머리를 대면 나무의 지나온 시간을 속삭여 주지 않을까.

나무는 버릴 것이 하나도 없다. 세월의 흐름에 순응하며 가지로는 하늘의 정기를, 뿌리를 내려 대지의 숨결을 빨아들이다가 온몸 구석구석을 아낌없이 내어 준다. 어느 곳에서 어떤 형태로 변하든 나무는 자신의 몫 이상으로 사람을 위해 모든 것을 바친다. 마치 소가 가죽부터 뼈까지 인간을 위해 다 내놓는 것과 같다. 그렇다, 나무는 소다. 푸른 소다.

나무처럼 살 수는 없을까. 세상을 묵묵히 관조하며, 부는 바람맞아 꺾이지 않게 흔들려 주되 확고하게 서 있는 모습을 닮고 싶다. 사계절에 순응하며 둥글둥글 모나지 않게 나 자신의 영역을 넓혀 보고도 싶다. 새싹 키우고 꽃 피고 열매 맺어 주위를 풍성하게 만들었으면 한다. 그냥 옆에 있는 것만으로도 위로가 되는 사람이라면 얼마나 좋을까.

창밖의 나무는 아직도 그 자리에 웅크리고 있다. 나는 비가 멈추지 않기를 바라며 쓰러진 나무를 내다본다.

# 하늘공원에 올라 보니

하늘공원에 간다. 서울을 방문 중인데 언니가 억새 축제를 하는 멋진 장소로 안내한단다. 난지도(蘭芝島). '맑고도 높은 섬'이라는 본래의 뜻과는 달리 쓰레기 매립장이라는 오명으로 기억되는 곳이다. 하늘공원이라는 이름이 어울리지 않아 가는 내내 고개를 갸우뚱했다. 재활용품을 주워서 생계를 이어가는 빈민촌이 주위에 있었는데 아파트 단지가 들어선 모습부터 변했다는 것을 알린다.

맹꽁이전기차를 타고 정상으로 올라간다. 꼬불꼬불한 291개로 이루어진 '하늘 계단'을 따라 많은 사람들이 산책 중이다. 곱게 물든 단풍나무들이 무리지어 있고, 국화꽃으로 장식한 인형들이 반갑게 맞이했다.

눈앞에 끝없이 펼쳐진 억새가 은빛 물결을 이룬다. 햇빛이 반사되어 수정가루를 뿌린 것같이 반짝여서 눈이 부시다. '와~' 하는 탄성이 저절로 나온다. 일렁이는 그들에게서 생동하는 풋풋한 향기가 춤춘다. 빼곡히 들어섰지만 여유롭게 흔드는 환영의 손길이 구름에 닿을 듯하다.

하늘을 담은 그릇이라는 반원 모양의 전망대에 올랐다. 서커스에서 모터사이클을 타는 장비같이 생긴 모양이 특이하다. 높이 올라보니 하늘을 머리 위에 얹고 있는 것 같다. 세 손가락의 거대한 풍차 발전기가 세게 부는 바람에 박자를 맞추며 돌아간다. 멀리 쓰레기를 매립하며 만든 메탄가스 발전소가 억새 풀 무리의 뒤편에서 멋쩍게 고개를 내밀며 여기가 어딘지 슬쩍 알려준다. 쓰레기가 95미터 높이로 두 개의 봉우리를 만들어 사람들에게 버림받았던 곳이 이렇게 달라지다니…. 넝마주이가 아이를 갈고리로 낚아 광주리에 담아 간다는 말로 그 근처는 당시 어린 우리에게는 접근금지 지역이었다.

억새숲 속으로 난 길을 따라 걷는다. 젊은 사람들은 군데군데 자리를 잡고 사진 찍기에 바쁘다. 저들은 이곳이 어떻게 높아졌는지 알까. 과거를 묻어버린 곳이다. 플라스틱 봉투 하나가 썩어서 자연으로 녹아드는데 1,000년 이상 걸린다니 어릴 적 내가 버린 과자봉투는 아직 그대로의 모습이겠지. 발아래에서 자신을 분해시키려 애쓰는 그들의 아우성이 들리는 듯하다.

몇 년 전에 본 만화영화 WALL-E(Waste Allocation Load Lifter Earth-Class, 지구폐기물 수거-처리용 로봇)가 떠오른다. 무분별한 자원 채취와 쓰레기의 양이 한계를 넘어서자 인간들은 지구를 떠나 우주선 엑시엄을 타고 그 안에서 산다. 로봇들이 청소하는 동안 스마트 폰과 태블릿에 젖어든 생활에 움직임이 줄어들자 그들의 몸집은 점점 비대해진다. 몇 백 년 동안 WALL-E가 압축한 정육각형의 쓰레기들이 탑을 이루는 모습이 나오는데 어쩌면 우리의 미래가 아닐까. 서울에서만 하루에 덤프트럭 2만

3천 대의 분량이 나온다니 그 엄청난 양을 어디에다 버릴 것인가.

지구를 살리자는 표어는 틀린 것이다. 인간이 자멸하지 않기 위해 지구를 보호해야 하리. 지금은 아니라도 우리의 후손들에게 물려주어야 하기에. 온난화현상으로 기후가 변하고 북극의 얼음이 녹는다지 않는가. 실생활에서 쓰레기를 만들지 않고는 살 수가 없다. 그나마 요즘은 분리수거를 철저히 하고 재활용을 하며 환경에 대한 자각이 높으니 다행이다.

초록색의 새싹 하나만 있으면 지구로 돌아간다는 영화 속의 인간들. 이 난지도에도 버림받은 설움이 씨앗을 불러들여 보란 듯이 꽃밭을 만든 건 아닐까. 인공적인 힘이 가해져 생태공원으로 조성되기는 했지만 쓰레기더미에서 피어난 많은 생명들이 신비롭기까지 하다.

내려오는 길, 맹꽁이전기차를 기다린다. 길가에 쓰레기통 세 개가 있다. 캔. 플라스틱. 페이퍼. 이름표를 달고 못난이 삼형제 인형처럼 나란히 서서 사람들을 바라본다.

들고 있던 빈 커피 컵을 페이퍼라고 쓰인 통에 넣는다. 무리들 속으로 묻히는 것을 바라보다 돌아서는 발걸음이 가볍다.

"버리는 것이 아니라 다른 모습으로 태어나라고 돌려보내는 거야, 알지?"

# chapter 02

# 길,
# 함께 손잡고

어느 날, 한가한 오전에

야구 모자를 깊게 눌러쓴 남자가 가게로 들어와 내 앞에 섰다.

두리번거리며 주위를 보더니

순간 시커먼 물체를 내 가슴 한복판에 디밀었다.

"Money, Money" 하며

명치 부분을 꾹꾹 눌러대는데 숨을 쉴 수가 없었다.

조금만 움직여도 그 흉측스러운 물건이 가슴에 구멍을 낼 것이다.

공포가 뿌연 연기를 끌고 들어와 머릿속을 하얗게 채워 나갔다.

이렇게 죽는구나.

그의 움직임이 영화의 슬로우 모션처럼 눈에 머물다 스쳤다.

집에서 나를 기다릴 두 아들의 얼굴이 떠올랐다.

난 살아야 해. 어서 돈이나 챙겨 가라고 속으로 빌었다.

입술이 바짝바짝 말랐다.

– 본문 중에서

# 그의 상처, 나의 아픔

상처가 났을 땐 바로 치료하는 게 상책이다. 그 시기를 놓치면 흉터가 남고 오랜 시간 고통을 받게 된다. 나와 작은아들에게는 치유되지 못한 마음의 상처가 있다. 깊게 가뒀다고 생각했는데 이따금 드러나서 손톱 밑에 박힌 가시를 건드렸을 때처럼 온몸의 신경 세포가 통증으로 경련을 일으키게 한다. 오늘도 바로 그런 날이다.

오전 내내 TV에서 정규방송을 멈추고 총격사건을 보도했다. LA에 있는 중학교에서 학생 두 명이 총상을 입어 병원으로 옮겼다는 것이다. 경찰은 오발 사고라 발표했다. 한 여학생이 학교에 와서 보니 자신의 가방에 총이 있었단다. 놀라서 바닥에 떨어트렸는데 총알이 발사된 것이라고 했다. 발빠른 한 방송국 리포터는 가해자로 판명된 학생의 할머니와 전화통화 했는데 최근 손녀가 학교에서 왕따(bullying)를 당해 힘들어 했단다.

왕따라는 단어는 아물지 않은 나의 상처를 건드려 통증을 불러온다. 작은아들이 고등학교에 입학하고 얼마 되지 않아서 당한 일이 떠오르기 때문이다. 일하고 있는데 경찰서에서 연락이 왔다. 아들이 절도죄로 현장에서 잡혔다는 것이다. 내 귀를 의심했다. 아닐 거야, 뭔가 잘못됐겠지 하는 마음으로 경찰서로 갔다. 한 시간정도 걸리는 길인데 천리 길보다 멀게 느껴졌다. 경찰서 문이 왜 그리 무거운지 양손으로 밀어도 열리지 않았다. 담당 경찰은 아들이 백화점에서 여성용 향수를 백팩에 넣고 나오다 걸렸는데 경범죄이니 집으로 데려가라고 했다.

설마하며 붙잡고 있던 믿음이 와르르 무너져 내렸다. 무릎에 힘이 빠지며 주저앉으려는 걸 참고 집으로 왔다. 아들을 붙잡고 어떻게 된 일인지 물었다. 입을 꾹 다문 그는 말이 없었다.

"남의 물건을 훔쳤다는 말이 정말이니? 내가 너를 그렇게 잘못 가르쳤어. 엄마가 장사하며 좀도둑 때문에 스트레스를 받는 것을 알면서 네가 그랬다니 있을 수 없는 일이야."

잘못했다고 용서를 빌지 않는 아들이 미웠다. 하루 16시간 힘들게 일하는 게 다 너희를 위한 것인데 몰라주고 말썽을 피웠다며 내 손바닥이 얼얼할 정도로 그의 등을 펑펑 때렸다. 휴식 없이 일하느라 쌓인 짜증과, 원만하지 못한 부부관계에 대한 분풀이를 그에게 쏟아 부었는지도 모른다. 아들은 학교에서 5일 정학을 받았다. 학교에 못 가고 집에 있는 아들이 뒤통수도 보기 싫었다. 내 아들이 도둑질을 하다니…. 얼마 후 청소년법원의 판사 앞에서 판결을 받고, 벌금을 내는 과정을 거치는 동안 나는 아들과 눈도 맞추지 않았다. 주위 사람은 자식 자랑이 넘치는데 나만 이런 일을 겪는다는 것에 화가 났고 자존심이 상했다. 누가 알게 될까 봐 쉬쉬했다. 한동안 우리는 물과 기름처럼 서로 둥둥 떠다녔다.

그 상처가 스르르 아물 때쯤, 우연히 친구와 교육 세미나에 참석했다. 주제는 '한인 청소년 왕따 실태 연구'였다. LA 한인가정의 아이 중에 왕따를 당한 경험이 있는 학생이 40%고, 75%는 목격했지만 선생님께 알리지 않았다는 보고서를 봤다. 외모나 피부색이 달라서, 성격이 소심하거나 왜소한 체격, 혹은 심기를 거슬렸다는 이유 같지 않은 이유가 표적이란다. 강사는 이민자 가정은 문화적, 언어적 차이로 적절한 대응을 하지 못하고 있다며 구체적인 실례를 들어 설명했다. 고개를 끄덕이며 듣다가 순간 숨이 턱! 하고 막혔다.

아이들이 방과 후 희생양이 될 아이를 백화점에 강제로 데려간단다. 그 백화점에서 일행 중 한 명이 그 아이의 백팩을 열고 몰래 물건을 넣은 후, 모른 척하며 백화점을 나온다. 문을 나서는 순간 물건에 부착된 알람이 울리고 다른 아이들은 모두 숨는다. 경비가 와서 그 아이의 몸을 수색하고 물건을 확인한 후 경찰을 부른다. 경찰이 와서 수갑을 채운다. 아무것도 모르고 있던 아이가 곤욕당하는 모습을 숨어서 보며 즐긴다. 가해 아이들은 그 상황을 동영상으로 촬영해서 학교에서 돌려보기도 하고 비웃음거리로 만들기도 한다. 자신이 당하고 있는 일을 부모나 교사에게 알리면 고자질했다고 더 심한 따돌림을 당할 것이라는 공포에 시달리며, 그들의 요구를 들어줄 수밖에 없는 상황에 빠지게 된단다. 육체적, 정신적으로 폭행을 당해 정신과 치료를 받는 사례도 많다고 했다.

강사의 실례를 들으니 당시 작은아들의 상황에 톱니가 맞추어졌다. 아들은 왕따를 당했던 것이다. 그때는 왜 생각을 못했을까. 그를 믿어주지 못하고 다그치기만 했다. 학교에서는 또래들에게 왕따를, 집에서는 엄마에게 무시를 당하며 이중으로 고통을 겪었을 아들이 얼마나 서럽고 외로웠을까. 혼자서 당하며 얼마나 무섭고 두려웠을까. 4년을 어떻게 이겨냈을지, 견뎠는지 상상이 안 됐다. 무지했던 내가 부끄러웠다. 전문가는 말했다. 부모는 자녀의 왕따 피해 사실을 알았을 때 당황하지 말고 침착하게 행동해 믿음을 심어 주고, 적극적으로 개입해야 한다고. 부끄러워 얼굴을 들지 못했다. 그 후 강의 내용은 귀에 들어오지 않았다.

세미나를 듣고 집에 와서 작은아들을 보니 차마 마주 볼 수가 없었다. 왜 아들의 처지에서 생각해 보지 않았을까. 게임기나 신발이 아니고 여자 향수였는데 왜 한 번쯤 이상하다고 의심하지 못했을까. 억울해도 말 한마디 못했던 그는 얼마나 답답했을까. 누구보다 자기를 사랑한다고 생각한 엄마가 도둑으로 몰아갈 때, 왕따를 시킨 아이들보다 엄마가 더 미웠겠지. 아들이 엄마에 대한 믿음이 깨졌을 것이라는 생각에 그의 등을 때렸던 내 손이 미웠다.

아들 이름을 불렀다. 나에게 다가오는 그를 보니 어느새 어깨가 딱 벌어진 청년이다. 이미 고등학교를 졸업한 후니 새삼스레 이야기를 꺼내 당시의 고통을 되살리기 싫었다. 사과를 하고 위로해 주기에는 너무 늦었다는 나만의 핑계로, "아니 그냥" 하며 돌아섰다. 그때나 지금이나 아들보다 나를 먼저 생각하는 이기적인 엄마다. 아니, 용기가 나지 않았다. 너무 미안해서 겁이 났다.

오늘의 사건은 언론에 의해 총기에 초점이 맞추어졌다. 교사들에게 소정의 교육을 받게 해 총기를 소지하게 해야 하고, 금속탐지기를 정문에 설치하자는 의견이 나왔다. 학교에 총을 가져온 여학생이 왜 그랬을까는 누구도 언급하지 않았다. 그 학생이 왕따로 괴로워하다 상대에게 겁을 줄 생각으로 총기를 가져 왔을 것이라는 내 생각은 틀린 것일까. 얼마나 힘들었으면 그런 생각을 했을지 내 아들의 일과 겹쳐지며 그녀가 이해됐다.

10대는 가치관이 빠르게 변하고 인성의 바탕이 쌓여가는 시기다. 왕따를 당한 사람은 더욱 소통 없이 고립되어 소극적이고 자신감도 없어져서, 인간관계에서 악순환이 지속되는 경우가 많다. 집단따돌림 현상이 한 사람의 성격을 변질시키고, 자존감과 자신감을 잃게 한다. 심심풀이 땅콩처럼, 놀이 삼아 했던 장난이라고 변명해도, 당하는 사람에게는 평생 아픈 기억으로 남는다.

나는 서른 살이 된 아들의 상처를 적절한 때에 다독여 주지 못했다. 그래서 오늘처럼 왕따에 대한 이야기를 들으면 떨쳐내지 못한 아픔이 나를 힘들게 한다. 본질을 벗어난 토론이 답답해서 TV를 껐다. 아직도 아물지 않은 나의 상처가 자꾸 덧나서 나를 아프게 한다.

# 두 남자와 어울리기

실내 사격장에 들어섰다. 고막을 찢을 듯한 소리에 목이 저절로 움츠러든다. 직원이 내민 종이에 주의사항이 적혀 있다. 다 읽고 이해했다는 사인을 한 후 운전면허증을 맡기고 지정된 사격대로 갔다. 보호안경과 귀마개를 했다. 이미 집에서 남편에게 사격의 기본자세와 규칙을 교육받았지만, 막상 총을 쏘려니 떨렸다. 아니 귀마개 틈새로 들리는 총소리에 심장이 바닥을 치고 튀어 올라 등 뒤로 숨었다.

우리가 가져온 총은 베레다(Baretta)380과 9mm이다. 남편이 표적을 50m 앞으로 밀어 보냈다. 내 손에 총을 쥐여 줬다. 10발의 총알이 장전된 총은 무거웠다. 손바닥에 전해지는 차가움이 온몸으로 퍼졌다. 사람의 상체 모양을 본 떠 검게 칠해진 표적. 그것을 노려보며 검지를 이용해 방아쇠를 당겼다. '핑' 하는 발사음, 총알이 튕겨 나가는 힘으로 상체가 저절로 뒤로 밀려났다. 하얀 연기가 총부리에서 가늘게 피어오르고, 번쩍 불꽃과 함께 매캐한 화약 냄새가 코끝을 감싼다. 떨어져 나온 탄피가 내 발등을 때리며 바닥을 뒹군다. 다시 총을 겨눴다. 표적이 미세하게 흔들리며 잊었던 기억이 그 위로 겹쳐졌다.

리커 스토어를 운영했던 이민 초기다. 같은 업종에서 일하는 한인 부부 열 명이 저녁식사를 하는 자리였다. 50대 중반인 박 씨가 며칠 전 강도당한 이야기를 했다. 복면을 쓴 강도가 긴 샷 건을 내미는 순간 얼마나 놀랐던지 나중에 보니 자신의 바지가 젖어 있더란다. 오줌을 눈 것이다. "군대까지 갔다 온 사람이…"라며 같이 식사하던 남자들이 그를 놀렸다.

남의 이야기로만 생각하던 어느 날이다. 한가한 오전에 야구 모자를 깊게 눌러쓴 남자가 가게로 들어와 내 앞에 섰다. 두리번거리며 주위를 보더니 순간 시커먼 물체를 내 가슴 한복판에 디밀었다. "Money, Money" 하며 명치 부분을 꾹꾹 눌러대는데 숨을 쉴 수가 없었다. 조금만 움직여도 그 흉측스러운 물건이 가슴에 구멍을 낼 것이다. 공포가 뿌연 연기를 끌고 들어와 머릿속을 하얗게 채워 나갔다.

이렇게 죽는구나. 그의 움직임이 영화의 슬로우 모션처럼 눈에 머물다 스쳤다. 집에서 나를 기다릴 두 아들의 얼굴이 떠올랐다. 난 살아야 해. 어서 돈이나 챙겨 가라고 속으로 빌었다. 입술이 바짝바짝 말랐다. 내가 계산기를 여니 그는 옆에 있는 봉투에 후다닥 돈을 쓸어 담았다. 총을 주머니에 쑤셔 넣고는 휙! 바람 소리와 함께 나갔다. 다리에 기운이 빠지며 스르르 바닥에 주저앉았다. 몇 분이 십 년처럼 길게 느껴졌다.

나를 꼼짝 못하게 만든 위압감은 어디서 나온 것일까? 총이라는 도구를 쥐었기에 강해진 인간 때문인가. 아니면 악한 목적으로 사용하기에 흉기가 되어버린 총이 무서워서일까. 강도의 눈동자에서 뿜어져 나온 한기가 나를 옭아맨 것인가. 그래, 그의 눈에 총알보다 더 무서운 살기가 실려 있었다. 겁에 질린 상대를 아무 감정 없이 바라보는 총구는 왜 점점 커지는지. 돌돌 말려 그 시커먼 구멍 안으로 빨려 들어갈까 봐 몸이 더 경직되었는지도 모른다.

신고를 했더니 경찰이 왔다. 서류를 작성한 후, 나에게 총을 소지하고 있느냐고 물었다. 주인이 가게 안에서 반격을 하면 정당방위다. 그런데 강도가 문밖으로 한 발자국이라도 나갔거나 등을 돌렸을 때 총격을 가하면 살인죄에 해당된단다. 내 생명과 재산을 보호하는데도 손바닥 뒤집듯 선과 악이 자리를 바꾼다니 이해가 안 됐다. 총이 없었으니 다행이지 있었어도 문제가 될 뻔했다. 악몽에 시달려 거의 한 달을 수면제에 의지해야만 했다. 그 후 권총 강도를 두 번이나 더 겪었다. 총은 몸서리치게 싫은 물건이다.


얼마 전 유치원 아이들에게 무차별 총격을 가한 사건으로 미국이 시끄럽다. 총기를 규제해야 한다는 여론이 일고 있다. 반대로 총포상은 총과 총알이 불티나게 팔린다며 즐거운 비명을 지른다. 하지 말라면 더 자극을 받기 때문일까. 앞으로 더 강력한 제재가 취해지면 총을 사기 힘들 것이라는 예측에 전보다 더 호황을 누린다고 한다.

내 생명을 위협했던 총을 만지는 이유가 있다. 남편과 큰아들의 대화를 부추기기 위해서다. 재혼하니 성년인 아들에게 가끔 눈치가 보인다. 다행히 서로 좋은 관계를 유지하긴 하지만 내 욕심에 둘이 더 가까워졌으면 좋겠다. 함께 밥도 먹고 서로 농담도 주고받지만 보이지 않는 벽이 그 둘

사이에 있는 것을 느낀다. 피가 흐르지 않는 사이니 적당히 선을 긋고, 남보다는 낫지만 그 이상은 아닌 것 같아 안타깝다. 간혹 남편이 아들 앞에서 스킨십을 할 때면 거부할 수도, 자연스레 받아줄 수도 없다. 미국식으로 내 자식 당신 자식으로 나뉘는 것도 싫다. 다정한 남편과 속 깊은 아들 사이가 친 부자처럼은 아니어도 허물없이 지낸다면 좋겠다. 나는 가운데서 조심스레 양쪽 눈치를 살핀다.

최근 두 남자가 공통분모를 찾았다. 총이다. 총에 관심을 보인 큰아들과 공군에 재직하며 사격술로 훈장을 받은 남편은 눈에 띄게 달라졌다. 아들은 자주 집에 들러 함께 인터넷을 뒤지며 총에 관한 이야기를 나눴다. 나를 통하지 않고 둘이 약속시간을 정하고 같이 총포상에도 갔다.

아들이 총을 산다고 했을 때 나는 위험하다며 반대했다. 남편은 나에게 반대를 위한 반대를 하지 말라고 했다. 총을 사용하는 사람과 그 목적이 문제지, 총은 단지 총일 뿐이라고 했다. 쏘라고 만들어진, 쏠 때만 본분을 다할 수 있는 물건이란다. 전쟁에 쓰이거나 살상을 위한 것만은 아니고 위급상황에 자신의 목숨을 지키기 위한 방어 수단도 될 수 있단다. 더욱이 탁 트인 야외 사격장에서는 총알과 함께 스트레스를 날려 보낼 수 있는 스포츠라며 총에 대한 나의 인식을 바꾸려 애를 썼다.

어깨너머로 그들의 대화를 듣다 보니 나도 모르게 총에 대한 두려움이 누그러들었다. 결혼생활 5년 동안 내 눈치를 보며 금고에 보관했던 남편의 총을 꺼내 만져보니 소름이 돋지도 않았다. 인터넷에서 총에 대한 정보를 찾아본 후 두 남자에게 질문을 하고, 슬쩍 아는 척도 했다. 나쁜 기억은 잊자. 총알과 함께 날려 보내자. 사랑하는 두 남자와 함께 즐기는 취미라고 내 마음을 다독였다.

총알이 없는 빈 총을 테이블 위에 올려놓는다. 내가 총을 쏘았다. 등 떠밀려 하긴 했지만, 실감이 나지 않는다. 남편이 표적을 앞으로 당겼다. 10발을 쏘았는데 10점짜리 중심에는 얼씬도 하지 않고 겨우 4발만 여기저기 변두리에 구멍을 남겼다. 처음 기록으로는 나쁘지 않다며 전화기로 사진을 찍어 아들에게 보내는 남편의 얼굴에 미소가 가득했다. 나는 덜덜 떨리는 오른손을 왼손으로 얼른 맞잡는다. 이번에는 연습이고 다음에는 아들과 야외 사격장에 가자며 남편은 나를 꼭 끌어안는다.

두 남자와 어울리려니 용기가 필요하다.

# 돈데 보이(Donde voy)

차가 밀리기 시작했다. 거북이걸음보다 더 느리다. 멕시코의 북쪽 끄트머리 땅이자 미국으로 연결이 되는 국경도시 멕시칼리(Mexicali)다. 길고 높은 강철 패치워크(쪽매붙임) 벽이 오른쪽을 따라 길게 이어졌다. 미국과 멕시코 간의 국경선은 휴전선의 10배 이상 규모라는데 그중의 일부분이 우리가 가는 길을 따라 펼쳐졌다. 적외선 카메라와 센서, 무인 항공기가 곳곳에 설치되어 있다. 반면 미국에서 멕시코로 들어가는 국경은 별다른 장치가 없다. 그냥 통과다. 반대로 미국으로 돌아오는 관문은 절차가 까다롭다. 탐지견이 차를 한 바퀴 돌고 나면 경비대원은 거울이 달린 기다란 막대기로 차 밑을 본다. 1차로 통과되면 여권 심사와 차 안의 물건을 검사한다. 달리면 10분도 안 걸릴 4마일 정도 길을 통과하는데 보통 2시간 반 넘게 걸린다.

나는 이 도로에 들어서면 티시 히노호사가 부른 노래 〈돈데 보이Donde Voy〉가 떠오른다. 돈데 보이, 돈데 보이. 나는 어디로 가야 하나요? 가난을 벗어나려 멕시코 국경을 넘는 라티노(Latino, 라틴계 이주민)의 비애를 노래했다. 불법 월경을 해서 미국으로 들어오는 멕시칸이 한 해에도 50만 명 이상이나 된단다. 열사의 사막과 험한 강, 위험한 밀림을 넘다가 잡혀 강제 추방이 된다. 그 과정에 목숨을 잃는 이들도 많다는 뉴스를 자주 접한다. 그런 사연이 애절하고 호소력 깊은 음색에 담겨서인지 언제 들어도 슬프다. 그 노래를 이 거리의 어딘가에서, 누군가가 부르고 있는 것 같은 착각에 빠진다.

"돈데 보이 돈데 보이 동이 트는 새벽, 난 달려요. 태양 빛으로 물들기 시작하는 하늘 아래에서."

3차선의 도로는 주차장이 되어 버렸다. 사람들이 길게 이어진 차의 행렬 사이사이를 다닌다. 때가 덕지덕지 눌러 붙은 수건을 흔들며 유리창을 닦으려 덤벼든다. 더러운 헝겊조각을 차에 '턱' 얹은 후 돈을 줄 때까지 따라 붙는다. 차안에서 싫다는 손짓을 아무리 해도 막무가내다. 신문팔이가 충충이 잡지와 신문을 꽂은 가방을 목에 건 채 차안을 기웃거린다. 도로의 중앙선인 나지막한 시멘트로 만들어진 울타리 위에는 장난감과 인형을 세워 놓고 파는 잡상인이 줄줄이 서 있다. 빵과 과일 음료수 등 손바닥만 한 틈이 있으면 그 자리에 잡상인의 좌판이 펼쳐지고, '거의 공짜'라는 외침 속에 팔려 나가길 목 빠지게 기다린다.

"돈데 보이 돈데 보이 나는 어디로 가야 하나요?"

잡상인뿐 아니라 장애인도 많다. 휠체어를 밀고 다니는 할머니, 목발을 짚은 중년의 남자, 붕대를 친친 감은 여자가 금방이라도 쓰러질 듯 위태롭게 자동차 사이에 서 있다. 먼지가 풀풀 날리는 길가에서 젊은 여인이 쭈그리고 앉아 셔츠를 반쯤 올린 채 갓난아이에게 젖을 물리고 있다. 남녀노소를 가리지 않고 돈이 될 것 같은 행위를 길 위에서 펼치는데도 아무런 통제가 없다.

"돈데 보이 돈데 보이, 희망을 찾는 것이 내 바람이요."

두드려대는 손길에 차창이 아픈지 진저리쳤다. 눈이 마주칠까 봐 잠자는 척을 하다 그것도 답답하면 천장에 있는 작은 창을 열고 하늘을 올려다본다. 운전대를 잡고 입을 꾹 다문 채 앞만 바라보는 남편의 옆얼굴이 마치 처음 보는 사람처럼 낯설다. 그의 굳은 표정이 나도 거절하기 힘들다고 말하고 있다. 차 안에서 거부의 눈길과 손짓을 하는 우리를 원망할지도 모른다. 아메리카노여, 당신과 내가 처지가 바뀌었다고 생각을 해 봐. 온종일 길 위에서 종종걸음 치지 않는 것을 다행이라고 생각하며 달러 몇 장 내어주는 것을 아까워하지 마. 안정된 환경에 사는 것에 감사하며 베풀어.

마음이 약해진다. 손에 든 가방을 꽉 쥔다. 끊임없이 밀려드는 이들에게 얄팍한 내 지갑을 열어 보았자 도움이나 될까. 적선이나 동정이 그들의 삶에 어떤 도움을 줄까. 한두 명이라면 모를까 이들에게 내가 무엇을 나눌 것인가. 어쩔 수 없지. 거절하기에 미안하고 지쳐서 철책 반대편 미국 땅인 칼레시코를 바라봤다. 깔끔하게 정돈된 주택은 여유롭게 보였고, 상점은 한가로운 오후 햇살 속에서 꾸벅꾸벅 낮잠을 즐겼다. 맥도날드 안의 놀이터에서는 아이들이 미끄럼을 타며 놀고, 엄마인 듯한 여인은 핸드폰에 빠져 있다. 벽 하나를 사이에 두고 같은 공기로 숨을 쉬고 한 태양 아래 한쪽은 살기 위해, 한 푼의 돈을 위해 위험을 감수하며 길을 헤맨다. 다른 쪽은 잔잔한 호수같이 편안한 모습이다. 그러기에 이곳에 사는 사람은 저

곳으로 가는 꿈을 꾸나 보다. 거기로 가고 싶다고. 엎어지면 코 닿을, 지척에 있는 땅을 그리워한다. 저곳에 가면 일거리도 있고 삶이 좋아질 터, 열심히 벌어 가족 생계를 돕고 싶다는 희망을 품고 있다.

　미국 대통령 선거기간 동안 내내 그 핵심에 자리 잡고 있었던 국경의 장벽. 지금도 높은 장막에 더 막을 치자고 했다. 불법 이민이나 위법약물의 유입 대책으로 국경관리를 강화해야 한다는 것이다. 그래서인지 오늘은 더 막히는 듯하다. 더 못 들어오게 막는 벽은 어쩔 수 없지만 들어와서 자리 잡고 사는 이들은 그대로 살게 두었으면 한다. 미국에서 태어난 자식은 미국 시민권자라 남고, 부모는 불법체류자라 내쫓는다면 혈육 간에 생이별을 해야 한다. 미국의 히스패닉 커뮤니티가 요즘 들썩이고 있다. 터지기 일보 직전의 활화산이다. 그들로 인해 미국의 경제 밑바닥이 지탱된다고 해도 과언이 아닌데. 당장 저 넓은 들판의 농장에서 누가 막일을 하고 과일을 수확할 것인가. 궂은일은 누가 하려고나 할까. 그냥 먹고 살게 놔두자. 열심히 일하는 사람이 더 많지 않은가.

　달리는 것을 잊은 차가 미국 국경수비대 구역으로 들어섰다. 뒤를 돌아다본다. 휘어진 등들이 이리저리 뛰어다닌다. 휴~ 깊은 곳에서 숨이 치고 올라온다. 그동안 저들의 버거운 삶에 대한 중압감이 나를 옥죄었나 보다. 이상 없음을 확인받고 금빛 독수리가 그려진 미국 시민권자용 여권을 돌려받았다. 평상시에는 서랍의 구석진 곳에서 잠을 자고 있던 것이 이제야 제 임무를 수행했다. 이것이 있기에 나는 저들을 그냥 바라보았는지도 모른다. 가진 자의 여유다. 국경 경비초소를 벗어나니 넓고 훤한 길이 우리를 기다린다. 이제 미국 땅이다.

# 포옹, 그 좋은 느낌

　나는 포옹(Hug)하는 걸 좋아한다. 결혼 전, 남편에게 만약 내가 토라졌거나 말다툼을 했다면 나를 꼭 안아 달라고 했다. 봄날 햇살을 받은 얼음처럼 스르르 녹을 것이라고. 그는 자신이 불리할 때 이 방법을 사용했고, 나는 아닌데 하면서도 그 포근함에 그냥 넘어가 주었다. 백 마디 말보다 한 번의 포옹이 더 많은 의미를 전달한다. 두 팔만 구부리면, 남을 행복하게 할 수 있다. 바로 포옹이다.

　며칠 전 생필품을 사러 코스트코에 갔다. 공휴일이라 학교에 가지 않은 어린이들이 부모와 함께 와서 붐볐다. 바로 앞에 열 살 정도 돼 보이는 남매를 데리고 온 히스패닉 여인의 차례다. 남자 직원이 물건을 계산하며 여자아이에게 오늘이 무슨 날인지 아느냐고 물었다. 아이는 맑고 또랑또랑한 목소리로 "내셔널 허깅 데이"라고 답했다. '마틴 루터킹 데이'라 할 줄 알았는데 의외라 사람들의 시선이 집중됐다. 직원은 옆에 있는 다른 식원을 안으며 말했다. "맞아, 오늘이 포옹의 날이지." 그의 재치에 어색할 수 있었던 분위기가 풀리며 도미노 현상처럼 한두 사람씩 웃으며 포옹을 했다. '국제 포옹의 날'이 있다는 것을 알게 됐다.

남편과 친정어머니가 처음 만난 날이 생각났다. 남편은 어머니를 보자 덥석 안았다. 외간 남정네가 포옹하니 어머니는 양팔을 어설프게 벌린 채, 그의 어깨너머로 나에게 구조를 청하듯 울상이 됐다. 그 표정이 너무 재밌어서 사진으로 남기지 못한 게 아쉬울 정도다. 어색했지만 차츰 두 사람은 만나고 헤어질 때 당연하다는 듯 서로 안고 등을 다독이며 정을 나누었다. 그러다가 어머니가 척추 수술 후에 거동이 불편해 양로병원에 머물게 됐다. 마침 남편은 정년퇴직했기에 나와 함께 매일 병원으로 출근했다. 아침이면 곱게 단장한 할머니들이 병원의 복도에 휠체어를 타고 나란히 앉아 가족을 기다렸다. 남편은 어머니에게 다가가 다정하게 포옹했다. 한동안은 바라만 보던 어머니의 룸메이트가 어느 날 자신은 왜 안아주지 않느냐고 나에게 불평을 했다. 부러웠나 보다. 그 옆의 할머니도 "나도 나도." 결국 남편은 매번 서너 명의 할머니들을 포옹해 주었다.

미국 사람은 포옹을 자연스럽게 한다. 그러나 한국 사람들은 쑥스럽고 어색해한다. 부부간이나, 부모와 자녀 간이나, 형제자매 간에 서로 사랑하고 존경하지만 사랑 표현이 익숙하지 않다. 포옹은 혈압을 낮춰주고, 심박수를 안정적이게 하며 스트레스를 줄이는 효과가 있다. 어린아이를 안아주면 호흡, 심장박동, 혈당 등 자율신경계가 안정된단다. '허그 테라피'는 따뜻하게 안아주는 것만으로 아픈 곳을 치료하는 방법이다. 한동안 붐을 일으켰던 '프리 허그'는 포옹을 통해 현대인의 정신적 상처를 치유하고 평화로운 가정과 사회를 이루려는데 목적이 있다.

집으로 돌아오는 차 안에서 콧노래를 흥얼거렸다. 움츠렸던 어깨가 활짝 펴지고, 따스한 기운이 온몸에 퍼졌다. 그저 안아주자. 포옹 한 번으로도 서로의 빈 마음을 채울 수 있다는데, 얼마나 쉬운 방법인가.

# 매디슨 카운티의 다리

다리 위를 걷는다. 밑에는 강물이 흐른다. 언뜻언뜻 나무 상판 사이로 보이는 물은 크렁크렁 동물의 앓는 소리를 낸다. 며칠 동안 태풍이 불고, 쏟아져 내린 비로 불어난 물줄기를 감당하기 힘든가 보다. 지금도 이슬비가 뿌리는데 그 무게가 더 보태어지리라.

오하이오의 '하퍼필드의 지붕이 있는 다리(Harpersfield Coverd Bridge)'에 왔다. 그랜드 강(grend river) 위에 세월을 머리에 이고 의젓하게 서 있다. 다리 위에 지붕이 얹어져 있어 멀리서 보면 집처럼 생겼다. 미국에서 아직도 차의 운행을 허용하는 커버다리 16개 중의 하나인데 왕복 차선이라 폭이 넓다. 1868년에 만들어지고 1913년에 홍수로 부서진 북쪽 부근의 3분의 1은 철교로 다시 이었단다.

조심스레 발을 떼어 놓는다. 다리바닥은 세월의 흔적이 켜켜이 나뭇결을 깎아서 울퉁불퉁하다. 자동차 기름과 타이어 얼룩이 엉겨붙어 본래의 나무색은 없어지고 검은색으로 바뀌었다. 얼마나 두꺼운 나무판이었으면 그 오랜 시간을 버티고도 아직도 이쪽과 저쪽을 이어줄까. 내디딘 엄지발가락에 힘이 들어간다. 나 정도야 까짓것 하며 견디겠지.

지붕에 난 구멍을 비집고 들어온 빗방울이 내 머리에 내려앉는다. 무심코 잡은 다리의 기둥은 시간의 먼지가 두르고 있어서인지 끈적거렸다. 순간 오래전에 본 영화 ≪매디슨 카운티의 다리≫가 떠오른다. 여자 주인공인 프란체스카가 설레는 마음으로 로버트에게 저녁식사에 초대한다는 메모지를 붙이던 다리의 기둥. 혹시 그 흔적일까.

매디슨카운티의 다리. 남편과 아이들이 여행을 떠나 혼자 집을 지키고 있던 가정주부 프란체스카(메릴 스트립)는 길을 묻는 낯선 남자를 만났다. 그의 이름은 로버트 킨케이드(클린트 이스트우드)다. 로즈먼 다리의 사진을 찍기 위해 매디슨 카운티를 찾은 사진작가다. 무료한 일상사에 지쳐 있던 그녀는 친절하게 동행하며 위치를 알려준다.

꿈이 있다는 건, 그 자체만으로도 기쁘다는 남자. 프란체스카와 로버트는 사랑에 빠진다. 나흘간의 꿈같은 사랑. 이미 중년에 이른 그들은 그동안 살아온 시간을 나누지는 못했어도 앞으로 살아갈 시간만은 함께 하기로 했다.

누군가와 가정을 이루고 자식을 낳기로 한 순간, 어떤 면에선 사랑이 시작된다고 믿지만, 사랑이 멈추는 때이기도 하다는 여자. 지극히 평범한 원피스 드레스 자락을 너풀거리며 낯선 남자가 사진 찍는 모습을 바라봤다. 나는 그녀의 드레스 앞섶에 위에서 아래까지 줄줄이 달린 작은 단추가 사회적 통념을 나타내 보인 것 같아 답답했다. 결국 그녀는 주저앉았다.

이 오묘한 우주에서 이런 확실한 감정은 일생에 딱 한 번 찾아온다며 애틋한 눈길로 애원하던 남자는 죽은 후 가루가 되어 로즈먼 다리에 뿌려졌다. 오랜 시간이 흐른 뒤, 그녀는 자신도 죽으면 그곳에 뿌려달라는 유서를 남기고 생을 마감했다. 죽은 후에라도 함께 하려는 애절한 사랑 이야기다. 두 배우의 절제된 절절함이 애틋한 사랑을 더 빛내 주었다.

삐걱거리는 다리의 난간에 기대어 선다. 만약 나에게 프란체스카 같은 일이 생긴다면 어떤 결정을 내릴까. 나를 긴장하게 만든 장면은 그 둘이 나눈 사랑도 눈빛도 아닌 그녀의 손이다. 프란체스카는 집에 돌아온 남편이 운전하는 차를 타고 시내에 나왔다. 반대편에서 사랑하는 남자가 운전하는 차와 운명적으로 스치고 지나갈 때, 자동차 손잡이를 꽉 움켜쥐고 갈등하던 그녀의 고뇌 어린 표정은 손으로 옮겨졌다. 열까 말까 파르르 경련을 일으키는 손가락, 힘을 주었다 뺄 때마다 튕겨져 오른 실핏줄들. 열 마디 말보다 더 깊은 감정이 실렸다. 나도 모르게 말했다. 어서 열어, 열라구, 그가 떠나기 전에. 그러나 스르르 맥없이 풀리는 손. 프란체스카는 남편과 아이들에 대한 죄책감을 떨치지 못하고 매디슨 카운티에 남는다. 다리 저편에서 퍼져오는 한 줄기 빛을 따라갔다면 과연 그녀는 행복했을까. 다리를 건너면서 꿈은 꺼지고 현실에 맞닥뜨리지 않았을까.

내 첫 번째 결혼생활은 실패했다. 환상을 버리지 못하고 사랑받기를 꿈꾼 내 탓일지도 모른다. 아니면 인정받기를 원하는데 쉽지 않은 삶의 벽에 부딪히며 번번이 주저앉는 남자가 문제였을까. 결혼과 이민이라는 커다란 등짐을 동시에 짊어졌기에 더 허덕였는지도 모른다. 이해하기보다 '왜'라는 의문부호를 서로에게 던지다 보니 틈이 벌어지고 아물만하면 다시 생채기를 내다가 갈라섰다. 오히려 프란체스카처럼 무료한 결혼생활이라면 나름대로 견뎌내지 않았을까. 의무적으로 요리를 하고, 집안 살림을 하며 자식을 챙기다

보면 사는 게 뭐 별 거야, 무심하게 적당히 포기하며 살았을 것이다.

영화 속 로버트 킨케이드는 현재의 사랑이 마지막이 아니라고 그녀를 설득했다. 나는 그에게 사랑은 처음과 마지막으로 나눌 수 없다고 말한다. 다시 시작한 사랑이 그것을 깨닫게 해 주었다. 큰 시련을 겪어 얼마나 아픈지 알기에 두 번 다시 겪고 싶지 않다. 이번에는 배려와 양보 그리고 존중으로 지키려 한다. 현재 하는 사랑이 처음이고 마지막이라는 생각으로 충실해야 하리라.

지붕을 올려다본다. 눈과 비, 그리고 바람으로부터 나무로 만든 상판이 부식되는 것을 막기 위해서 지붕을 만들었단다. 어디 다리뿐일까. 거친 세파로부터 바람막이해 줄 누군가가 필요하다. 중년이라는 나이 탓인지 위험한 열정을 택하기보다는 변화 없는 평범한 삶을 바란다. 의무와 책임이 동반된 안정이 좋다. 가끔 몸 안에서 호랑나비가 날갯짓을 하며 훨훨 일탈을 불러일으키려 하면 영화 ≪매디슨 카운티의 다리≫를 보리라. 여주인공 프란체스카가 되어 찌릿한 사랑을 즐기며 대리만족을 느끼면 된다. 영화 속의 로맨스는 아슬아슬하고 아찔할수록 좋고, 일상에서는 푹신한 쿠션처럼 편안한 믿음이면 행복하다.

나를 부르는 소리에 뒤를 돌아보니 다리 저편에 남자가 서 있다. 그동안 다리 주변의 경관을 사진기에 담느라 바삐 움직이던 남편 조(Joe)다. 사진기가 나를 바라본다. 다리의 기둥을 잡고 포즈를 취했다. 원 투 쓰리, 좋아. 나를 향해 엄지손가락을 척 하고 들어 올린다. 내가 움직일 때마다 사진을 찍으며 렌즈 안에 사랑을 담는다. 잠시 그의 모델이 되어주자.

그래, 그가 나의 지붕이다.

# 벼룩시장에 푹 빠지다

벼룩시장(Flea Market)에 왔다. 대학교의 운동장으로 주말에는 중고물품을 사고파는 장이 선다. 오전 10시인데도 이미 차가 주차장의 반을 채웠다. 벼룩이 들끓을 정도의 고물을 판다는 이름에 걸맞게 텐트도 색이 바래고, 찢어진 것까지 들쭉날쭉하며 빈틈없이 들어찼다.

물건이 흔해지고 새록새록 신상품이 눈을 자극하기에 집집이 사용하지 않는 물건이 쌓이게 마련이다. 버리자니 아깝고 쌓아두자니 자리를 차지하는 것을 직접 가지고 나와 장을 펼칠 수 있다는 것은 일거양득의 효과를 얻는 일이다. 자신에게는 필요 없으나 다른 누군가에게 소용이 된다면 헐값에 내어주고, 더불어 적으나마 수익도 챙길 수 있다. 요즘에는 새 상품을 가져와서 파는 텐트도 많다. 점포를 임대하는데 비용이 덜 들어서인지 일반 상점보다 싸다. 딱히 무언가를 산다기보다 여기 기웃, 저기 기웃하며 구경하는 재미도 있다.

장난감 가게가 눈에 띈다. 손바닥에 들어올 만한 작은 캐릭터 인형이 상자 속 가득 들어 있다. 하나에 1불이라는 가격표가 붙어있다. 부러진 크레용이 작은 통에 담겨 일렬로 줄을 서 있다. 그 옆에는 어린이용 자전거가 앞바퀴에 바람이 빠진 채 비스듬히 누워있다. 팔려고 내놓은 장난감 칼을 들고 두 명의 아이들이 텐트 안을 뛰어다니며 논다. 주인도 부모도 말리는 사람이 없다. 이미 낡았고 부러진 것이니 무슨 상관일까. 편한 곳이다.

그 옆에는 철물점이다. 철사와 못, 온갖 연장이 진열대 위에 놓여 있다. 남편은 드릴을 손에 들고 이리저리 살폈다. 연장을 손에 들고 물건을 고르다 서로 의견을 교환하는 모습이 마치 오래된 친구처럼 허물없어 보였다. 연장에 별로 관심이 없는 나는 유리제품을 파는 곳으로 갔다. 유리로 만들어진 발레 인형의 옷은 반쯤 떨어져 나갔고, 얼룩이 짙은 향수병과 잔들이 뒤섞였다. 유리로 된 뚜껑 여럿이 포개져 있다. 그러잖아도 며칠 전, 냄비 뚜껑을 떨어뜨려 깨어지는 바람에 속상해하던 참이다. 이것저것 들추다가 눈짐작으로 대충 맞을만한 것을 찾았다. 2불이란다. 얼른 집어 들고 먼지를 쓸어낸다. 이런 재미가 있다. 헐값에 필요한 물건을 찾으니 횡재한 느낌이다.

가구를 파는 텐트 앞에 사람이 모여 있다. 나무로 된 의자에 바퀴 세 개가 달려 있는데 손잡이가 까맣게 때에 절었다. 누런 종이에 매직으로 흘겨 쓴 '이 휠체어에 앉지 마시오(Please Do Not Sit In Wheelchair).'라는 목걸이를 걸고 있다. 이리저리 둘러보는 중년의 남자 눈길이 예사롭지 않다. 주인과 가격을 흥정하는 중이다. 50불이요. 25불만 하죠? 그럼 40불이요. 페인트칠도 해야 하고 바퀴도 새로 만들어 넣어야 하니 25불이면 사죠.

서로 가격을 흥정하는 여유도 있다.

가끔 벼룩시장이나 거라지 세일을 돌면서 진품이나 명품 사냥을 다니는 전문가가 있다. 평범한 사람의 눈에는 띄지 않고 먼지 속에서 홀대를 받다가 임자를 만나면 그 값어치를 인정받는 물건을 찾는다. 혹시 다른 뭔가가 있나 하고 들여다봐도 내 눈에는 퀴퀴한 냄새를 풍기는 낡은 의자일 뿐이다. 그 남자가 포기하고 돌아서자 구경하던 사람도 흥미를 잃었는지 하나둘씩 흩어졌다. 주인이 혼잣말로 뭐라고 중얼거렸다. 아쉬운가 보다.

남편이 한 텐트 앞에 머문다. 여든 살은 넘어 보이는 노인이 한국전 참전용사(Korean War Veteran)라고 새겨진 모자를 쓰고 간이의자에 앉아있다. 총알을 보관할 수 있는 국방색의 직사각형 깡통 여러 개와 태양의 모양을 본뜬 오래된 일장기와 훈장이 허름한 유리 상자 안에 담겨 있다. 주인인 팀(Tim)은 남편이 베트남전에 참전했다는 말을 건네자 오랜 동지를 만난 듯 의자에서 일어나며 악수를 청했다. 동서를 불문하고 군대 이야기는 남자들을 금방 친하게 만드나 보다. 내가 한국 사람이라고 하니 더욱 반가워했다. 부산, 이태원 하며 생각나는 도시 이름을 끄집어냈다. 그는 물건을 팔러 나오는 것이 아니라 대화 상대를 만나기 위해 장을 펼친단다. 잊힌 세월을 나누며 알리고 싶다는 말에 전쟁을 겪지 않았지만, 마음이 뭉클했다. 끊이지 않는 역사의 숨결을 느꼈다.

두 남자의 이야기를 듣다가 옆 텐트로 눈길을 돌린다. 상 위에 구겨진 채 놓인 테이블보가 궁금했다. 손바닥 위에 올려놓고 찬찬히 살펴봤다. 꽃 모양을 떠서 조각조각 이어붙인 디자인이 특이했다. 코바늘을 이용해 일일이 뜬 솜씨도 좋지만, 시간과 정성이 꽤 들었을 정도의 크기다. 주인이 다가오며 오래 전에 일본인 친구가 만들어준 선물이란다. 이사할 때마다 상자에 넣을까, 버릴까 망설였던 물건인데 색이 바래서 5불에 판단다. 짙은 색으로 염색하면 꽃 디자인이 더 살아날 것 같다며 돈을 내밀자 주인이 잠깐만 기다리라고 했다. 옆에 놓인 상자를 뒤적이더니 손뜨개질로 만든 컵 받침 세 개를 꺼내준다. 함께 잘 사용하라며 얹어주었다. 자신에게는 필요치 않지만 다른 사람이 요긴하게 이용하기를 바라는 마음이 느껴졌다. 서로 통하면 덤을 더 얹어지기도 한다. 정이 오간다.

나는 벼룩시장에 오면 마음이 편안하다. 고만고만한 삶을 사는 사람들이 모여든다고 생각해서인지도 모른다. 주머니가 두둑하지 않아도 가볍게 나설 수 있기 때문일까. '그까짓 1불'이 아니라 '1불이 어디야'라는 긍정의 에너지를 배운다. 서로의 필요에 의해서이지만 나눈다는 공동체를 느낄 수 있어서 좋다. 움직이며 살아가는 활기찬 모습을 볼 수 있다.

무심코 나선 길에 벼룩시장 텐트들이 보이면 무작정 그곳으로 간다. 동네마다 팔려고 내놓은 물건이 다르고 인종도 다양하기 때문이다. 낯선 삶을 만나고 그들이 사용하던 물건에 얽힌 이야기를 덤으로 듣는 횡재를 얻기도 한다.

이 모든 것이 내 글쓰기의 소재가 되어준다. 앞으로도 나는 벼룩시장에서 만나는 삶의 이야기들을 글로 옮길 것이다.

요즘 나는 벼룩시장의 매력에 푹 빠졌다.

# 다저 스타디움, 변화의 물결을 느끼며

　엘에이의 높은 언덕에 야자수 나무로 둘러싸인 다저 스타디움(Dodger Stadium)이 있다. 바둑판 모양의 잔디에 다이아몬드를 심장처럼 가운데 품은 모습은 장수의 상징인 거북이 같다. 다저 야구단은 100년이 넘는 오래된 역사와 월드시리즈 우승 6회에 빛나는 명문 구단으로 엘에이의 자랑이다. 한 해 400만 명이 찾는 다저 스타디움은 5만 1천 명이 입장할 수 있어 메이저리그 구장 가운데 가장 큰 규모다. 1루 측, 3층 구석자리는 아파트 10층 높이지만 경기장 밖으로 나가면 바로 지면이 연결되는 특이한 구조로 서부개척지대를 상징하는 말발굽 모양으로 지어졌다.

　오늘은 아들의 친구들과 함께 왔다. 야구 구경 가고 싶다고 했더니 마음에 걸렸던지 친구들 틈에 우리를 끼워 주었다. 오랜만에 넓은 구장을 내려다보니 감회가 새롭다. 다저 구장은 한인과 인연이 깊다. 1990년대 초 박찬호의 등장으로 한인들은 야구장을 찾고, 그의 실적에 따라 희비가 엇갈렸다. 매스컴도 코리안 최초의 메이저리거라며 그의 강속구와 더불어 한국에 관심을 보였다.

　가족과 친구 등 15명이 박찬호 선수가 등판하는 날은 가게 문을 닫고 단체로 야구장을 찾았다. 박 선수의 등 번호인 61번이 새겨진 셔츠를 사입고 열심히 응원하며 스트레스를 엘에이의 하늘로 날려 보냈다. 한번은 한국의 공영방송인 KBS에서 우리에게 다가와 인터뷰를 했다. 박찬호는 우리의 희망입니다. 대한민국 만세. IMF는 가라. 우리는 소리쳤다. 그날 밤 서울의 언니가 저녁 9시 뉴스에 작은오빠의 인터뷰가 방영되었다고 했다. TV에 얼굴이 나오니 반갑고 놀랐다는 소식에 한동안 우리는 오빠를 유명인 대우하며 즐겼다. 한 달에 한 번은 두 아들과 야구장을 찾았는데 아이들이 상급생이 되며 점점 그 횟수가 줄었다가 거의 십 년 만에 다시 찾았다.

　세월이 흐르면 변화하는 것이 세상 이치다. 경기를 보는 내내 나는 숨은 그림찾기를 하듯 두리번거렸다. 첫 번째로 다저의 목소리라는 별명을 가진 빈 스클리의 시작 코멘트를 들을 수 없다. "이제 다저 야구를 볼 시간입니다(It's time for Dodger baseball)." 는 그의 전매특허다. 1950년 브루클린 다저스를 시작으로 67년째 해설을 맡아온 그가 2016년 콜로라도 로키스와의 경기를 마지막으로 중계하고 은퇴했다. 지하수까지 끌어올릴 듯 강하고 깊은 울림이 있는 목소리로, 재치 있고 명쾌하지만 칼날이 선 해설로, 스쳐지나간 유명선수보다 더 인기가 높았다.

　다음으로 다저 구장의 명물 핫도그(Dodger Dog)가 극심한 다이어트를 했다. 아들 여자 친구인 미키가 건네준 핫도그를 보며 나는 놀라서 턱이 빠지는 줄 알았다. 80년대 초반까지는 구장에서 직접 수제로 만들었지만 그 후로는 파머 존(Farmer John)이라는 회사에 위탁하여 납품받아 판다고 했다. 오늘 내 손 안의 핫도그는 손가락 굵기로 가늘어졌고, 길이도 3분의 1로 줄었다. 빵 사이를 길게 비집고 나온 통통하게 살이 오른 소시지를 한입 베어 물면, 툭 하고 터져 나오던 특유의 육질과 쫀득쫀득 씹히는 맛이 일품이었는데 아쉽다.

땅콩장수의 묘기도 사라졌다. 야구장 구석구석을 돌며 땅~콩(Peanut)을 외치는 판매원은 백만 불 연봉을 자랑하는 유명 투수들 못지않은 '던지기' 실력자다. 누군가 '땅콩!' 하고 외치면 그 자리에 서서 손에 움켜쥔 봉투를 던지는데 1cm의 오차도 없이 바로 주문한 관중에게 뚝 떨어진다. 그 정확도에 사람들은 감탄하며 환호와 박수를 보냈다. 그의 쇼에 답하듯 땅콩을 산 사람이 내민 5불을 손에서 손으로 건너건너 전달하며 모두 하나가 됐다. 이제는 6불에 매점에서만 살 수 있어 아쉽다.

경기가 지루할 때면 누군가가 준비해 왔는지 대형의 비치볼이 둥둥 떠다닌다. 선수에게 향하는 무언의 항의다. 점수가 나지 않고 그저 그런 경기로 무료할 때 비치볼이 관중석에서 불쑥 올라오고 툭툭 치며 옆으로 뒤로 전달했다. 어디로 튕겨갈지 모르지만 자신의 근처로 비치볼이 오기를 기다리며 여기, 여기 손을 흔들며 소리를 지른다. 우리끼리 잘 논다는 의미다. 테러 발생 방지를 이유로 입구에서 가방을 열어보는 보안검사를 하며 비치볼을 가지고 입장할 수 없게 막는다. 사고를 방지하고 경기 흐름을 방해받지 않으려는 조치라고 하는데 이해가 안 됐다.

아들이 플라스틱 잔에 담긴 맥주를 사 왔다. 마침 목이 마르던 참이라 얼른 받아서 한 모금 마셨다. 바로 이 맛이지. 온몸으로 시원한 기운이 퍼진다. 오늘 경기장에 입장하기 전에 목격한 장면이 떠올랐다. 경찰이 지켜보는 앞에서 한 청년이 맥주를 바닥에 쏟아 버렸다. 짐작컨대 자신의 차에서 맥주를 마시다 경찰에게 걸려서 버리라는 경고를 받은 것 같다. 몇 년 전까지만 해도 주차장에서 일행을 기다리며 소풍 나온 기분으로 간단한 간식과 맥주를 마실 수 있었다. 다운타운의 멋진 배경을 야자수 나무 사이로 바라보며 살살 부는 바람을 맞으며 먹는 음식과 음료는 꿀맛이었다. 2011년 다저스와 개막 경기를 보기 위해 샌프란시스코 자이언츠의 팬인 스토우가 다저 스타디움을 찾았다가 주차장에서 남성 2명으로부터 무차별 폭행을 당했다. 그는 뇌를 다쳐 불구가 되었고, 이후 경찰이 순찰을 돌며 주차장에서 알코올음료나 음식을 먹지 못하게 단속한다.

세태의 변화에 따라 야구장의 풍경도 바뀌었다. 그동안 박찬호를 비롯해 지금의 류현진까지 여러 한국의 야구 선수들이 머물렀다. 일 년에 한 번 한국의 날도 있고, 많은 한국의 유명인이 시구와 공연을 했다. 소주를 파는 매점이 생겨서 전처럼 한국에서 가져온 소주를 물병에 담아 숨겨 들여가지 않아도 된다. 선물상점이 생겨 경기가 없어도 기념품을 살 수 있고, 멀리서지만 구장을 구경하고 사진을 찍을 수가 있어 시즌이 아닐 때 서울에서 친지가 방문하면 구경시키는 관광 코스가 됐다. 변화해야 이 경쟁의 시대에서 살아남을 수 있겠지.

생각에 빠진 나에게 아들이 경기가 재미없느냐고 묻는다. 벌써 5회를 넘어가고 아직 양쪽 모두 점수를 내지 못했다. 옆에서 아들과 그의 친구들이 렛스고 다저스(Let's go Dodgers)를 외친다. 양손을 들고 일어나며 파도 물결의 모양을 만드는 응원이 외야 쪽에서 밀려오고 있다. 나도 고개를 돌려 파도 물결의 흐름을 보며 엉덩이를 살짝 들고 준비 자세를 취했다. 아들의 친구들이 우르르 일어서고 나도 양손을 높이 올려 물결을 만들었다.

전에는 내가 아들을, 이제 아들이 나를 데리고 왔다. 그가 나를 챙긴다. 하긴 초등학생 때부터 남편보다 더 의지했던 아들이다. 작은 아들이 수술하는데도 의사와 대화가 잘 안 통한다고 열 살도 안 된 큰아들을 앞장세웠다. 사춘기를 거치는 내내 부모의 불화를 보며 힘들었을 그 아이는 생각지 않고 의논한다는 이유로 내 마음을 아들에게 풀어 헤쳤다. 너무 힘들다고 아들을 붙잡고 울었다. "엄마, 그럼 이혼해." 힘들어하는 엄마가 안쓰러웠을 아들이 내게 했던 말이다. 이 말하기가 얼마나 고통스러웠을지 당시는 그의 마음을 읽지 못했다. 이제 간호사로 직장생활을 열심히 한다. 자신의 자리를 지키며 잘살고 있는 큰아들은 항상 나에게 든든한 버팀목이다. '내가 너를 키운 것이 아니라 너랑 함께 살아가는 법을 배우며 깨닫고 있어. 나에게 와 줘서 고마워. 미안해.' 그를 볼 때마다 나는 혼잣말을 한다.

물결응원을 마치고 의자에 앉아 아들의 옆얼굴을 본다. 언제 저렇게 컸나. 흐뭇하다. 행복하다. 다저 스타디움만이 아니고 나에게도 변화가 있다는 것을 깨닫는다. 세월 속에 사라지는 것이 있다면, 새로운 추억이 만들어져 그 자리를 메운다.

Let's go Dodgers를 관중들이 외친다. 나도 힘껏 응원했다.

# 펄펄 끓는다

더운 8월에 멕시코행이라니. 시누이 엘리노가 멕시코 여권을 갱신해야 하는데 남편에게 동행하자고 했다. 미국에서 태어났지만, 멕시코에 별장을 구입한 뒤부터는 일 년에 한 번씩 이런 번거로운 일을 한다. 남편은 칠십이 넘은 누나가 장거리 운전하는 게 안쓰러웠던지 나에게 상의도 없이 승낙해 버렸다. 그녀 혼자 간 적이 어디 한두 번인가. 유난스럽게 그는 직장에 휴가를 냈다. 이래서 호칭 앞에 '시'자가 붙으면 동서고금을 막론하고 비호감이 되나 보다. 한국인 올케는 나이가 스무 살이나 많은 히스패닉 시누이 앞에서 'No'를 내뱉지도 삼키지도 못해 입안이 펄펄 끓는다.

엘에이를 떠나 남쪽으로 내려갔다. 새벽 4시에 출발하여 팜스프링을 지나니 아침 6시인데도 차 안에 있는 온도계가 상승한다. 길옆의 건물들이 수양버들처럼 축축 늘어졌다. 조슈아 나무도 양쪽으로 벌린 팔에서 땀이 나는지 한 번씩 진저리를 친다. 모래 위를 뒹구는 회전초도 그늘을 찾다 지쳤는지 몸을 웅크리고 있다. 사막이 펄펄 끓는다.

지열이 아지랑이를 길게 하늘로 피워 올렸다. 타이어는 바닥에 닿을 때마다 화상을 입는지 고무 타는 냄새가 났다. 무심코 닿은 차의 유리창에 손을 델 뻔했다. 차 안은 에어컨이 세게 돌아가고 밖에는 화씨 100도가 넘으니 30도의 온도 차이에 견디기 힘들다. 차가 펄펄 끓는다.

멕시코에 도착하자마자 여권국 사무실로 갔다. 서류를 제출하니 다음 날 12시 이전에 찾으러 오란다. 화씨 120도를 오르내리는 날씨 때문에 여름이면 오전 근무만 한단다. 냉방장치를 돌리는 전기요금이 엄청나겠지. 가난한 정부라 공공요금에 펄펄 끓는가 보다.

시누이의 단골식당으로 갔다. 방파제를 끼고 있는 식당에는 오래된 대형 선풍기가 헉헉대며 돌아갔다. 주방만 막혀 있고 열린 공간에 지붕만 얹힌 곳이라 냉방장치를 기대하진 않았다. 바다에서 끈적이는 바람이 몰려와 온몸을 축축하게 적셨다. 테이블 위에 작은 소금을 담은 병이 놓여 있다. 습기에 소금이 녹는 것을 방지하기 위해 쌀을 같이 채워두는데 아무리 흔들어도 소금은 나오지 않는다. 서로 엉겨 붙어 있다. 소금과 쌀이 작은 병 안에서 펄펄 끓는다.

8월의 바다는 파도를 힘겹게 내쳤다. 모래사장에 혀를 길게 늘어트린 채 뒤로 서서히 물러갔다가 꾸물꾸물 다가선다. 듬성듬성 외롭게 서 있는 야자수 잎으로 만든 하바나는 그늘을 만들지 못한 채 바싹 말라붙었다. 누나의 별장 앞에 있는 바다 풍경은 그림의 떡이다. 한낮에는 밖에 10분 이상 서 있는 게 무리다. 에어컨을 돌리고 준비해온 DVD로 영화만 봤다. 지인들이 여행을 간다고 하니 부러워했는데 돌아가서 무슨 말을 할까. 무심히 영화를 보는 시누이와 남편이 밉다. 이게 뭐람. 집안에서만 뒹굴다니. 멀리까지 오느라 들인 시간과 가스비를 생각하니 내 머릿속이 펄펄 끓는다.

다음 날 여권을 돌려받았다. 두 사람도 힘든지 날씨가 더우니 내일 엘에이로 돌아가잔다. 5일 계획이 3일로 단축됐다. 계속 뚱해 있는 내게 신경이 쓰였는지 식당에서 저녁을 먹고 나니 바닷가로 산책하러 나가자고 했다. 밤 8시가 넘었는데도 바닷물에 발을 담그니 물이 뜨뜻하다. 바다도 펄펄 끓었나 보다.

모래사장에 널려 있는 조개껍질을 주웠다. 더위에 지쳐 누구도 관심을 두지 않기에 내 독차지다. 서울 댁의 억척 기질을 발휘해 열심히 챙겼다. 식당에 달려가 비닐봉지를 구해다가 조개껍질과 고운 모래를 담았다. 내일 돌아갈 것인데 무언가는 건져가야 하지 않겠는가. 작은 유리병에 모래를 깔고 조개껍질을 넣어 지인들에게 선물로 주리라. 온종일 달구어진 모래가 봉투 안에서 펄펄 끓는다.

다음날 새벽에 길을 떠났다. 아침 7시에 도착한 미국 국경 경비소는 주차장을 방불케 한다. 주중이어서인지 여행객보다는 멕시코에서 미국 국경 도시로 출근하는 사람들이 더 많았다. 줄어들지 않는 차의 행렬 옆으로 조간신문이나 음식을 파는 잡상인들이 바삐 움직인다. 멕시코로 들어올 때는 쉽게 통과하는데 미국으로 돌아가는 길은 검사가 심하다. 기다린 지세 시간이 넘는다. 국경이 밀리는 차로 펄펄 끓는다.

마침내 우리의 차례가 되었다. 마약 탐지견이 코를 벌름대며 차 주위를 돌고, 거울이 달린 긴 장대를 든 검사관은 차 밑을 검사한다. 여권을 내밀고 간단한 질문에 답을 했다. 남편이 다 알아서 하겠지. 나는 건너편에 보이는 맥도널드 식당의 노란 M자 아치를 바라보면서 빨리 통과해 화장실로 달려갈 생각만 했다. 기다리는 동안 물을 마시지 말걸.

차의 트렁크를 열란다. 검사관이 여행용 가방을 헤집어 보다가 조개껍질과 모래를 담은 봉투를 들며 남편에게 물었다. 아내가 친구에게 줄 선물을 만들려고 바닷가에서 주웠다고 설명했다. 그가 고개를 갸우뚱하더니 검사대 안의 컴퓨터를 두드린다.

잠시 후, 그가 종이 몇 장을 가져왔다. 빨간색 종이는 반을 접어 유리창에 끼우며 남편에게 정밀검사를 받아야 한단다. 그가 내민 다른 종이에는 반입이 불가한 품목들이 적혀있다. 총기, 마약, 과일, 식물, 꽃, 땅콩, 종류, 음식, 흙 등등. 모래가 흙에 해당하나? 최소한의 벌금이 1,000불이다. 헉, 숨이 막혔다. 남편은 마약가루를 모래와 섞었을까 봐 검사를 하려나 본데 걱정하지 말란다. 그럼 내가 마약밀수범으로 의심을 받은 건가. 나는 법을 어길 위인도 못 된다. 얼마나 새가슴인데.

옆의 정밀 검사대로 갔다. 이미 여러 차가 줄을 서서 기다리고 있다. 차의 시동을 끄고 창문을 여니 더운 바람이 훅하고 몰려든다. 검사를 받는 사람을 보니 모두 얼굴이 벌겋게 달아올랐다. 어떤 이는 큰 소리로 다투기도 하고 우는 여인도 있다. 슬슬 불안해졌다. 모래는 왜 가지고 왔는지. 벌금을 물게 되면 어쩌나. 여기서는 또 얼마나 기다려야 하는가. 다리가 비비 꼬이며 땀이 줄줄 흘러내렸다. 차 안의 셋은 말이 없다. 뒷좌석에 앉은 내 눈에 남편과 시누이의 머리에서 모락모락 피어오르는 김이 보인다. 남편과 시누이가 펄펄 끓고 있다.

마침 지나치던 검사관이 우리를 힐끔 쳐다봤다. 최대한 불쌍한 표정으로 그를 바라보았다. 그가 뒷걸음을 치더니 차에 붙은 빨간 딱지를 떼쳤다. 남편이 설명했다. 조개껍질과 모래를 담은 봉투를 이리저리 살펴보더니 대수롭지 않은 표정으로 다음부터 모래는 가져오지 말라고 했다. 앞에는 기다리는 차가 있으니 후진해서 가라며 통과시켜 주었다. 다행이다.

남편이 차를 뒤로 빼는 동안 내 눈은 맥도날드의 M자를 향해 펄펄 끓었다.

화장실, 나 더 못 참아요.

# 휴먼 내비게이션

지하철 1호선 안이다. 마주 앉은 승객들은 어디에선가 만난 듯 정겹다. 이리저리 둘러보아도 익숙한 말과 생김새라 편안하다. 미국에서 나온 25년 만의 고국 나들이는 높게 올라선 아파트 숲이 낯설지만 너무나 오고 싶었던 모국 땅이어서 들이마시는 공기조차 달게 느껴진다.

매번 움직일 때마다 가족 중의 누군가가 태워다 주고, 우리가 볼일 볼 동안 기다려 주기에 미안했다. 다녀보니 서울 도심에는 교통체증이 심하고, 주차공간이 부족해 주차할 곳을 찾는 일은 하늘의 별 따기보다 어려웠다. 이럴 때는 대중교통을 이용하는 것이 현명할 듯했다. 지하철을 타보고 싶다고 우기니 노선표를 구해 주었다.

오늘은 남편 조(Joe)와 덕수궁 구경을 왔다. 덕수궁까지는 형부가 데려다 주었고, 집으로 돌아갈 때는 지하철을 타기로 했다. 걱정스러워하는 형부에게 말이 통하는데 뭐가 문제냐며 안심시켰다. 나오기 전에 조카가 지하철 노선과 환승역 등 자세히 적어 건네준 메모지를 신주단자처럼 소중히 가방에 보관했기에 든든했다.

자신 있다고 큰소리를 쳤는데 자동매표기 앞에서부터 난감했다. 우왕좌왕하는 우리를 본 어느 부부가 표 사는 방법을 알려주고, 안심이 안 됐든지 입구까지 함께 가 주었다. 전철을 기다리며 신문을 보고 있는 아주머니에게 중간쯤에서 갈아타야 할 곳까지 가는 방향이 맞는지 또 물었다. 그분도 같은 방향으로 간다며 걱정하지 말라고 했다. 미국에서 왔다고 했더니 억새 축제를 하는 난지도의 하늘공원과 광화문 앞 수문장 교대식도 볼 만하다며 알려주었다. 지하철 안은 붐비지 않아서 좌석이 드문드문 비었다. 두 자리가 나란히 빈 곳이 없어 나는 앉고 남편은 손잡이를 잡고 섰다. 옆에 앉은 아주머니가 남편과 나를 번갈아 바라보더니 내 옆구리를 팔꿈치로 꾹꾹 찔렀다. 여기 앉으시라고 해요. 한마디 불쑥 남기고 건너편의 빈 좌석으로 옮겨 앉았다. 남편에게 당신을 위해 자리를 비워준 거라고 설명하고 나란히 앉아 감사하다고 그분께 인사를 했다. 친절한 분들을 만나 외국인인 남편에게 아내의 나라 좋은 일면을 보여주었기에 자랑스러웠다. 남편은 기분이 좋은지 '휴먼 내비게이션'을 만나니 길을 잃지 않을 것이라며 흐뭇한 미소를 지었다.

내비게이션. 서울에서 여러 친지의 차를 탔다. 대부분이 내비게이션을 이용했다. 출발지와 목적지를 입력하면 가야 할 곳을 자세히 알려준다. 친절한 여성의 음성이 어느 정도 앞에서 좌회전해야 하는지, 전방에 방지턱이 있다거나, 사고 다발지역이니 주의하라고 꼼꼼히 챙긴다. 경로를 이탈해도 바로 수정해서 알려준다.

아는 길인데도 내비게이션의 도움을 받기에 꼭 그래야 하는지 물었다.

교통 단속 구간이나 무인 카메라의 위치를 알려주어 교통 티켓 방지용으로 사용한단다. 또 장거리운전 중에는 졸음을 막을 수 있고, 자주 가는 곳이 아닐 때는 그동안 새로운 도로가 생기기도 해 혼란을 막을 수 있단다. 초보 운전자나 초행길에는 좋은 길 도우미가 되어 준다. 길눈이 어두운 길치에게는 필수품이다. 차를 타면 자동으로 들리는 그 목소리가 이제 익숙하다. 목적지까지 빠르고 정확히 인도하는 길잡이가 되어 생활의 중심축이 되고 있다. 우리는 미국에서 내비게이션을 자주 사용하지 않는데 이번 기회에 문명의 이기를 적절히 사용하는 것도 지혜라고 생각했다.

돌아보면 나는 평탄대로를 달리는 삶을 살지 못했다. 타인의 길이 더 넓고 안전해 보여 따라가다가 내 길이 아님을 알고 돌아서 오느라 시간을 허비하기도 했다. 언덕을 오르다 지쳐서 주저앉고, 늪에 빠져 허우적대기도 했다. 막다른 골목길에서 좌절도 겪고, 낭떠러지 앞에서 후들거리는 다리를 감싸안고 두려움에 떨었던 적은 몇 번이던가.

만만하지 않은 삶이었다. 이제 시행착오 뒤에 건진 잔잔한 삶의 묘미도 만날 수 있어 후회하지 않는다. 간혹 엉뚱한 길로 접어들었다 해도 새로운 곳을 발견하는 즐거움도 있었다. 마침 그곳에 목을 축일 수 있는 옹달샘이 있거나 나무 그늘이 있어 한숨 돌린 날도 있었으니까. 밀리는 곳에서는 인내심도 키우고 나만의 공간 안에서 홀로 생각을 정리할 수 있는 여유도 부린다. 잠시 돌아가며 만난 인연들이 있어 삶이 그리 삭막하지 않았다.

오늘 길에서 만난 분들로 하루가 행복했다. 삶의 경험에서 얻은 지혜를 정에 담아 나누어주는 미덕들은 마음을 훈훈하게 해 준다. 미처 모르던 정보도 나누고 때론 길동무가 되어 무료함도 날려 보낼 수 있으니 얼마나 좋은가. 자신의 작은 수고로 타인이 즐거울 수 있다면 그도 보람된 삶을 사는 것이리라. 나도 오늘 만난 사람들처럼 누군가에게 도움을 주며 살아야겠다.

처음 타는 지하철이라 걱정이 되는지 남편은 노선표를 열심히 들여다본다. 한국어와 영어로 하는 방송을 귀 기울여 듣는다. 나는 지나가야 할 역들을 하나하나 짚으며 그에게 알려줬다. 그러다 깨닫는다. 우리는 살아가며 서로에게 길 안내를 하는 휴먼 내비게이션이 되어야 한다. 지금처럼 지도를 펼쳐 놓고 가야 할 곳을 의논하고 정해야 하는 삶의 동반자다. 든든한 그에게 의지하고, 옆에서 그를 보필하며 사는 것이 현명하게 사는 방법이다.

우리가 지하철을 갈아타야 할 왕십리역에 다다랐다. 목적지까지 가려면 길 안내를 또 받아야 할지 모르는데 어떤 인연을 만나게 될까 기대된다. 남편의 손에는 지하철 노선표가 들려 있다.

# 시민권은 필수, 범죄는 NO

 

수많은 발걸음 소리가 골목을 흔들더니 '노.아이.씨.이.(No I.C.E.)'라는 외침이 들린다. 집 건너편에 있는 고등학교에서 학생들이 양쪽 인도를 꽉 채우며 데모를 한다. 그들의 손에는 'No I.C.E.'라고 쓰인 피켓이 들려 있다. 누군가가 "그녀에게 아버지를 돌려줘."라고 외치자 학생들은 한목소리가 되어 따라 했다.

얼마 전 근처의 링컨하이츠 학교에 12살 난 딸을 내려주던 곤살레스를 이민국 단속반이 체포했다. 그는 음주운전과 경범기록이 있었지만 오래전의 일이고, 그 후로는 단란한 가정을 꾸리며 살고 있는 평범한 시민이다. 그의 딸 파티마는 아빠의 연행과정을 휴대전화 카메라로 찍어 SNS에 올렸다. 그녀는 CNN과의 인터뷰에서 "당시 너무 무섭고 슬펐다. 등굣길에 이런 일을 겪으리라고는 생각지도 못했다."라고 말했다. 친구들과 교사들 앞에서 그녀가 겪었을 심적 고통과 두려움에 동정론이 일었다. 그렇게까지 했어야 됐느냐는 여론이 며칠 뉴스를 장식했다.

이민세관단속국(U.S. Immigration and Customs Enforcement)의 약자인 I.C.E.가 히스패닉이 모여 사는 동네를 차갑게 얼리고 있다. 이민국의 단속 때문에 히스패닉 불법체류자나 경범죄 기록이라도 있는 사람들은 살얼음 위를 걷듯 조심스럽다.

어제 건축자재를 파는 상점인 홈디포에 갔다. 평상시 그 주차장 입구에는 많은 불체자가 일감을 얻기 위해 서성거리는 곳이다. 차가 들어오면 달려들어 자신을 뽑아가 달라고 몸값을 부르며 경쟁이 치열하다. 이제는 절반 정도만이 여기저기 흩어져 있다. 근처 DVD 영화 대여점의 공사장은 작년 대비 상반기 매상이 8% 줄었다고 울상이다. 옆의 대형 상점에 이민국 단속반이 버스를 세워 놓고 사람들의 신분증을 검사한 후부터 부쩍 손님이 줄었다는 것이다. 상점 월세나 제대로 낼 수 있을지 걱정했다.

건너편 집에 세 들어 사는 로사는 동네 유료 세탁장에서 청소와 허드렛일을 한다. 가게 앞에 낯선 차가 주차하면 일단 세탁 기계 뒤로 몸을 낮춘다고 한다. 그녀의 남편인 루페는 지난 8년 동안 세금을 잘 냈는데 올해는 개인소득세 자진납부마감일이 다가오는 게 두렵다고 한다. 아내가 불법체류자여서 세금 보고하면 기록이 남게 되니 이민국에 연락이 갈까봐서이다. 그의 조카는 간단한 자동차 접촉사고가 났는데 보험회사에서 경찰보고서를 제출하라기에 경찰서로 갔다가 그 자리에서 이민국에 잡혔단다. 또 ICE 요원 4명이 캘리포니아주 패서디나 법원 청사의 복도에서 한 남성을 급습하고 체포해서 논란이 되고 있다.

잔뜩 얼어 있는 주변의 히스패닉들은 아메리칸 드림(American Dream)을 품고 미국에 왔다. 풍요로운 기회의 땅, 자유가 살아 숨 쉬는 곳에서 자리를 잡고 사는 것이 꿈이다. 열심히 일해서 가족들과 오순도순 살고 자식이 좋은 교육을 받아서 자신보다는 나은 삶을 살기 바라는 마음이다. 최근 접하는 소식에 이제 그 꿈이 무너지나 걱정했는데 루페의 이야기를 듣고는 희망을 보았다. 그는 작년 연말에 미국 시민권을 신청해 놓고 예상 문제집을 열심히 공부하고 있단다. 자신은 범죄 기록도 없고 그동안 착실히 세금을 내며 시민의 의무를 다했으니 미국시민권을 받아서 아내의 영주권을 신청하겠단다.

시민권 신청 러시는 '미국 우선주의'를 천명한 도널드 트럼프를 내세운 대선을 앞두고 투표에 참여하려는 이민자들로 절정을 이루었다. 특히 멕시코는 이중국적이 허용되기에 오히려 양국의 장점을 다 취득할 수가 있으니 손해 보는 일도 아니다.

그에게 나의 이야기를 해주었다. 모국에 대한 의리를 지킨다며 영주권자로 10년 넘게 살았다. 그러다 미국에 다니러 오신 친정아버지가 중풍으로 쓰러지셨는데 한국으로 모셔가기에는 절차가 복잡하고 어려웠다. 최선의 해결책이 내가 시민권을 받아 부모님의 영주권을 신청해야 하는 상황이됐다. 어쩔 수 없이 미루던 귀화를 결정했고, 일이 순조롭게 풀려 부모님의 법적 위치가 달라지고 의료혜택도 받을 수 있었다.

그에게 힘내라는 응원을 했다. 로사뿐 아니라 많은 불법체류자들이 정식 신분을 취득해 당당하게 살았으면 좋겠다. 미국에 살려면 시민권은 이제 선택이 아니라 필수다. 의무와 권리를 주장하고 투표로 목소리를 내야 한다. 왜라는 질문만 던지기에는 늦었다.

지금처럼 학생들이 길거리로 쏟아져 나오지 않게 하려면 말이다.

# chapter 03

# 명작,
# 그 숨결을
# 찾아서

욕망은 완전히 채워질 수 없다는 것을 알면서도
채우려 몸부림치는 나를 돌 안에 담는다.
남들의 인정과 사랑, 금전적인 여유,
내 마음에 자리 잡고 꿈틀거리는 것을 꾹꾹 눌러
돌 안에 채웠다.
잠시 후 그 돌을 돌무덤 한쪽에 살포시 내려놓았다.
집으로 돌아가면 그 빈자리에 다시 욕심이 들어앉을지언정 지금,
이 순간만큼은 비우고 싶다.
덕지덕지 붙은 속물근성과 허영을, 기계에 길든 나태함도 던져버린다.
헨리 소로의 느낌을 공유한다는 것만으로도 행복하다.
자연으로 돌아가라. 자연으로 돌아가자.
모든 것을 훌훌 털고 그처럼 자연의 일부로 살 수는 없지만
한 줌의 바람과 한 줄기의 햇살을 즐기자.
– 본문 중에서

# 타라에서 그녀를 만나다

## — 마가렛 미첼

≪바람과 함께 사라지다(Gone With the Wind)≫는 마가렛 미첼이 쓴 소설이다. 미국의 남북전쟁과 전후의 재건시대를 그려낸 대작이다. 스칼렛과 래트, 멜라니와 애슐리가 표현하는 각기 다른 사랑을 전쟁과 연결해서 절묘하게 풀어냈다. 남부 특유의 전통에 반발하는 한 여성이 독립된 존재로 일어서는 모습을 보여줬다. 절망 속에서도 생존을 위한 불굴의 의지와 희망을 잃지 않는 메시지가 아직도 기억에 남는다. 나는 이 소설을 중학생 때 읽었다. 마지막 페이지를 넘길 때까지 손에서 놓지 못할 정도로 빠져들었다. 내가 지금 글을 쓰게 된 바탕에는 그녀를 향한 동경이 한몫 했다.

벼르고 벼르다 미서부의 끝에서 동부인 조지아주 존스보로의 '타라로 가는 길(Road to Tara) 박물관'에 그녀를 만나러 왔다. 들어서니 가장 먼저 그녀의 초상화가 보였다. 강렬한 눈빛과 단정한 자태가 작품 속의 두 여주인공, 스칼렛과 멜라니를 합친 분위기이다.

그녀는 이 집을 '덤프'라고 불렀다지. 여러 가구가 살았던 아파트였기 때문일까. 젊었을 때의 사진을 보니 비비안 리 못지않은 미모에 몽환적인 이미지를 풍겼다. 키가 150cm정도라더니 집안의 가구가 모두 작다. 아기자기한 부엌 살림살이에 미첼 여사가 요리하는 모습을 그려본다. 침대 위에는 샤워를 마치고 나와 입으려는 듯 흰색의 드레스가 놓여 있다.

글쓰기 다음으로 즐겼다는 재봉틀이 보였다. 그 주위에 자잘한 소품들이 그녀의 손길을 거쳐 갔다며 콧대를 세우고 있다. 캐비닛 안에는 어머니에게 가보로 물려받은 도자기들이 진열되어 있는데 소설 속 우아한 부인 엘렌 오하라의 손길이 느껴지는 것은 왜일까.

타자기가 책상 위에 놓여 있다. 세기의 명작을 탄생시킨 타자기를 내려다본다. 가슴이 두근두근 방망이질한다. 만지고 싶지만, 손을 댈 수가 없다. 그녀의 남편은 다리를 다친 아내를 위해 도서관에서 책을 빌려다 주다가 나중에 타자기를 내밀었다. 따분한 과학 서적을 빼고는 더 읽을 책이 없으니 당신이 책을 쓰는 수밖에 없겠다며 등을 떠밀었다.

미첼 여사는 어릴 적부터 메모하는 버릇이 있었단다. 평소에 문학뿐 아니라 당시 인물의 전기 등 많은 양의 책을 읽었다. 그녀는 할아버지와 아버지에게서 들은 옛 남부의 역사와 남북전쟁을 기초해서 소설을 쓰기로 했다. 시대와 인물들, 옷에서부터 예의범절에 이르기까지 남부 사람들의 전통이 배경을 이뤘다. 10년 동안의 조사와 집필 끝에 1천 페이지가 넘는 방대한 소설이 완성되었지만, 자신이 없었다. 글 쓰는 것을 비밀에 부치기 위해 방문객이 있을 때면 항상 큰 수건으로 타자기를 가렸단다.

고난은 사람을 강하게 만들기도 하고, 부수기도 한다고 그녀는 말했다. 맥밀런출판사 편집장인 해럴드에게 한 번만 읽어 달라며 세 번의 전보를 연이어 보낸 집념의 여인이다. 마차를 끌고 남군과 북군 사이를 헤치며 타라로 돌아가는 소설 속의 여주인공. 황량하게 변해버린 타라에서 "신을 증인으로 거짓말하고, 도둑질하고, 사기 치고, 살인해서라도 다시는 굶주리지 않겠다."라고 굳게 맹세하던 스칼렛이 바로 그녀 자신이다.

출판하며 인세에 관해 쓴 계약서도 보관되어 있다. 진열된 세계 각국의 번역본 중에 한국어로 된 것이 먼저 눈에 띄었다. 나라에 따라 표지의 디자인과 스칼렛의 모습이 다르다. 이 책은 1937년 미국 도서판매협회상에 이어 퓰리처상을 받았다. 이전에 썼던 미발표 작이 여럿 있었으나 모두 소각되어 다른 작품이 없어 아쉬웠다.

소설의 인기에 힘입어 1939년에 영화로 만들어졌다. 빅터 플레밍이 감독하고 클라크 케이블과 비비안 리 주연으로 열광적인 반응을 보이며 아카데미상 10개 부문을 휩쓸었다. '스칼렛 오하라는 예쁜 편은 아니었다.'로 시작하는 소설에 비해 영화 속의 비비안 리는 초록색 눈을 반짝이며 아름답다. 세계에서 최초의 영화 시사회를 애틀랜타의 대극장(Lowe's Grand Theater)에서 했는데 당시의 사진들 속에 미첼 여사와 출연진들이 다정한 포즈를 취했다.

야만스러울 만큼 붉은 땅이라고 했던 타라의 집 모형이 있다. 제작 기간이 3년이나 걸릴 정도로 소설 속의 집 그대로 정교하게 만들었다. 각국의 영화 포스터가 진열되어 있고, 출연진들의 사진과 인형들이 실제 크기부터 미니어처까지 박물관의 반 이상을 차지한다. 개미허리를 돋보이게 할 때 입었던 판탈렛과 커튼을 뜯어 만든 녹색 벨벳 드레스를 비롯해 많은 의상이 전시됐다. 드레스 사이를 이리저리 돌다 보니 마치 스칼렛과 함께 왈츠를 추는 듯했다. 스칼렛이 버틀러와 춤을 출 때, 또 스칼렛이 애슐리가 멜라니에게 보낸 편지를 몰래 읽고 나서 혼자 흥얼거렸던 '이 참혹한 전쟁이 끝날 때'라는 음악이 들린다면 좋겠다. 그러면 나도 그녀처럼 발로 장단을 맞출 것이다.

인종차별을 한다며 미첼 여사를 구설에 오르게 한 흑인노예 매미 (Mammy)에 관한 스토리가 한 코너를 장식했다. 번역본에서는 할멈이나 유모로 되어 있는데 원본의 Mammy로 부르는 게 그 이미지가 자연스럽게 와 닿는다. 영화에서 헤이티 맥데니엘가 그 역을 맡아 주연들에게 뒤지지 않은 연기력을 보여 주목을 받았다. 부푼 볼에 뚱한 표정으로 비비안 리의 허리를 조이며 숙녀는 개미처럼 먹어야 한다고 주의를 주던 장면이 생각났다. 마가렛 미첼이 '인생이 우리가 원하는 대로 흘러가지 않는다고 해서 실망하지 맙시다. 인생은 원래 그런 것으로 생각하고 꿋꿋이 우리의 길을 갑시다.'라며 헤이티에게 보낸 편지도 있다. 흑인이 아카데미 시상식에 참석하는 것을 반대하는 여론이 일 때 위로로 보낸 것은 아닐까 추측해본다.

그녀는 단 한 편의 소설로 세계를 열광시켰다.

"모든 것은 내일 타라에서 생각하기로 하자. 그를 되찾는 방법도 내일 생각하기로 하자. 내일은 새로운 태양이 뜰 테니까(After all, tomorrow is another day!)."

긴 여운을 남겼기에 사람들은 속편을 기다렸다. 두 사람이 재결합은 하는지, 한다면 스칼렛이 어떤 방법으로 사랑을 다시 찾을지 궁금했다. 미첼 여사는 속편은 없다고 단언했다. 전화가 너무 자주 울려서 아무것도 할 수가 없고, 보내져 오는 책에 서명해서 돌려보내느라, 방문자를 맞이하고 초대에 응하기에 지쳤단다. 아니면 10년이라는 세월 동안 모든 것을 쏟았기에 샘이 고갈되었는지도 모른다. 기대에 부응해야 한다는 것이 부담스럽기도 했을 것이다.

미첼 여사는 부를 나눌 줄 아는 큰 사람이다. 2차 대전에 적십자 간호사로 자원봉사를 하고 그녀가 낸 성금으로 군함 두 척을 제조했다. 진수식 때 찍은 사진을 보니 남자들 사이에 파묻힌 작은 여인, 그러나 활짝 편 어깨가 그들을 당당히 누르고 있다. 무명으로 흑인 의대생들에게 장학금도 지원했단다. 초상화에 그녀가 입고 있는 드레스를 보면 적십자 핀이 꽂혀 있어서 이곳을 찾는 사람들에게 말 없는 메시지를 전한다. 방문객이면 누구나 그 앞에서 사진을 찍을 것이기 때문이다.

그녀는 1949년 교통사고로 젊은 나이에 세상을 떠났다. 피치 길(Peach Street)은 뗄 수 없는 인연으로 그 길에 결혼 전까지 살던 집과 시사회를 했던 영화관이 있다. 남편과 영화를 보러 가다가 사고를 당한 곳도 그 길이다. 근처의 오클랜드 묘지에 남편과 함께 잠들어 있다. 미국식이면 남편의 성을 따라야 하는데 본인의 이름으로 문패를 달았던 그녀였기에 비석에 어떻게 쓰였을지 궁금하다. 내 삶을 누군가에게 맡기지 말라며 전통에 반발하는 당당한 여성상을 보여준 미첼여사다.

아쉬움을 남기며 박물관을 나왔다. 눈에 담은 것이 많아서 잠시 그 앞에 놓인 작은 벤치에 앉았다. 꽃가지를 흔드는 봄바람에 마음을 식히는데 바로 옆에 기차역이 보인다. 애틀랜타를 연결하는 철도 공급선이 끊어져 북군의 점령 하에 들어가게 되었다던 곳이다. 여기에서 기차를 타면 타라까지 갈 수 있을까. 그곳에 가면 그녀의 표현대로 붉은 들과 싹트는 푸른

목화 그리고 상쾌한 황혼을 만날 수 있을까. 가고 싶다, 그곳에.

세계인들의 마음에 감동을 전해준 여인, 마가렛 미첼. 그녀를 만나러 먼 길 온 보람을 느낀다.


등 뒤에서 두런두런 말소리가 들린다.

"그걸로 책을 써보라고. 당신이라면 명작을 쓸 수 있을 것 같은데."

"뭘 쓰라는 거지요?"

"당신이 알고 있는 것을 쓰는 거지 뭐. 글이라는 게 다 그런 것 아니겠어."

마가렛 미첼과 그녀의 남편이 타자기를 앞에 놓고 주고받았다는 대화다.

알고 있는 것을 쓰는 거, 그게 바로 글이다.

# 꿈을 이룬 소년, 톰 소여와 허클베리 핀
– 마크 트웨인

　마크 트웨인 작품의 원천인 미시시피강이 보고 싶어 미조리주의 한니발에 왔다. 그의 대표적인 3부작 ≪톰 소여의 모험≫ ≪허클베리 핀의 모험≫ ≪미시시피강의 생활≫에 미시시피강 줄기가 흐르며 그의 숨결이 담겨진 소중한 곳이다. 마을 전체가 마크 트웨인과 톰의 그늘에 있다. 미 중부 미조리 주의 한니발(Hannibal) 거리는 소설 속의 세인트피터즈버그 마을로 변해버렸다. ≪톰 소여의 모험≫ 첫 장에 '이 책에 기록되어 있는 사건은 그 대부분이 실제로 있었던 일' 이라고 명시했듯이 마크 트웨인이 자란 고향이 바로 소설의 배경이다.

　골동품을 파는 상점을 지나 카티프 언덕으로 향했다. 그곳에는 톰과 허클베리 핀의 동상이 어깨를 나란히 하고 마을을 내려다본다. 오늘은 또 무슨 장난을 칠까 궁리를 하는 모습이다. 그 옆을 스쳐 계단을 오른다. 하얀 등대가 보인다. 저곳에 가면 혹시 그를 만날 수 있지 않을까. 한 발 한 발 올랐다. 숨이 헉헉 막힌다. 이어지는 가파른 계단에 질려 몇 번 멈추기도 했다. 지나온 길보다 올라갈 계단이 더 짧다고 스스로를 부추겨 겨우 정상에 올랐다. 등대를 빙 두른 보호 난간에 몸을 기대고 미시시피강을 내려다본다. 아, 드디어 왔구나. 숨을 깊게 들이마신다. 작년에 코네티컷 주 하트퍼드에 있는 마크 트웨인 집에 다녀온 후, 그가 태어나고 자란 한니발에 꼭 오고 싶었는데 꿈이 이루어졌다.

강의 넓은 폭을 푸르른 숲이 양쪽에서 아우르고 그 사이로 잔잔한 물결이 여유롭게 흐른다. 이곳에서 마크 트웨인은 소년기의 꿈을 키웠다. 아니 필명을 사용하기 전, 어릴 적 이름은 사무엘 랭흔 클레멘스이니 샘이라 불릴 때다. 학교 수업을 빼먹고 이 언덕에서 돌멩이를 굴리며 놀다가 먼 옛날 할아버지의 할아버지가 해적 선장이었으니 자신도 해적이 되고 싶어 했다. 강을 오르내리는 증기선을 보면서 수로 안내인이, 또 배를 타고 세계의 이곳저곳을 다니는 모습을 그려 보기도 했던 곳이다.

결혼 전에 유치원 교사를 했다. 어린이들의 나이에 맞게 각색된 톰 소여와 허클베리 핀을 구연동화로 들려주면 초롱초롱 눈동자들이 내 주위에서 춤을 추었다. 집중해서 듣는 모습이 좋아 목소리 톤에 신경을 쓰며 생동감 있게 들려주려고 노력했다. 결혼 후에도 두 아들과 함께 만화로, 또는 영화를 보거나 잠자리 이야기(Bed Time Story)로 자주 들려주었다.

톰은 아주머니의 말을 안 듣고 2층 방에서 몰래 물통을 타고 밖으로 놀러 나간다. 베키에게 사랑의 메시지를 석판 위에 써서 보여주고 동굴에서 놀다가 함께 길을 잃기도 했다. 담장에 페인트를 칠하라는 벌을 받고는 마치 특별한 행위처럼 각색해 동네 아이들에게 시키며 간식까지 상납 받는 사기꾼의 기질도 발휘했다. 허클베리 핀과 함께 한밤중에 공동묘지를 돌아다니다 살인사건을 목격한 후 그 범인을 체포하는 등 동네의 사고뭉치이자 골목대장이었다. 노예인 짐과 인디언 조를 등장시켜 어른들 사회 안에서 펼쳐지는 허식과 위선에 반발하고 거부하는 내용을 담았다.

≪톰 소여의 모험≫의 서문에 '어린이용으로 쓰였지만 개구쟁이 시절을 거친 어른들에게는 즐거움과 아쉬움이 섞인 추억을, 그와 전혀 다른 시간과 공간 안에 있는 아이에게는 신선하고 가슴 두근거리는 이야기를 전하고 싶다.'라고 밝혔다. 어린이에게 들려주기 적합하지 않은 상황이 나오지만 세대를 아우르는 많은 메시지를 담고 있다. 특히 미지의 세계에서 펼치는 모험이 흥미진진해서 아직까지도 읽히고 영화로 만들어진다.

마크 트웨인은 정규 수업을 제대로 받지 못했다. 독학과 꾸준한 독서 그리고 기자로 세계 각국을 돌며 겪은 풍부한 경험이 그의 작품 안에 담겨 있다. 미국의 사회상을 해학과 풍자를 담은 필치로 예리하게 그려내 '미국적 리얼리즘'과 '지역적 리얼리즘'의 결합된 형태라는 평을 받는다. 헤밍웨이는 "미국 현대문학은 허클베리 핀이라는 소설 한 권에서 시작되었다."라고 극찬했다. 사회적으로는 반제국주의와 노예해방 그리고 여성 참정권운동에 적극적으로 참여도 했다.

작년에 코네티컷주의 하트퍼드에 있는 그의 집에 갔었다. 한니발의 하얀 울타리로 둘러싸인 2층집과 그 집은 규모부터 다르다. 마크 트웨인. 배 밑으로 수심이 두 길이니(약 3.7m) 지나가기 안전하다는 뜻의 그의 필명처럼 사랑하는 아내와 세 딸들과 단란한 가정을 꾸렸던 곳이다. 빅토리아풍으로 '어른이 만든 붉은 레고'라는 별칭에 맞게 각도에 따라 모양이 다르고 전체적으로는 유람선처럼 보였다. 당시에는 생각할 수 없었던 구리관을 이용한 온수시설과 방마다 벽 안에 관을 설치해 인터폰시설을 설치했다. 거실 한 쪽에 온실을 만들어 사계절 자연을 즐기고 그곳에서 자신의 작품 인 ≪왕자와 거지≫로 아이들과 함께 연극놀이를 즐겼다. 길게 차양이 드 리워진 현관 앞에서 가족과 지내는 것을 좋아했다. 그는 첫아들과 딸 둘을 저세상으로 먼저 보내고 자책하며 우울하게 지냈다. 유머와 위트로 설계된 집이라는 표현에 맞지 않는 슬픔이 배어 있다. 그래서인지 유난히 창이 많고 티파니가 화려한 문양으로 장식을 했는데도 어두운 느낌이 강했다.

그를 파산에 이르게 한 자동식자기가 박물관에 자리 잡고 있다. 몸체만 큼이나 큰 부채를 그에게 안겨주어 노년에 아픈 몸으로 세계 각국을 돌며 강연을 해야만 했다. 다행히 달변가인 그의 강연은 많은 어록과 인기를 끌며 빚을 다 갚을 수 있었다. 그는 발명가로 불리는 것을 좋아했다. 병약 한 아내의 힘을 덜고자 고안해낸 브래지어 후크와 신문사에서 일하던 경험 을 살려 풀을 사용하지 않는 스크랩북과 멜빵의 전신이라 할 수 있는 '탄력 끈'도 만들지만 당시에는 실용화되지 못했다. 실패라는 불명예와 고통의 흔적이 아직도 그를 따라다닌다.

마크 트웨인이 중국통이었다는 것도 알았다. 그는 젊은 시절 남북전쟁 이 터지자 금광에 대한 꿈에 역마차를 타고 서부로 갔지만 실패를 하고 기자로 활동을 했다. 그때 중국인 광산 노동자들의 성실성을 보고 좋은 인상을 받았다. 이후 중국인들이 미국에 자리를 잡는데 많은 도움을 준다. 그에 얽힌 활약상이 사진으로 진열되어 있다. 백발에다 흰 양복을 입고 검은 엽초 담배를 물고 다녔던 그는 가정의 가장으로서나 시민으로서나 어떠한 불행에도 이를 농담으로 맞이하는 경애할 만한 유머리스트였다.

그의 발자취를 돌아본 후 머리에 그가 맴돌아 작품을 읽으며 다시 만나기를 꿈꾸었다. 그가 태어난 곳을 보고 싶었다.

미시시피강은 조용히 흐른다. 이제 전처럼 증기선이 부지런히 오르내리지도 않는다. 그래도 혹시 톰이 낚싯대를 어깨에 메고 강가를 따라 걷지 않을까 하고 까치발로 강을 내려다 봤다. 톰과 허클베리 핀, 두 개구쟁이가 뗏목을 타고 물살을 거슬러 오르는지 난간에 기대어 두리번거렸다. 바람이 얼굴을 어루만진다.

오래 전에 한 소년이 이곳에서 꿈을 꾸었다. 그는 자신의 꿈을 이야기로 남기며 좋아하는 일을, 잘하는 일로 만들었다. 저 강물처럼 그의 작품은 세대를 넘어 끊이지 않고 흐를 것이다. 컴퓨터 앞에 앉아 글을 쓸 때 그가 한 말을 떠올린다.

"거의 맞는 단어와 확실히 맞는 단어의 차이는 크다. 그것은 번개와 개똥벌레의 차이다."

하드포드의 마크 트웨인 집에서는 미국문학의 '안전 수역'을 지키고 있는 소설가이고 발명가며 강연자인 그를 만났다. 지금 미시시피강에는 영원한 개구쟁이 톰인 마크 트웨인이 있었다.

나도 꿈을 따라 여기까지 왔다.

# 키웨스트 섬의 노인과 바다
## - 어네스트 헤밍웨이

차가 바다를 양옆으로 가르며 달린다. 넘실거리는 물결이 2차선 도로를 아슬아슬하게 올라올 듯 말 듯, 착각에 빠지게 했다. 길은 수평선까지 연결된 것처럼 아득하게 보이고, 다리의 난간에 군데군데 낚싯줄을 드리운 사람의 등이 한가롭다. 플로리다 본토를 벗어나 섬과 섬 사이에 다리를 놓아 만든 '바다 위 하이웨이(Overseas Highway)'는 키웨스트 섬까지 이어진다. 미 대륙의 남쪽 끝에 어네스트 헤밍웨이의 집이 있다.

열대수로 우거진 정원 속에 연둣빛 창을 단 2층의 저택이 보인다. 붉은 벽돌 담장에 'Ernest Hemingway Home'이라는 표지판이 붙어 있다. 이 집은 1851년 해양 건축가이자, 난파선 구조원이던 에이샤 티프트에 의해 지어졌다. 헤밍웨이가 이 집으로 이사를 한 것은 작가인 존 도스 페소스의 편지 때문이다. "키웨스트에 오니 꿈속을 떠다니는 것 같다."는 내용이 당시 파리에 살며 미국에 돌아오고 싶어 하던 헤밍웨이의 두 번째 아내인 폴린의 마음을 움직였다.

두근거리는 마음으로 거실에 들어섰다. ≪노인과 바다≫에 대한 것들로 가득하다. 벽에는 헤밍웨이와 그레고리오 푸엔테스가 그려진 커다란 석판화가 걸려 있다. 그레고리오는 20년간 헤밍웨이의 낚시 보트인 필라(Pilar)호의 요리사 겸 친구였다. 그는 ≪노인과 바다≫의 모델이 된 사람이기도 하다. 헤밍웨이는 상남자로 살려고 했다. 전쟁터에서는 종군기자다. 아프리카에서는 큰 짐승을 사냥해 그 앞에서 자랑스럽게 포즈를 취했다. 스페인에서는 투우에 빠지고, 알프스에서는 스키를 즐겼다. 멕시코 만에서는 자신이 낚아 올린 커다란 물고기 앞에서 으스대며 좋아했다. 연예인보다 더 유명했던 그의 행적이 건물 안의 벽을 가득 채우고 있다.

이층 침실로 올라갔다. 침대 헤드보드는 스페인 수도원의 문으로 쓰였던 것이다. 두 번째 부인 폴린과 함께 사용했을 침대 위에 고양이가 몸을 돌돌 말고 누워있다. 관람객들에게 관심 없다는 듯 여유롭다. 파리 시절 친구였던 피카소가 선물한 고양이 조각이 놓여 있다. 밖으로 나와 이층 전체를 사방으로 둘러싸고 있는 베란다에서 정원을 내려다봤다.

열대식물이 잘 가꾸어져 있는 3에이커의 넓은 곳에서는 주말이면 결혼식이 열리고 예약도 밀려 있단다. 아래층 거실에 걸려 있던 네 명의 부인들 사진이 떠오른다. 세 번의 이혼과 네 번의 결혼을 한 사람의 집에서 결혼식을 하는 것이 과연 어떤 의미 있을까.

어네스트 헤밍웨이의 친구였던 ≪위대한 개츠비≫의 저자 스콧 피츠제럴드는 그가 대작을 내놓을 때마다 새로운 부인을 필요로 했다고 말했다. 두 번째 아내 폴린 파이퍼와의 결혼생활 중에 ≪무기여 잘 있거라≫를 내놓고, 세 번째 부인 말타 겔혼과 살면서 ≪누구를 위하여 종은 울리나≫를 출간했으며, 네 번째 아내 메리 웰시와 결혼한 뒤 ≪노인과 바다≫를 썼다.

한 여인에게 머물 수 없었던 것인가 아니면 새로운 에너지가 필요했던 것일까.

그의 집필실이 궁금했다. 베란다에 연결된 계단을 내려와 서재로 쓰던 이층 별채로 갔다. 전에는 침실에서 서재까지 쇠로 만든 난간 다리가 놓여 있었단다. 헤밍웨이는 전날 밤, 술을 많이 마시고도 반드시 아침 일찍 일어나 글을 썼는데 침실에서 바로 서재로 건너가기 위해서 다리를 만들었다. 지금은 없어져서 아쉽다.

가파른 계단을 올라가니 작은 방이 있다. 방 안은 창작을 향한 그의 열정이 배어 있는 듯하다. 각국에서 가져온 기념품들과 그가 잡아 올린 청새치의 박제들 속에서 타자기가 나를 부른다. 저 타자기로 ≪누구를 위하여 종을 울리나≫ ≪오후의 죽음≫ 등을 썼다. 글을 쓰는 그를 그려본다. 쿠바의 시가(Cigar) 제조회사 사장으로부터 선물 받은 의자에 그가 앉아서 우리를 보고 있는지도 모른다.

"때로 새로운 소설을 시작했는데 잘 써지지 않을 때가 있다. 그럴 때면 벽난로 앞에 앉아서 작은 오렌지 껍질을 쥐어짜 불길 언저리에 떨어트려 푸른 불꽃이 타닥타닥 타오는 모습을 지켜보곤 한다. 걱정하지 마! 항상 글을 써 왔으니 지금도 쓰게 될 거야. 그냥 진실한 문장 하나를 써내려가기만 하면 돼. 내가 알고 있는 진실한 문장 하나면 돼. 그 다음부터는 쉬웠다. 내가 알고 있거나, 누군가에게 들었거나, 어디선가 본 적이 있는 진실한 문장 하나는 언제나 있기 마련이니까."

그냥 진실한 문장 하나를 써내려가기만 하면 된다는, 내가 알고 있는 진실한 문장 하나면 족하다는 그의 말을 새긴다.

방문객들에 밀려 좁은 서재를 나왔다. 반대편 계단으로 내려오니 키웨스트에서 가정집으로는 처음 만들었다는 길이 20m의 수영장이 있다. 스페인 내전에서 돌아온 그는 아내가 내민 2만 불의 수영장 건축비 명세서를 보고 놀랐다. 헤밍웨이는 폴린에게 내 마지막 1센트까지 가져가라며 자신의 주머니에 있는 동전을 던져 주었다. 그때 그 페니가 수영장 바닥에 기념물로 남아있다. 글쎄 진짜 그 페니일까. 믿거나 말거나.

　이 집은 주인인 헤밍웨이보다 고양이에 대한 것이 더 많다. 정원에는 고양이를 위한 분수대가 있다. 바닥에 놓인 사각형의 물통은 그가 단골식당인 슬라피 조(Sloppy Joe's Bar) 화장실에서 떼어온 남성용 소변기다. 아내 폴린은 펄쩍 뛰었지만 헤밍웨이가 굽히지 않자 타일을 붙이는 것으로 타협을 했단다. 유전자를 통해 후손에게 귀띔을 해주는지 고양이는 소변기에 고여 있는 물은 절대 마시지 않고 흘러내리는 물만 마신다고 한다.

　집안이며 정원에도 그들은 어슬렁어슬렁 시찰하듯 다닌다. 키우면 행운이 온다는 앞 발가락이 6개인 고양이들이 많은데 마치 벙어리장갑을 낀 것 같이 두툼한 앞발을 지녔다. 점성술을 믿었던 헤밍웨이는 낚시하러 바다에 나갈 때 이 고양이들을 배에 태우고 다녔다고 한다. 고양이 묘지도 한쪽에 넓게 자리를 잡고 있다.

　말년의 그는 고양이에게 위스키를 섞은 우유를 주었다고 한다. 너도 취하고 나도 취하자. 맨 정신으로 지낼 수가 없었다. 케네디 대통령의 취임식에 축사를 부탁받은 그는 단 한 줄도 쓸 수 없다며 고통스러워했다.

　≪노인과 바다≫의 원고를 80번이나 되풀이해서 읽으며 완성했던 그다. 벽에 판지를 붙여 놓고 매일 몇 단어를 쓰는지 기록했다. ≪무기여 잘 있거

라≫의 마지막 부분은 39번이나 다시 고쳤단다. '반드시 대가를 치러야한다.'는 말이 새겨진 금속성 클립에서 한 번에 한 장씩 종이를 꺼내 썼다. 왜냐고 물으니 "제대로 쓰기 위해서"라고 했다.

그렇게 치열하게 걸작을 내놓던 그는 전기충격요법으로 정신치료를 받으며 멍청이가 되어버렸다. 기억과 추억을 떠올릴 수 없었다. 살아도 살아 있는 것이 아니었다. 그를 성도착증 환자나 허풍쟁이로 부르는 사람도 있다. 그러나 문학에 대한 그의 열정은 누구도 따라가질 못할 것이다. 결국 그는 스스로 삶을 마감하는 것으로 그 속박에서 벗어난다. 아니 패배하고 싶지 않았을 것이다. "인간은 죽을지 모르지만 패배하지는 않는다."라고 노인과 바다에서 말했던 그다.

주인이 떠난 집은 쓸쓸했다. 많은 관람객과 가이드로 북적거렸지만 허전한 마음을 추스르며 헤밍웨이의 집에서 나와 바로 길 건너편의 등대로 갔다. 헤밍웨이가 단골 바에서 밤늦도록 술을 마시고 깜박이는 등대 불빛을 따라 집을 찾아왔다니 그의 길 안내자인 셈이다. 고불고불 가파른 계단을 오르니 바다가 한눈에 들어온다. 깊게 숨을 들이마신다.

날씨가 좋을 때 등대에서는 그가 그리워하던 쿠바를 볼 수 있다고 한다. 밥벌이가 아닌, 진실한 글을 쓰길 원했던 헤밍웨이는 많은 작품을 우리에게 남겼다. 그의 문장은 간결하고 깔끔하면서도 생생하고 풍부하다. 싱싱하고 날선 단어로 이루어졌다. 아는 것만을 쓴다며 현장을 누비며 발로 뛰는 작품을 쓴 그는 하드보일드 문체로 미문학사의 영원한 등대 불빛이 되어 주었다.

바닷바람이 비릿함을 남기고 달려간다. 헤밍웨이는 바다와 함께 있다. 등대에 서서 바다를 본다.

# 이젠 끝이다(Nevermore Nevermore)
## - 에드거 앨런 포(1)

에드거 앨런 포하면 그의 서정시 〈애나벨리〉가 떠오른다. '옛날 아주 오랜 옛날. 바닷가 어느 왕국에는' 으로 시작된다. 학창시절, 시낭송의 밤에 빠지지 않던 작품이다. 그가 살던 필라델피아의 노스 세븐스 사적지에 왔다. 가난해서 평생 셋집을 전전하며 살았기에 네 군데가 기념관으로 지정됐다. 내 앞에 있는 오래된 작은 벽돌집은 그중 하나인데 애석하게도 휴일이라 문이 닫혔다.

건물 옆에 잘 정돈된 정원은 철책으로 둘러싸여 있어 들어가지 못했다. 그 한복판에는 이층 높이의 쇠로 된 장대에 갈까마귀(The Raven) 동상이 있다. 날개를 활짝 편 모습이 막 날아오르며 '이젠 끝이다(Nevermore)'라고 울부짖는 것 같다. 〈갈까마귀〉의 주인공은 자신의 연인 레노어의 죽음으로 인해 슬픔과 피로에 젖은 상태로 홀로 방에서 책을 읽고 있었다. 밀려오는 슬픔을 떨쳐버리려고 애썼다. 레노어가 죽어서 더는 존재하지 않는다는 사실을 알고 있지만, 그녀의 부재를 인정하지 않고 괴로워했다. 그때

창가에 앉은 갈까마귀가 "이젠 끝이다(Nevermore)"라고 연속적으로 외쳐 더욱 절망했다. 미국에서 초등학생도 흥얼거리는 Nevermore. 유명한 이 작품의 원고료는 단지 9불이었다. 저작권이라는 보호가 없었기에 가난한 천재는 보상을 받지 못했다. Nevermore.

이 집에는 장모이자 고모인 마리아와 아내인 버지니아와 함께 잠깐 살았다. 문 앞의 게시판에는 ≪검은 고양이≫의 배경인 지하실 그림이 그려져 있다. 이 작품의 내용은 만취 상태의 주인공이 집에서 기르던 영특한 검은 고양이 플루토의 한쪽 눈을 도려내고 나무에 매달아 죽였다. 그날 밤, 집에 원인 모를 큰 불이 나서 가산을 몽땅 잃었다. 어느 날부터 외눈박이 생김새 까지 꼭 닮은 검은 고양이가 집 주변을 배회하는데 아내가 이를 데려와 애지중지 돌봤다. 주인공은 플루토의 악몽에 시달리다 술에 취해 새로 들어온 고양이를 죽이려다 실수로 말리는 아내의 머리를 도끼로 내리찍었다.

그는 시체를 감출 장소로 지하실이 적당하다고 생각했다. 사면의 벽은 흙으로 대충 마무리하고 회로 슬쩍 한 번 발랐는데 습기로 아직 굳어 있지 않았다. 아내의 시체와 고양이를 지하실 외벽과 내벽 사이에 감추고 다시 칠했다. 며칠 후 실종신고를 받은 경찰들이 집에 왔다. 마지막으로 지하실을 훑어보는데, 광기가 발동한 주인공은 아내의 시체를 감춘 지하실 벽을 슬쩍 두드리며 속으로 완전범죄를 즐겼다. 이때 벽을 타고 기괴한 울음소리가 메아리처럼 울렸다. 결국 경찰이 벽을 허물게 되고 그 안에서 아내의 처참한 시체와 산 채로 묻힌 두 번째 검은 고양이를 발견했다. 이젠 끝이다. Nevermore.

그의 작품 ≪어셔 가의 몰락에≫에서도 시체를 지하실에 매장했다. 어서 가는 도입 부분에 그 건물의 상태를 설명하는 데서 이미 몰락이라는 단어를 떠오르게 했다. 미세한 곰팡이가 건물 외벽 전체를 감싸고, 처마에서부터 섬세하게 엉킨 거미줄처럼 뒤덮여 있었다고. 로드릭 어셔의 친구인 주인공 나, 로드릭 그리고 여동생 매들린. 딱히 누구를 주인공이라 불러야 할지 헷갈린다.

로드릭 어셔는 쌍둥이 여동생 매들린이 병에 걸려 힘들다며 그의 어릴 적 친구에게 도와줄 것을 요청한다. 로드릭의 청을 거절하지 못한 주인공은 어셔 가의 어두침침한 성을 찾게 됐다. 그는 로드릭의 정서적 불안을 안정시키기 위해 많은 노력했지만 반대로 매들린의 병세는 악화하고 얼마 안 돼서 그녀는 죽었다. 두 남자는 그녀를 지하실에 매장했다. 그런데 비가 몰아치는 어느 날 죽은 그녀가 창백한 얼굴로 로드릭 어셔와 주인공인 '나' 가 있는 방으로 왔다. 그리고 쓰러져 죽었다. 작가는 그녀가 어떻게 관을 부수고 나왔는지에 대한 설명을 하지 않았다. 홀연히 나타난 귀신인지 사람인지 모르는 정체를 보고 놀란 로드릭 어셔도 죽고, 주인공은 두려움에 도망가는데 뒤에서 굉음과 함께 어셔 가의 저택도 무너지는 것이 작품의 마지막 장면이다. Nevermore.

그의 단편소설에서는 등장인물이 생매장되거나 무덤에서 흡혈귀처럼 다시 살아나는 특징이 있다. 이 건물은 부서지지 않을 정도의 관리만 한다는데 사실 집안에는 별로 볼 것이 없다고 하니 지하실 사진을 보는 것에 만족해야겠다. Nevermore.

건너편 건물의 벽에는 둥그런 테두리를 두른 에드거 앨런 포의 초상화가 그려져 있다. 슬픈 표정의 포가 자신이 살던 집을 보고 있다. 그 옆에 ≪절름발이 개구리≫의 첫 문장이 적혀 있다.

"그 임금처럼 농담을 좋아하는 사람도 드물다. 마치 농담을 위해서 태어나, 농담을 위해 사는 사람 같았다. 임금의 신임을 얻으려면 그럴싸한 농담을 잘하는 것이 가장 확실한 길이다(I knew anyone so keenly alive to a joke as to live only for joking. To tall a good story of the joke kind, and to tell it well was the surest road to his favor)."

≪절름발이 개구리≫는 잔인한 복수가 주제다. 왕과 일곱 대신은 여러 어릿광대 중 절름발이인 개구리라고 불리는 난쟁이의 재주를 즐겼다. 어느 날 광대는 자신의 애인인 난쟁이 댄서 트리페타가 왕에게 얻어맞고 모욕을 당하자 복수를 생각해 냈다. '쇠사슬로 묶은 성성이'이라는 놀이로 왕과 대신을 속여 그들의 몸에 검은 타르 칠을 하고 또 삼줄로 묶었다. 광대는 샹들리에 8명이 연결된 쇠줄을 걸어서 위로 끌어올렸다. 색다른 놀이로 생각하고 잔뜩 기대한 그들의 몸에 불을 붙였다. 타르 칠을 한 몸은 불이 활활 붙어 고통 속에 모두 타 죽었다. 복수를 한 난쟁이는 애인을 데리고 줄행랑을 친다는 내용이다. Nevermore.

포(Poe)의 삶은 그 자체가 조크다. 농담을 좋아하는 임금과 남을 웃기며 살아가야 하는 광대 사이에서 줄타기 하듯 살았다. 아버지의 피를 물려받아서인가. 코미디언이자 댄서인 그의 아버지는 무대에 서서 웃기려 하지만 음침한 분위기의 블랙코미디로 사람들은 등을 돌렸다. 포가 태어나고 아버지는 가족을 떠났다.

연극배우인 어머니는 아들을 맨 앞좌석에 뉘어 놓고 일주일에 여덟 번씩 무대 위에서 줄리엣 역으로 자살했다. 매번 가슴팍에서 칼을 뽑아냈던 어머니는 그가 3살 때 폐결핵으로 죽었다. 고아 아닌 고아로 존 앨런 부부에게 입양이 되지만 양아버지로부터도 사랑을 받지 못했다. 버지니아 대학과 육군사관학교에서 성적은 좋았지만 술과 도박에 빠져 견뎌내질 못했다. 26살 때 13살의 사촌과 결혼으로 행복도 잠시, 아내도 자신의 어머니처럼 폐결핵으로 죽었다. 아내를 사랑해 애절한 시를 지었는데 유명한 〈애나벨 리〉다.

그는 오직 글로 먹고 산다고 결심하고, 낮에는 편집자로 일하면서 밤에 소설을 썼다. 편집자로 일할 당시에도 겨우 10달러의 주급을 받았기에 가난에서 벗어날 수가 없었다. 술에 절어 길에서 객사를 하며 자기의 죽음 자체도 조크로 몰아갔다. 그답다. 그의 아버지도 어느 시골의 모텔에서 술에 취해 죽은 채 발견됐는데 그 아버지의 길을 따라간 것인지도 모른다.

'젊고 아름다운 여인의 죽음(Youth Beautiful Woman Death)'은 그의 작품의 기본 틀이다. 그 안에 그의 작품들은 기괴한 경험과 음울한 분위기로 광기와 공포가 흐른다. 앞 도로에 일방통행(One Way)이라는 표시처럼 그는 오직 한쪽 방향으로 난 길만 따라 갔을까. 스스로 가난한 영혼의 소유자라고 부른 그는 광기에 찬 외로운 천재였다.

차에 올랐다. 미련이 남아 뒤를 돌아봤다. 갈까마귀가 우리를 따라오는 것 같다. 그가 Nevermore하며 울부짖는다. 그래 우리도 안다. 에드가 알렌 포는 여기 없다는 것을. 'Nevermore Nevermore'하고 주문을 외면 그를 만날 수 있을까. 공상과학과 공포소설의 초석을 깔아놓았다는 포를 작품 속에서 만나야겠다.

# 월든 호수에 답이 있다
### -헨리 소로의 월든 호수

    호수가 거기 있다. 울창한 숲이 나의 눈을 확 잡아끌었지만 마음이 바빠 뛰다시피 걸었다. 드디어 나지막한 구릉에 둘러싸인 아늑한 곳, 그 아래쪽으로 호수가 보였다. 가슴이 콩닥콩닥 뛰었다. 호수는 널찍한 모래사장을 중심으로 아늑하게 나무 병풍을 두른 모습이다. '자연이 펼치는 향연을 보기 위한 원형극장의 무대'라던 소로의 말, 딱 그대로다. 이곳은 헨리 데이비드 소로의 ≪월든≫을 탄생시킨 곳이다.

    보스턴으로부터 북서쪽, 뉴잉글랜드의 작은 마을인 콩코드의 월든 호수가 나를 반겼다. 아니 자연의 품에 내가 풍덩 몸을 던졌다. 들고나는 물줄기도 없이 고여 있는데 소로의 혼이 지켜주는가, 호수는 맑다. 차마 손을 담가볼 수가 없어 쭈그리고 앉아 모래를 손으로 토닥였다. 소로도 '내 손바닥에는 호수의 물과 모래가 담겨 있다'라고 했기에 어설프게 따라 해 봤다. 손가락으로 내 이름을 모래 위에 그리며 파도가 없으니 쉽게 지워지지 않겠지 하는 생각이 들었다. 순간 먼지가 되어 사라질 것을 위해 우리는 인생을 낭비하고 있다는 소로의 말이 떠올라 얼른 이름을 모래로 덮었다. 헛된 욕심이다.

모래사장을 지나 북쪽 기슭의 작은 길로 들어섰다. 명상을 즐기는 사람이라면 한 번쯤은 걸어봐야 한다는 곳이다. 법정 스님도 류시화 씨도 다녀갔다. 호수의 서북쪽 모퉁이에 있는 소로의 오두막 터를 찾아보기 위해서다. 울창한 숲 사이로 걸으니 새소리가 상쾌하게 따라왔다. 나무 위에서 다람쥐가 앞발을 모으고 오물오물 무언가를 먹고 있다. 소로는 자신이 오두막 주변에 400여 그루의 소나무를 심었다고 기록하고 있으나 그 나무들은 수해로 사라졌단다. 소나무, 참나무, 단풍나무, 히코리 등은 이후 새롭게 조림된 것이라는 데도 숲을 이룰 정도로 우람하다. 이 길을 걸으며 그는 무슨 생각을 했을까.

좁은 오솔길을 지나 언덕으로 올라서니 소로의 오두막 터다. 그는 사상가 랄프 에머슨의 소유지인 이곳에서 2년 2개월 2일을 살았다. ≪월든≫에서 소로가 지은 오두막이 길이 15피트, 넓이 10피트, 높이 8피트라고 했다. 집이라곤 한 번도 지어본 경험이 없는 그가 땅을 파고 톱질하는 것이 쉽지 않았지만 혼자 해냈다. 건축비는 28달러가 조금 넘은 금액이었다. 자급자족을 위한 삶의 첫 시작이었다.

이미 공원 입구에 재현 해 놓은 소로의 통나무집을 보았다. 창가에 작은 테이블이, 벽에는 벽난로가 있다. 그 옆에는 땔감용 나무를 담는 상자와 세 개의 의자가 여기저기 자리를 잡았다. 하나는 고독(One for solitude, 자신)을 위하여, 두 번째 의자는 우정(Two for friendship)을 위하여, 그리고 세 번째 의자는 교제(Three for society)를 위해서다. 그의 집을 찾는 방문객이 많았다. 때론 20명이나 모여 토론을 했다는데 그 작은 방에, 다 들어갈 수 있었는지 상상이 안 됐다.

돌기둥을 세워 집터였음을 표시하고, 집터 안 벽난로 밑돌 자리를 찾아 명판을 세웠다. 명판에는 '자 그대, 나의 향이여, 이제 이 벽난로에서 위로 솟아라(Go thou my incense upward from this hearth)'라는 구절이 새겨져 있다. 집터의 뒤쪽에는 4개의 작은 돌기둥으로 땔감을 넣어둔 헛간을 표시해놓았다. 관리상의 문제가 있기는 하겠지만 오두막집은 여기 이 자리에 있어야 어울린다. 그는 찰랑거리는 물 위에서 털갈이를 준비하는 오리를 유리창 너머로 바라보기를 즐겼다. 집 앞에 완두콩과 옥수수를 심었다. 호수에서 목욕하는 것을 최상의 일 중 하나로 꼽았다. 그의 숨결을 느끼려면 호수 바로 옆에 그의 집이 있어야 하는데 아쉽다.

오른편 길목에 돌무덤이 있다. 이곳을 찾은 순례자들이 소로를 존경한다는 표시로 놓고 간 돌이다. 소로가 사망한 지 10년이 지난 후 시인 브론슨 올콧이 이곳을 찾아왔다가 소로의 집터를 잊지 않기 위해서 몇 개의 돌로 표시해둔 것이 시작이다. 호숫가에 작은 돌이 많아 '돌로 둘러싸인 호수(Walled-in Pond)'라는 데서 그 명칭이 유래되었다는 설이 있을 정도다.

하버드대학을 졸업한 소로가 물질문명을 거부하며 살던 곳. 그는 자연과 교감하며 단순하고 소박하게 살았다. 소로는 ≪월든≫에서 "간소하게, 간소하게, 간소하게 살라!"라고 강조했다. 집과 재산 그리고 일에 노예가 돼가는 사람들에게 자급자족하며 최소화한 생활로 살 수 있다는 것을 보여 주었다. 당신이 가장 부유할 때 당신의 삶은 가장 빈곤하게 보인다고 그는 말했다.

나도 근처에서 작은 돌 하나를 주웠다. 돌을 양손으로 꼭 잡았다. 사람들을 소로를 존경하는 의미로 놓고 갔다고 하는데 나는 내 욕심을 놓으려 한다. 욕망은 완전히 채워질 수 없다는 것을 알면서도 채우려 몸부림치는 나를 돌 안에 담는다. 남들의 인정과 사랑, 금전적인 여유, 내 마음에 자리 잡고 꿈틀거리는 것을 꾹꾹 눌러 돌 안에 채웠다.

잠시 후 그 돌을 돌무덤 한쪽에 살포시 내려놓았다. 집으로 돌아가면 그 빈자리에 다시 욕심이 들어앉을지언정 지금, 이 순간만큼은 비우고 싶다. 덕지덕지 붙은 속물근성과 허영을, 기계에 길든 나태함도 던져버린다. 헨리 소로의 느낌을 공유한다는 것만으로도 행복하다. 자연으로 돌아가라. 자연으로 돌아가자. 모든 것을 훌훌 털고 그처럼 자연의 일부로 살수는 없지만 한 줌의 바람과 한 줄기의 햇살을 즐기자.

소로는 자연의 장엄한 경관을 보기 위해 자주 호수 한가운데로 배를 띄우고 플루트를 불었다고 한다. 월든 호수에 사는 것보다 신과 천국에 더 가까이 갈 수 없다고 했다. ≪월든≫호수는 우리를 잠시나마 명상에 빠지고, 헛된 욕심을 버리게 만든다.

돌무더기 옆 나무판에 ≪월든≫의 구절이 새겨져 있다.

"내가 숲으로 들어간 것은 삶을 의도적으로 살아보기 위해서, 다시 말해 삶의 본질적인 사실들만을 대면해보고자 원했기 때문이다. 인생이 가르치는 바를 내가 배울 수 있는지 알아보고 싶었던 것이고, 그래서 내가 죽음을 맞이하게 되었을 때, 헛된 삶을 살았다는 것을 확인하는 일이 없도록 하기 위해서였다."

그는 우리가 살아가는 이유를, 그 답의 한 가닥 실마리를 이곳에서 우리에게 전한다. 답이 여기 있다.

# 유리동물원에는 유니콘이 없다
## - 테네시 윌리엄스(1)

낯선 곳에서 길을 잃은 것은 아닌가 걱정됐다. 해가 져서 어둠이 깔린 세인트 루이스(St, Louis)의 어느 동네를 돌고 돌아 차가 멈추었다. 간판이 보인다. 드디어 왔다. 찾았다.

〈 테네시 윌리엄스가 소년시절 살던 집

Boyhood Home of Tennessee Williams,

The Tennessee Luxury Condos /2 Bed 2 Bath /For Sale or Lease〉

3층의 허름한 벽돌 건물은 1918년에서 1922년까지 미국 극작가인 테네시 윌리엄스의 부모와 누나 로사 그리고 남동생인 다킨스가 함께 살았던 곳이다. 후에 그의 작품인 ≪유리동물원(The Glass Menagerie)≫의 배경이 됐다. 현관 옆의 방에서는 커튼 사이로 커다란 TV 화면의 불빛이 새어 나온다. 달그락달그락 설거지하는 소리도 들린다. 아멘다가 딸 로라에게 소개할 신사 방문객을 위해 연어를 굽던 방은 어디였을까. 건물을 두리번거렸다.

이 건물의 주인은 사람들이 찾아와 사진을 찍기에 알아보니 유명한 극작가인 테네시 윌리엄스가 살던 집이란 것을 알았다. 그가 살던 방은 근처의 대학교 교수가 장기로 임대했다. 나머지 8개 중 두 곳은 에어비엔비(Airbnb)를 통해 하룻밤 159불을 받고 빌려준다. 유명 극작가가 살던 건물의 한 지붕 아래서 잠을 자기 위해 찾아오는 사람들이 있기에.

테네시 윌리엄스는 아버지의 음주와 폭력적인 성격으로 16세까지 열다섯 차례나 이사했을 정도로 고생스러운 소년기를 보낸다. 그중에서 이곳은 외할머니와 살던 평화로운 남부를 떠나 처음으로 낡고 더러운 아파트 생활을 시작했다. 심리적으로 많은 변화를 겪었기에 그의 작품에 깊이 자리를 잡았을 것이다.

그는 미시시피주의 콜럼버스에서 출생했고 본명은 토마스 레니어 윌리엄스 3세다. 아버지는 구두 외판원으로 술을 자주 마셨고 허풍이 심했다. 이리저리 출장을 다녀야 했던 아버지는 집에서 가족과 보내는 시간은 거의 없었다. 어머니는 목사의 딸로 기개 높은 남부적 환상에 사로잡힌 품위 있는 여성이었다.

외할아버지 집에서 보낸 어린 시절은 아늑하고 안전한 전원생활이었다. 그가 8살 때인 1918년 1차 세계대전의 종전과 함께 그의 아버지가 신발 회사의 세인트루이스 지점장으로 승진하면서 윌리엄스의 가족은 미주리주의 세인트루이스로 이주했다.

한가로운 남부에서 살다가 대도시의 복잡한 환경에 적응하는 일은 쉽지가 않았다. 민감하고 체구가 작은 그는 남부 사투리가 심해 친구들의 따돌림 받았다. 개척자의 후손인 아버지는 아들의 여자 같은 성격을 싫어해서 그를 '미스 낸시'라고 부르며 놀렸다. 잠재의식 속의 아버지에 대한 불만이 그를 동성애자로 만든 것은 아닐까. 낸시라는 이름이 무의식 속에서 톰을 여성적으로 몰아간 것인지도 모른다.

소년 시절 그의 도피처는 독서와 글쓰기였다. 어머니가 사준 고전 소설을 읽고 11세 때부터 남몰래 작가가 될 열망을 품는다. 누나와 쌍둥이처럼 친밀하게 지냈다. 그녀를 위해 벽돌과 모든 가구를 하얗게 칠해서 컴컴하고 비좁은 방을 환하게 만들어 주었다. 누나가 좋아하는 유리 동물들을 수집하기도 했다.

≪유리 동물원≫은 그때의 암울한 삶을 그대로 풀어낸 자전적인 작품이다. 낭만적인 과거의 망상에 사로잡혀 살아가는 자부심 강한 어머니 아멘다. 냉소적이지만 꿈을 가진 아들인 톰 (테네시 윌리엄스는 자신의 어릴 적 이름인 톰을 작품에 그대로 사용했다). 유리로 만든 동물에 둘려 싸여 환상의 세계 속에서 살면서, 고통스러울 정도로 수줍어하는 불구의 여동생 로라. 이 세 사람이 주인공이다.

톰이 직장 동료인 짐을 누나에게 소개하려 집으로 데려온다. 짐은 알고 보니 로라가 고등학교 시절 짝사랑했던 남자다. 그녀가 짐을 기다리며 입은 드레스는 '추억의 색을 띠고 있고 기억에 의존해 디자인된 것' 이라고 본문에 묘사했다. 그의 작품에는 이런 시적인 표현이 많다. 로라는 유리 동물 중에서도 자신처럼 독특하고 고독한 유니콘을 특히 아낀다. 짐과 로라는 스페인어로 제비란 뜻의 '라 골론드리나'에 맞추어 왈츠를 추었다. 노래 가사 중 일부다. '어디로 향해 가는 걸까?/ 지친 채 빠르게/ 여기를

떠나가는 제비는/ 폭풍우 속에서 헤매지나 않을까.'

짐은 춤을 추다 실수로 유니콘을 건드려 뿔을 부러뜨렸다. 그가 미안해하자 로라는 수술을 받아 보통 말처럼 됐다고 재치 있게, 아무렇지 않은 듯 대답했다.

"유리는 너무 쉽게 부서져요. 당신이 아무리 조심해도 어쩔 수 없어요."

유니콘은 순결을 상징하는 신화적 짐승으로 로라의 성격을 대변해 주는 소재다. 그녀는 오래전 실연의 상처로 걸어 잠갔던 마음의 문을 다시 연다. 이제 정상인이 되어 짐과 함께 평범한 삶을 살기를 꿈꾼다. 그것도 잠시 짐은 약혼녀를 만나러 급히 가버린다. 뿔을 잃고 보통의 말이 된 유니콘을 손에 쥐고 첫사랑 남자는 떠났다. 유리로 된 뿔은 다시 그녀의 마음에 박혔을까. 아니면 그녀만의 라라랜드에서 벗어나는 계기가 되어 줄 수도 있을 것인가. 짐이 로사에게 독특하다는 것은 부끄러워할 일이 아니니 자신감을 가지라고 말한 것은 용기를 얻기를 바라서일 것이다.

어머니인 아멘다는 딸에게 남자친구를 소개해 주려 했던 계획이 실패로 끝나자 아들에게 화를 낸다. 어머니의 잔소리에 지친 톰은 그대로 집을 뛰쳐나와 방랑의 길로 들어선다. 테네시 윌리엄스가 원망하던 아버지처럼 가족을 떠났다. 그러나 톰은 어디를 가나 로라에 대한 걱정과 죄스러운 마음에 진정한 자유를 찾지 못했다. 마음속의 로라에게 자신을 놓아달라고 애걸했다. 동생의 창밖에 서서 변화하는 세상에 대응해 살라며 촛불을 끄라고 애절하게 독백하는 것이 마지막 장면이다.

이 작품이 개막되자 1945년 브로드웨이에서 기적적인 흥행을 거두면서 1946년 8월까지 563회를 상연하는 기록을 세우고 많은 상을 받았다. 테네시 윌리엄스는 미국 남부지역에서 꿈을 간직한 채 가난하게 살아가는 사람을 작품 안에 그려 넣었다. 원만하지 못한 가족 관계, 그들 간의 불안한 감정, 엇갈린 애증을 표현했다. 자신이 그 세대에는 이해받기 힘든동성애자란 것을 밝혔다. 세상의 손가락질 속 뒤에 숨어 억눌린 성을 시적인 표현으로 작품에 녹여냈다. 시 같은 문장들이 때로는 독백으로, 때로는 대화로 독자를 기다린다.

아파트 건물을 둘러본다. 작품 중 톰이 오르내리던 비상계단은 어느 쪽에 있을까. 건너편에는 파라다이스 댄스홀이 있다고 했는데 아파트만 길게 늘어섰다. 현관 앞은 어둡고 골목길에는 희미한 불빛만이 서성인다. 그가 살던 아파트 앞에 세워진 안내판에는 팔거나 세를 놓는다고(For Sale or Lease) 적혀있다. 박물관으로 보존되지 못한 채 이곳은 여러 세대가 입주하여 월세를 낸다. 유니콘이 뿔은 사라지고 평범한 말이 되었듯, 그의 집은 이제 여러 사람의 삶을 품는다. 테네시 윌리엄이 살고 싶었던 평범한 일상이다.

≪유리 동물원≫을 탄생시킨 건물을 사진에 담는다. 세월이 흘렀지만, 그가 남긴 작품은 아직 세계 곳곳에서 무대 위에 올려지고 박수를 받는다. 나처럼 그가 살던 발자취를 따라다니는 사람도 있다. 다음에 기회가 된다면 하룻밤 이곳에서 머물고 싶다. '라 골론드리나' 노래를 허밍으로 부르며 차로 향했다. 여기를 떠난 제비는 어디로 갔을까.

# 욕망이라는 이름의 전차를 탔다
## – 테네시 윌리엄스(2)

≪욕망이라는 이름의 전차(A streetcar named desire)≫를 탔다. 뉴올리
언스의 중심가인 프렌치 쿼터(French Qauter)다. 전차(Street car)를 타기
위해 줄을 섰다. 차비는 1불 25전인데 잔돈은 거슬러 주지 않는다고 한다.
차를 기다리는 승객들끼리 앞뒤에서 25전짜리 동전 필요한 사람이 있느냐
며 물어보기에 염치불구하고 하나 받았다. 빨간색에 노란 테두리를 두른
전차가 서자 들뜬 마음으로 계단을 올랐다. 나무 의자가 나란히 앉거나
마주 보게 놓여 있다. 의자에 앉아 여행객으로 붐비는 거리를 바라봤다.

－"블랑시(Blanche) : 사람들이 욕망이라는 이름의 전차를 타서, 다음에
묘지 행으로 가는 전차로 갈아탄 다음에 여섯 블록 가서, 극락에서 내리라
고 했어요."

블랑시는 미국 남부의 저택, 집안 대대로 살아온 아름다운 꿈이라는 뜻
의 벨 리브에 살았다. 믿었던 연하 남편의 동성애 장면을 목격했고, 또

그의 자살과 가족의 잇단 죽음으로 충격을 받았다. 불행을 이겨내는 방편으로 방탕한 생활을 하다 동네에서 쫓겨났다. 절망을 품고 나방처럼 바스라지기 일보 직전의 위태로운 모습으로 뉴올리언스의 동생에게 온다.

전차를 타고 그녀가 왔다.

뉴올리언스시의 극락이라고 불리는 거리. 모퉁이에 있는 2층짜리 건물 외부. 낡아 빠진 외부계단과 발코니, 묘하게 장식된 박공벽으로 되어 있는데 비바람으로 하얀 건물들이 회색으로 변했다.

그녀가 도착한 극락이라는 도시는 이름에 어울리지 않게 음침하고 더러웠다. 그녀의 미래가 생각했던 것과는 정반대의 모습으로 거기 있었다. 도도한 그녀의 어깨너머로 시궁창이 흐르고 있는 것을 알지 못했다. ─

나는 일어서서 창가 자리로 옮겨 앉았다. 후덥지근한 바람이 전차 안을 한 바퀴 돌고 나갔다. 과거의 영욕은 잊고 현재만을 생각하려는 스텔라가 살았던 아파트가 어디쯤에 있을까. 미시시피강과 철도 사이에 위치한 엘리지안 필드(Elysian Fields)라고 했다. 전에는 빈민 지역이었는데 지금은 금싸라기 땅이다. 큰길 가운데로 전차가 지나고 양옆에는 현대식 건물과 발코니가 달린 2층 건물이 섞여 있다. 과거와 현재가 공존하는 곳이다. 욕망이라는 열차가 테네시 윌리엄스의 유명세를 실어 나르며 이곳을 극락으로 만들었는지도 모른다.

길게 올라간 야자수 나무 사이로 전차는 달린다. 나무로 된 의자 위쪽으로는 가느다란 줄이 길게 연결되어 있다. 내릴 정거장이 가까워오면 그 줄을 당기면 된다는 안내 스티커가 붙어있다. 나에게 묘지 역은 무섭고 극락 역은 두렵다. 욕망 역은 겁난다. 어디서 내려야 할지 모르겠다. 전차의 뒤쪽으로 갔다. 서서 운전하는 운전사. 뒤편에도 둥근 긴 바퀴가 기다란 막대기 위에 얹혀 있다. 수레바퀴처럼 생겼다. 아마도 앞뒤로 운전석의 자리가 바뀌며 이 길을 왔다 갔다 하나 보다. 욕망과 죽음 그리고 천당과 지옥은 한 줄로 쭉 이어졌고 우리는 그 안에서 줄넘기하듯 펄쩍펄쩍 뛰며 살아가나 보다.

이 지역에서는 길모퉁이를 돌거나 길 따라 몇 집만 지나도 흑인들이 신들린 솜씨로 연주하는 금속성 피아노 소리를 들을 수 있다. 재즈의 도시답게 여기저기서 거리의 악사들이 연주를 했다. 거리 전체가 흥청거리고 흐느적거리는 느낌이다.

이 작품에는 피아노 음악이 마치 테마곡처럼 끊어지듯 이어지며 흐른다. 때론 낮은 클라리넷 소리가 튀어 나오기도 하고, 트럼펫과 드럼이 어우러지기도 한다. 이 '블루 피아노'라는 음악은 이곳의 삶의 정신을 드러낸다. 어둡고 끈적끈적하고 은밀한 분위기가 목욕탕에서 오랜 시간 더운 물에 몸을 담구고 있다가 하늘거리는 가운을 입고 나오는 블랑시의 모습 같다.


－블랑시는 터져버릴 것 같은 욕망을 꼬옥 여민 채, 진한 향수로 자신의 비밀에 싸인 정체를 감추고 목욕탕 문을 연다.

"블랑시; 내가 거짓말을 했다고 말하지 말아요. 속으로는 절대 안했어요. 마음속으로는 거짓말 한 적 없어요."

블랑시는 교직에 있다가 휴가차 왔다고 거짓말을 하고 귀부인처럼 행동했다. 동생 스텔라는 난폭한 노동자인 남편 스탠리에게 혹사당하지만 성

생활에 만족해 참고 산다. 스탠리는 하류층인 폴란드계로 무식하고 난폭하며 여자와 나누는 쾌락이 삶의 우선순위인 화려한 깃털을 가진 수탉, 그 자체다. 블랑시는 스탠리의 포커 친구 미치와 사랑을 통해 평범하게 사는 꿈을 갖는다. 결국 스탠리에 의해 그녀의 과거를 폭로되자 두 사람의 결혼은 깨진다. 행복은 그녀에게 사치인가. 블랑시는 절망해서 차츰 신경이 쇠약해져가고 몽상에 젖은 생활을 하다 매제인 스탠리에게 겁탈당한 후 미쳐버린다.

"블랑시; 나는 마법을 원해요. 그래요 그래. 마법이요. 난 사람들에게 그걸 전해 주려고 해요. 나는 사물들을 있는 그대로 전달하지 않아요. 나는 진실을 말하지 않고 진실이어야만 하는 것만 말해요."-

폴카 음악인 바수아비아나(Varsuuviana)는 그녀의 귀에만 들렸다. 우상처럼 사랑했던 연하의 남편 알렌의 동성애 장면을 목격하고 충격을 받는다. 그 음악에 맞추어 함께 춤을 추다가 그에게 모욕적인 말을 했고, 남편은 뛰쳐나가 권총으로 자살했다. 테네시 윌리엄스 자신이 동성애자였기에 그의 작품에 자주 등장하는 인물설정이다.

동생인 스텔라는 자신이 사는 이유를 남편과의 섹스 때문이라고 말했다. 언니를 강간한 남편과 아무 일 없다는 듯이 그냥 살아가는 스텔라도 마술을 원하는지도 모른다. 미치와 마찬가지로 그냥 묻어가는 삶일 뿐이다. 스탠리는 처형이 저택을 판돈을 가지고 있을 거라고 믿었는데 빈털터리가 된 것에 울분이 터졌다. 처형을 강간하고도 아무 일 없다는 듯이 아내를 품는 욕망의 마술에 걸려 사는 사람이다. 네 명의 주인공은 각자가 만든 진실이 아닌 가식 속에 갇혀 산다.

전차에 타고 있던 블랑시의 모습입니다. 털이 달린 흰 정장을 입고 진주 목걸이, 흰 장갑과 모자로 우아하게 차린 모습이 마치 교외 주택가에서 열리는 여름철 다과회나 칵테일파티에 온 것 같다. 그녀는 흰색의 옷을 주로 입는다. 블랑시 드보아는 프랑스식 이름이다. 블랑시는 흰색, 드보아는 숲이다. 하얀 숲이다. 자신은 봄의 과수원이라고 한다.

스탠리의 포커판에 모여든 그의 친구들은 짙은 청색, 자주색, 빨간색, 흰색의 체크무늬, 연한 초록의 셔츠를 입었다. 카드놀이를 하는 식탁 위에는 색이 선명한 수박이 놓여 있다. 스탠리와 블랑시, 정반대의 세계에 사는 사람이 서로에게 상처를 주며 산다. 블랑시의 하얀 의상과 불안정한 태도에는 나방을 연상시키는 무언가가 있다고 원문에 있다. 나방은 유리 동물인형처럼 연약해서 찢어지기 쉽다는 이미지가 풍긴다. 남부의 귀족이 거칠고 교양 없는 뉴올리언스의 환경에 적응하기 어렵다는 것을 의미하기도 한다.

－"블랑시; 당신이 누구든, 난 언제나 낯선 사람의 친절에 의지해 왔어요."

동생인 스텔라는 남편에게 대들었다. 언니처럼 부드럽고 남을 잘 믿는 사람은 아무도 없는데 당신 같은 사람이 언니를 학대하고 변하게 만들었다고. 정신병원에 실려 가는 날, 블랑시는 최악의 상태다. 스탠리는 하얀 종이 등을 전구에서 찢어내어 블랑시에게 던지자 그녀는 마치 자신의 몸이 찢긴 듯 비명을 질렀다. 그녀가 구속복을 입히려는 여자 수간호사를 할퀴고 난동을 부리자, 의사가 제지를 하며 신사처럼 팔을 내민다. 블랑시가 우아하게 의사의 팔을 잡으며 말했다. 낯선 사람의 친절은 받아들이기에 부담이 없다고. 그녀는 그렇게 떠났다. 온전히 자신만의 마술 속에 갇혔다. 미치지 않고는 살아갈 수 없는 세 사람의 삶이 욕망이라는 이름의 열차를 타고 사망이라는 역을 향해 달렸다. -

"내가 바로 블랑시 두보아다."

테네시 윌리엄스는 자신이 블랑시라고 말했다. 이 작품으로 미국을 대표하는 극작가 반열에 올라섰다. 초연 당시 855회나 연속 공연되는 커다란 반향을 일으키며 퓰리처상과 뉴욕 극비평가상을 수상하였고, 영화로도 제작되었다.

사라진 영광에 얽매어 현실과 환상 사이에서 방황하는 실패자들이 나온다. 이 작품은 이성과 욕망 사이를 줄타기하는 나약한 인간의 초상을 그렸다는 평을 듣고 있다. 무대장치와 시적인 대사를 통해 감각적으로 보여주고 음악으로 분위기를 이끈다. 그래서 그는 바로 블랑시 드보아이기도 하다.

테네스 윌리엄스는 자신의 삶을 작품에 그대로 녹여냈다. 술과 도박에 빠졌던 아버지는 스탠리의 모습에서 보인다. 귀족의 가치관을 지키려고 노력하는 블랑시는 그의 어머니다. 정신병으로 정신병원에서 죽을 때까지 지낸 누나 로사는 블랑시의 다른 모습이다. 그 또한 정신 병력이 있고 동성애자다.

'욕망이라는 이름의 전차'는 종점에서 멈추었다. 지나온 길을 돌아본다.

야자수 나무가 양쪽에서 긴 손을 흔들며 작별을 알린다. 그가 말한 욕망은 무엇일까.

"They told me to take a street-car named Desire, and transfer to one called Cemeteries, and ride six blocks and get off at Elysian Fields!"

Elysian Fields는 극락인가. 우리가 바라는 이상향은 어떤 곳일까. 욕망은 도달할 수 없는 곳으로 데려가기에 불행하게 된다. 여섯 정거장을 가면서 하나씩 욕심을 내려놓고 빈손이 되어야 이상향에 도달할 터인데 탐욕으로 변해버린 꿈은 그 끈을 놓지 못해 사망의 역에서 내리게 만든다. 테네시 윌리엄스는 몇 번째 정거장에서 내렸을까. 이상향에 도착하지 못한 것은 분명하다.

전차에서 내렸다. 다시 타고 온 곳으로 되돌아가야겠다. 그렇게 몇 번 왕복하며 블랑시와 테네시 윌리엄스에 빠지고 싶다. 그의 작품은 난해하다. 아직 다 이해하지 못했는데 아쉽다. 전차의 손잡이를 다시 잡는다.

# 죄의식에 사로잡힌 로맨스 작가

## - 나다니엘 호손

"난 당신이 글쓰기에만 몰두하게 되어 기쁘게 생각해요(Good. Now you can write your book)."

나다니엘 호손의 아내인 소피아가 그에게 한 말이다. 세일럼의 세무소 직원이었던 호손이 실직한 후 쪼들려도 그녀는 불평하지 않았다. 오히려 남편이 가져온 월급에서 일부를 떼어내 저축한 통장을 내어 주며 그를 안심시켰다.

그가 일했던 세일럼 세관(CUSTOM HOUSE) 건물은 주황색 벽돌로 지어진 3층 건물이다. 황금빛 매가 날개를 활짝 펴고 지붕 위에 당당히 앉아 있다. 바람결에 흔들리는 성조기와 현관의 주랑과 화강암 돌계단이 옛 영화를 드러내 보였다. 건물 옆으로 돌아가니 큰 창고를 개조해 박물관으로 사용했다. 그 안에는 세관 검열을 받으려 기다리는 상자들이 곳곳에 쌓였고 호손이 작성한 품목표 등의 서류가 진열되어 있다. 그는 3년간 세관에서 일했다. 어느 날 창고에서 A자가 새겨진 천 조각을 발견하고 흥미를 느껴 그것에 대한 기록을 찾으며 무료한 나날을 보냈다. 당시 민주당의 정권 상실로 호손은 직장에서 파면되고, 두 달도 안 돼 그의 심리적 지주였던 어머니가 세상을 떠났다. 호손은 이중의 상실감에서 벗어나기 위해 ≪주홍글씨≫ 집필에 매달렸고, 6개월 만에 탈고했다.

고기 잡는 곳이라 불리던 작은 항구도시 세일럼. 바다와 햇살이 어우러진 평화로운 풍경이지만, 마녀사냥이라는 아픈 역사를 안고 있다. 호손은 선조의 만행에 대한 원죄의식을 ≪주홍글씨≫ ≪일곱 박공의 집≫ 등의 작품을 통해 고스란히 쏟아냈다. 마녀재판을 주도했던 윌리엄 호손 판사의 직계후손이자 퀘이커 교도의 박해와 인디언 대학살에 앞장섰던 가문이다. 호손은 Hathorne이었던 성에 w를 첨가하여 Hawthorne으로 표기했다.

≪주홍글씨≫는 엄격한 청교도적 교리가 지배하는 17세기 보스턴에서 실제 일어났던 간통사건을 다룬 작품이다. 뉴잉글랜드의 어느 도시 형무소 근처 교수대 위에 젊은 여자가 생후 3개월이 된 딸 펄(Pearl)을 안고 있다. 가슴에는 주홍색의 A라는 글씨가 수놓인 옷을 입고 있었다. A는 간통(Adultery)의 첫 글자이다. 일생 동안 '주홍글씨 A'를 가슴에 달고 다니라는 판결을 받는다. 아이의 아버지가 누구인지를 밝히라는 주위의 압력에도 불구하고 그녀는 비난과 고통을 홀로 감내하며 끝내 비밀을 지킨다.

헤스터는 간음이라는 세상에 드러난 죄를 지었다. 무거운 죄목과 눈총을 받지만, 스스로 인생을 포기하거나 구걸하지 않는다. 수치를 당하면서도 주홍색 실로 아름답게 A를 수놓았다. 가슴에 달린 주홍글씨는 오히려 그녀에게 자신감을 갖게 하고, 고통 받는 사람들에게 물심양면으로 구원의 손길을 나눈다. 간통(Adultery)이라는 죄악의 이미지를 이겨내고, 자원봉사와 기부를 하며 천사(Angel)의 이미지로 자신을 승화시켰다. 또 옷을 만들고 수를 놓으며 유능(Able) 또는 예술가(Artist)라는 말까지 끌어 올렸다는 후세의 평을 듣는다. 뉘우치고 반성하는 것을 넘어 자신의 사랑과 자유와 존엄성을 지켜낸 여인이다. 가슴에 찍힌 죄의 상징을 승화시켰다.

존경을 한 몸에 받는 젊은 목사 딤즈데일은 양심을 감춘 숨겨진 죄인이다. 죄의식과 위선의 고뇌 때문에 몸이 쇠약해져 갔다. 죄지은 자가 받아야 하는 고통을 속으로 삭히며 하루하루 자신을 죽이는 심리를 탁월하게 묘사했다.

헤스터의 남편 칠링워스는 복수에 눈 먼, 감추어진 죄다. 복수와 질투의 화신으로 목사의 주치의가 되어 함께 살면서 남의 피를 빨아먹고 사는 거머리처럼 그의 영혼을 말리며 기회를 노린다. 옆에서 양심의 가책이라는 바늘로 꾹꾹 찔러 병들게 만드는 것으로 복수했다.

이 소설의 서문에는 이렇게 쓰였다. '감옥 문간에 돋아난 들장미 한 송이를 독자에게 준다고 했다. 인간의 약점과 슬픔에 대한 이야기(A Tale of Human Frailty and Sorrow)의 어두운 결말에 위로가 되어 주길 바라면서.' 나다니엘 호손의 첫 독자인 아내 소피아는 작품의 결말 부분에 마음 아파하다가 심각한 두통을 앓고 침대에 누워버렸단다. 다음에는 행복한 이야기를 쓰라는 그녀의 부탁에 쓴 작품이 ≪일곱 박공의 집≫이다.

세관에서 몇 블록 떨어진 곳에 ≪일곱 박공의 집≫의 배경이 된 집이 있다. 세일럼, 터너 가 54번지. 바닷바람을 맞으며 검게 변해버린 외벽에 뾰족하게 솟아오른 지붕이 푸른 하늘을 찌르며 당당히 서 있다. 떡갈나무 뼈대로 지어진 역사적인 건물 중의 하나다. 1668년에 상인이자 선주인 존

터너(John Turner)가 지었다. 'Seven acutely peaked gables'는 일곱 개의 박공이라고 번역되었다. 양쪽에 '人' 모양으로 붙인 두꺼운 널빤지로 지붕을 만들었는데 당시에는 박공지붕의 개수가 부의 상징이기도 했단다. 장미덩굴에 아롱다롱 달린 꽃들과 색색의 튤립, 또 그 주위를 둘러싼 호박 오이 토마토 등의 채소류가 묘하게 어울린다. 발레리나의 날렵한 춤 동작을 연상시키는 기다란 타원형 장식이 그들 사이에 우뚝 서 중심을 잡아 준다. 잘 정돈된 정원수와 군데군데 놓인 벤치가 비록 오래 전이기는 하지만 마녀사냥이 휩쓸고 지나간 도시라는 선입견을 잊게 할 정도로 평화롭다.

그 집안에는 숨겨진 문이 많아 안내자가 없이는 관람이 안 된다. 벽난로 옆을 밀자 숨겨진 문이 열리며 붉은 벽돌의 거친 면이 나타났다. 나선형의 계단은 한 사람이 겨우 지나갈 정도로 비좁아서 몸을 옆으로 하고 올라가야 하고 앞사람의 신발이 가슴팍에 닿을 정도로 가팔랐다. 삼각지붕을 한 다락방은 오래된 나무 냄새가 가득 찼다. 문을 열고 이리저리 연결된 계단을 내려왔다. 안내자는 벽 사이에 숨겨진 공간이 곳곳에 있기에 일행을 놓치면 미아가 된다며 엄포를 놓는다. 마녀재판 당시 재난을 피해 사람들이 숨기 위해서, 항구에서 들여온 물자 중 세금을 내지 않으려는 의도와 금지된 품목을 쌓아놓기 위한 공간일 수 있단다. 흑인 노예를 팔기 전에 가둬두기 위한 장소였을 수도 있다는 설명이 그럴 듯했다

3층 다락방에서 비밀계단을 통해 2층의 서재로 내려왔다. 나다니엘 호손이 이곳 창가에 앉아 대서양을 바라보며 글쓰기를 즐겼다고 한다. 창을 통해 바라본 바다는 하늘의 구름을 머금고 파도도 잠든 채 잔잔히 출렁이고 있다. 호손이 반할만하다.

이 서재에서 ≪일곱 박공의 집≫이 탄생했다. 사촌인 수잔나 잉거솔은 옛 소유자들의 가족사를 호손에게 재미나게 들려주었고, 호손은 뉴잉글랜드 역사에 덧붙여 작품으로 구상했다. ≪주홍글씨≫를 집필한 이후, 1년 만에 ≪일곱 박공의 집≫을 완성할 수 있었다.

이 작품의 배경은 세일럼에 마녀사냥이 한창일 무렵이다. 지방의 유지 핀천 대령은 외진 곳에서 가난하게 사는 매튜 몰(Matthew Maule)의 오두막집 터를 탐냈다. 그 집을 차지하기 위해 몰을 마귀로 몰아 처형하는 데 앞장섰다. 몰은 죽어가며 핀천 대령을 향해 하나님의 징벌로 피를 토하고 죽게 될 것이라고 저주했다. 핀천 대령은 몰의 집터에 일곱 박공의 집을 짓고 완공을 축하하는 잔치를 열지만 하객들을 기다리다가 뇌출혈로 급사했다. 그 후로 핀천가의 후손들은 점점 쇠락해 급기야 5대째인 헵지바와 클리포드 오누이에 이르러서는 구멍가게를 내야 입에 풀칠할 정도로 몰락했다.

어느날 친척인 포비가 찾아온다. 포비는 상점 일을 돌보고 가족들을 챙긴다. 그녀가 가구를 옮기고 창문의 커튼을 올리는 동안 방안이 환해지고 푸근하게 변했다는 표현처럼 포비는 이 집에 생기를 불어넣는다. 포비의 이름에 담긴 뜻인 '아침 일찍 내리비치는 햇살'처럼 저주가 내려진 집과 정원에 변화를 일으킨다. 하숙생인 사진사 홀그래이브(Halgrave)는 사실 매튜 모울의 후손이다. 복수를 위해 몰래 핀천 가족사를 집필 중이었는데 포비와 사랑에 빠진다. 헵지바는 그에게 일곱 박공의 집을 넘기려 하지만 포비와 시골로 떠난다. 원수 가문이 결혼으로 화합하고 용서하는 이야기다.

그래서 호손은 이 작품집의 첫 장에 '로맨스(A Romance)'라고 밝혔다. 아내가 그에게 원하던 대로 해피엔딩으로 결말을 지었다. 나는 이 작품을 읽는 내내 ≪주홍글씨≫보다 더 어둡고 침울해서 깊은 동굴에 갇힌 듯 했다. 로맨스라고는 느낄 수 없었는데 작가는 왜 그랬을까.

정원의 벤치에 앉아 숨을 돌린다. 일곱 박공의 집을 둘러볼 때 등에 가방을 멘 것처럼 묵직하게 따라다닌 어둠의 그림자를 내려놓아야겠다. 마녀사냥의 중심에 섰던 자신 집안의 역사에서 벗어나고자 했던 호손의 착잡한 마음이 읽힌다. 그는 엄격한 청교도주의의 율법에 희생되는 사람의 모습을 그려냈다. 위선적인 종교와 사회의 편협을 증오했고, 인간적인 만족을 거부하는 금욕적인 생각에 반발했다. 그래서 그의 작품을 읽으면 마음이 무겁다.

정원의 끄트머리에 대서양을 바라보며 막 하늘로 날아오르려는 청둥오리 두 마리의 동상이 세워져 있다. 소설 속의 헵지바와 클리포드가 조상에게 내린 저주로 묶인 불행한 삶을 벗어버리고 세상으로 탈출하려 날개를 펼치는 것은 아닐까. 두 가문의 기구한 운명을 훌훌 털고 새로운 삶을 살아가려는 의미인지도 모른다. 넓은 바다의 물결이 역사에 잠긴 일곱 박공집의 창문에 푸른 그림자를 남긴다.

나다니엘 호손, 불운의 작가. 어두운 영혼을 로맨스로 풀어냈지만, 사랑을 느끼기는커녕 독자를 고뇌하게 만든다. 그의 마음속에 뿌리 깊은 죄의식을 독자에게 그대로 전달한다.

# 요크나파토파 카운티를 아시나요
**-윌리엄 포크너(1)**

 

벤치의 등거리에 한쪽 팔을 걸친 채 윌리엄 포크너가 앉아 있다. 누군가 가 함께 앉아 이야기를 들려주기를 기다리고 있는지도 모른다. 자석에 끌리듯 그의 옆에 앉았다. 미시시피에 있는 옥스퍼드시의 라파예트 카운티 (Lafayette County) 올드타운에 그를 만나러 왔다. 빨간 벽돌 건물의 시청은 1885년에 지어졌다며 벽에 숫자를 새겼다. 그 앞마당에 잘 꾸며진 정원이 있고 벤치에 그의 동상이 있다. 그와 나는 나란히 앉았다. 올망졸망한 오래된 이층 건물들이 어깨를 나란히 하고 광장을 둥그렇게 감싸며 이방인을 힐끔거리며 본다. 그를 작가의 길로 이끈 광장이다.

윌리엄 포크너. 그는 공부에 취미가 없어 토요일이면 이 광장에 나와서 사람들이 나누는 이야기에 귀를 기울였다. 특히 남북전쟁 때 무공을 쌓았던 다혈질의 증조부 포크너 대령에 대한 무용담을 소중히 간직하고 있기에 그의 작품에 바탕이 되었다. 어머니보다 더 헌신적으로 자신을 돌봐준 하인 캐롤라인 바는 노예 시절부터 전해져 내려오는 이야기를 그에게 들려주었다.

우표만 한 조그만 고향 땅. 그는 이곳을 배경으로 요크나파토파 카운티(Yoknapatawpha Country)와 제퍼슨(Jefferson)읍이라는 가상의 도시를 만들었다. 요크나파토파는 치카소 인디언 말로 '평평한 땅을 천천히 흐르는 강'을, 촉토 인디언 말로는 '갈라진 땅'을 의미한다. 실제로 요코나강은 옥스퍼드 근처에 있고, 제퍼슨은 민주주의의 기틀을 마련한 토머스 제퍼슨 대통령에서 따 왔단다. ≪압살롬, 압살롬≫이 출간할 무렵 그가 직접 그린 지도에 이 마을은 2,400스퀘어 마일이고, 인구는 백인이 6,298명, 흑인이 9,313명이라고 정했다. 그 밑에 독점 소유자 윌리엄 포크너라고 명시를 했다. 특허권을 받아 놓은 셈이다. 이 도시는 그의 소유다. 창조자이자 독재자다.

그는 글을 쓰기로 마음먹은 때부터 문학은 개인적인 경험과 특정 지역에 바탕을 두고 써야 한다고 굳게 믿었다. 윌리엄 포크너는 자신의 도시인 요크나파토파에서 끊임없이 이야기를 풀어나갔다. 갈라진 땅에 그의 문학이 천천히 흐르며 강을 이루고 숲을 만들었다면 너무 과장된 표현일까.

세 번째 소설 ≪사토리스≫에서부터 포크너는 이 상상의 공간을 배경으로 연작 형태의 소설을 발표했다. 19권의 장편소설 중 15권이 이 도시를 배경으로 하고 있는데 지도 안에는 동서남북으로 자신이 배경으로 삼은 작품명을 적어 놓았다. 남부의 전설적인 얘기와 남북전쟁 이후 구세대의 몰락과 사회변천 그리고 남부사회의 퇴폐상을 각각 개성이 있는 인물들을 통해 표현하였다는 평을 후세에 듣는다.

그의 작품 안에 등장하는 인물은 서로 다른 길을 바라본다. 그러나 자신의 독백 속에 갇혀 있지만 가는 끈으로 엮어 서로에게 없으면 안 될 존재다. 내가 너고 또 그다. 어쩌면 우리의 마음속에 숨겨진 수만 갈래의 감정 선을 그는 낱낱이 풀어 헤쳤는지도 모른다. 사회적 도덕성 때문에 하지는 못하지만, 마음속으로 어딘가에 웅크리고 있는 매춘과 살인, 인종차별, 근친상간과 흑백잡혼을 그렸다. 그리고 자신을 학대하고 상대에 집착하는, 차마 꺼내 놓을 수 없는 그늘 속의 감정들을 끄집어내 놓았다.

나는 건너편의 법원(Lafayette County court house) 건물을 봤다. 둥그런 시계가 꼭대기에서 이 도시의 역사를 끌고 움직였다. 그의 작품에서는 시간과 시제의 구분이 정확하지 않아 읽는 내내 혼란스럽다. ≪소음과 분노≫에서 제이슨(Jason)은 시계의 유리를 깨뜨리고, 시곗바늘을 뜯어냄으로써 시간을 정지시키려 했다. 그러나 종소리, 호주머니 속의 부서진 시계의 소리, 시간의 이동을 알려주는 그림자, 식사 때가 된 것을 자연스레 알리는 배고픈 신호들이 시간을 멈출 수 없다는 것을 깨닫게 해줬다. 이 작품에서 유일하게 온전한 정신을 가진 하녀 딜시는 부엌에 있는 낡아빠진 시계가 다섯 번을 치면 8시라고 정확한 시간을 알려줬다.

법원 건물은 엄격하고 고집스러운 분위기를 풍겼다. 그의 작품 속에는 악인, 백치, 매음부, 밀수업자, 강도, 강간범 등이 넘쳐나며, 폭력과 살인이 난무하기 때문에 법정은 필수다. ≪성역≫에서 밀주업자 구드윈이 억울하게 살인자로 몰려 재판을 받았던 곳이다. 지방 판사 딸인 여대생 템플이 성폭행을 당하고 매춘 지역으로 팔려가자 마을 전체가 술렁였다. 흥분한 주민들은 이 광장에 모여 신성모독에 대한 정당한 처벌이라고 굳게 믿으며 구드원을 불에 태워 죽였다. ≪8월의 빛≫의 조우 크리스마스와 ≪어둠 속의 침입자≫의 루커스도 이곳에서 마녀사냥처럼 몰려 죄인으로 판정받았는지도 모른다.

법원의 벽에는 ≪곰(The Bear)≫의 동판이 걸려 있다. 어린 소년 아이작은 어른을 따라 사냥을 나가고, 그곳에서 올드벤이라는 곰을 만났다. 사냥꾼 무리에게 꼭 잡아야 할 대상이었는데 결국 사냥꾼 분에 의해 곰은 죽는다. 아이작은 사냥터를 떠나 어른으로 성장해 갔다. 올드벤이 정복하던 숲은 철로와 산림 개발로 파괴되어 가는데 여기서 곰은 단순한 동물이 아니라 남부의 몰락을 표현하고자 했을 것이다.

그 앞에는 남북전쟁에 참여했던 남부 병사들을 추모하기 위한 동상이 있다. 양손에 장총을 잡고 금방이라도 부르면 달려나갈 듯한 자세다. 포크너가 자신의 증조부를 모델로 한 ≪사리토스≫에서 남군은 북군을 무찌르고 돌아올 것이라는 상징적 의미다. 남북전쟁으로 몰락해가는 남부의 모습과 지키고 싶지만 이미 쇠락을 길로 접어든 귀족사회에 대한 애착인지도 모른다. 병사는 먼 하늘을 올려다보고 서 있다.

광장이 갑자기 왁자지껄 시끄럽다. ≪에밀리에게 장미를≫에 나오는 두 사람이 번쩍이는 마차를 타고 지나갔다. 머리를 높이 치켜든 에밀리와 모자를 젖혀 쓴 채 여송연을 이빨 사이에 물고 말고삐와 채찍을 쥔 배론이다. 주민들은 "에밀리가 참 안 됐어."라고 수군거렸다. ≪소음과 분노≫의 러스터는 벤지에게 수선화를 들게 하고 마차를 몰아 읍내 광장에 들어섰다. 마차를 잘못 몰아 남군 병사의 동상이 있는 쪽으로 기울자 균형을 잃어 수선화 꽃이 부러지고, 화가 난 벤지가 격렬하게 울부짖었다. 벤지는 누이가 몸에서 나무의 향이 난다며 순결의 상징으로 믿었는데 남자와 키스하는 장면을 보고 흥분했을 때처럼 날뛰었다.

≪내가 죽어 누워 있을 때≫에서 물과 불과 사투를 벌이며 만신창이가 되어 패잔병처럼 광장을 지나가는 가족이 있다. 아내이자 어머니인 애디 번드런의 시체를 고향 제퍼슨 읍으로 옮기는 40마일의 길을 떠났다. 시체 썩는 냄새가 진동했고, 여섯 명의 가족의 마음속은 그보다 더 부패됐다. 창을 통해 몰래 장례행렬을 지켜보는 ≪에밀리에게 장미를≫에 나오는 에밀리양의 모습은 마치 벽면을 움푹 파놓고 그곳에다 세워 둔 상반신의 조각품과도 같다는 표현도 기억났다. 그녀의 손에는 약손자 배론과의 자살을 위해 준비한 독약인 비소 약병이 들려 있었을 것이다.

그의 작품에 나오는 인물들이 순식간에 광장을 지나갔다. 윌리엄 포크너의 옆에 앉아서 그가 창조해낸 많은 인물 속에 빠졌다. 내가 읽은 책 속의 이름을 다 떠올릴 수가 없어 안타깝다. 여러 작가가 지방색을 띤 글을 썼지만 그처럼 가상의 도시를 만들고, 지도까지 그려내지는 않았다. 그는 넘지 못할 산 같은 존재다. 그의 작품은 어려워서 한 번에 이해할 수가 없다. 시제가 과거에서 현재를 넘나들고 얘기를 진행하는 화자의 입장이 수시로 바뀌어 연필로 메모를 해가며 읽었다. 오르면 오를수록 숨이 차서 마지막 장까지 가려면 끈기가 필요했지만 두세 번째 읽다 보면 쉽게 손에서 내려놓지 못하게 잡아끄는 매력이 있다. 그가 낙마로 허리를 다치지 않았다면 더 많은 등장인물을 그의 작품에서 만날 수 있었을 터인데 아쉽다.

광장 주위에는 관광객이 사진을 찍고, 카페에 앉아 차를 마셨다. 동상

앞에서 사진을 찍기도 했다. 그는 지금도 여기 앉아서 지나치는 사람을 보며 소설을 구상하고 있는지도 모른다. 집에서부터 인쇄해서 간 요크나파토파군의 지도를 펼쳤지만 내가 앉은 자리에서 동서남북의 구별하기 쉽지 않았다. 그는 자신의 세상으로 사람을 끌어들이는 마력이 있다.

그만 일어나야겠다. 근처 서점(Square Books)에 가서 그의 작품집을 만나봐야지. 무표정한 얼굴로 앉아 있는 그에게 작별의 포옹을 했다. 시청 울타리를 돌아서서 나오는데 빨간색의 공중전화 부스가 있다. 그 안으로 들어가 전화기를 들었다. 누군가에게 지금의 이 벅찬 마음을 전하고 싶다. 그를 만났다고. 그의 신화 속에 잠시 함께 있었노라고. 먼 길 온 것이 헛되지 않았다는 것을.

# 신비에 둘러싸인 로윈 오크
## -윌리엄 포크너(2)

　로윈 오크(Rowan Oak)는 미국 미시시피 옥스퍼드시의 올드 테일러 길에 있다. 초록색 안내판에 노란 글씨로 설명이 적혀 있다. 1848년에 지어졌고 1930년부터 1962년까지 노벨문학상을 받은 윌리엄 포크너가 살던 집으로 지금은 미시시피대학에서 관리한단다.

　주차장에 차를 세우고 작은 숲을 지나 안쪽으로 들어가야 했다. 원래 외부와의 접촉을 좋아하지 않는 그의 성격대로 주의를 기울이지 않으면 그냥 지나칠 정도로 집은 길가에서 벗어나 있다.

　붉은 흙으로 덮인 오솔길을 따라 걸었다. 13만 제곱미터 부지에 떡갈나무가 양옆으로 하늘을 찌르듯 늘어선 사이로 2층 건물이 자리를 잡고 있다. 옥스퍼드에 남아있는 몇 안 되는 남북전쟁 때 지어진 그리스 부흥 양식의 건축물이다. 발코니에서 키가 작은 그가 승마복에 담배 파이프를 입에 물고 나를 기다릴 것 같은 착각이 들었다. 사열을 받는 느낌으로 발걸음을 옮겼다.

이 집은 1844년 로버트 세고기에 의해 지어졌는데 손댈 수 없을 만큼 황폐한 건물이었다고 한다. 그는 1930년에 할리우드에서 일하며 모은 6천 불을 주고 사서 자신의 형제들과 함께 톱과 망치로 직접 집을 수리했다.

포크너는 프레이저의 ≪황금 가지≫에 나오는 나무에서 이름을 따와서 '로윈 오크(Rowan Oak)'라고 불렀다. 켈트족 신화에 등장하는 신비의 상징인 로윈 나무는 안전과 평화의 의미가 담겨 있다. 자신의 고향을 가상의 도시로 만들어 소설을 쓰는 사람이니 이 정도는 애교가 아닐까. 역시 엉뚱한 그답다.

이 집에 포크너와 아내 에스텔, 그녀가 낳은 전 남편의 두 자녀 말콤과 빅토리아를 데리고 이사했다. 후에 그들의 딸인 질이 태어났다. 현관 앞에서 마음을 가다듬고 발판에 신발을 몇 번 문질렀다. 밟고 지나온 붉은 흙을 집안으로 묻어 들이면 안 될 것 같다.

문을 열고 들어서니 왼쪽의 서재로 안내되었다. 벽난로 위에 그의 젊을 적 초상화가 심각한 표정으로 우리를 바라본다. 특이하게 목걸이처럼 긴 끈으로 연결되어 벽에 걸린 액자 속에 그의 증조부 포크너 대령의 초상화가 있다. 포크너 대령은 리플리에서 테네시까지의 철도를 건설했고, 1881년에 ≪멤피스의 백장미(The White Rose of Memphis)≫라는 낭만소설을 썼다. 이 책은 36번이나 재 인쇄 될 만큼 인기가 있었는데 이름을 그에게서 따 왔을 정도로 많은 영향을 받는다.

포크너가 죽기 일 년 전에 국무성의 주선으로 베네수엘라를 다녀오며 사온 긴 얼굴의 돈키호테상이 놓여 있다. 세미나 참석차 일본의 나가노에 갔을 때 가져온 게이샤 인형이 눈에 띈다. 이동식 언더우드 수동 타자기가 테이블 위에 있다. 이 타자기로 그는 많은 작품을 썼다. 그는 육필로 원고를 쓰고, 타자기로 옮기며 작품을 고쳤다고 한다. 원고를 보내는 족족 출판사로부터 퇴짜를 맞았지만 결국 그는 노벨문학상과 플리처상을 두 번 그리고 전미도서상을 받았다.

방 이곳저곳에 위스키 병이 비치되어 있다. 포크너는 글을 쓸 때면 항상 위스키를 옆에 두고 마셨다. 작품을 마감하면 폭음하는 증세가 반복되었다. 결국 알코올 치료병원에도 몇 번씩 입원했다. 벽난로 위에는 평소 승마를 즐기던 그답게 말이 그려진 액자가 놓여 있고 선반에는 승마용 모자가 놓였다.

침대머리 한쪽 구석에 백열전등이 걸려 있다. 언제든 글을 쓰다 지치면 누워서 잘 수 있게 서재에 침대를 놓은 것인지, 아니면 아내가 첫사랑 여인이었지만 서로 증오하며 결혼 생활이 평탄하지 않았기 때문인지도 모른다. 말년에는 승마로 자주 다쳐 계단을 오르내릴 수 없었기에 결국은 주로 서재에서 살았다고 한다.

서재의 벽에는 사면을 빙 둘러가며 ≪우화(A Fable)≫에 대한 구성이 요일별로 벽에 적혀 있다. 포크너의 가장 긴 소설로 거의 10년 동안 작업했는데 소설의 주인공은 제1차 세계대전 때 프랑스 하사로 재림한 그리스도이다. 나는 이것을 보려고 여기에 왔다. 대문호의 흔적을 올려다본다. 수요일 밑에는 벽의 절반 정도까지 길게 메모가 되어 있고, 토요일에는 짧게 서너 줄이다. 종이에 적어 놓으면 바람에 날아가거나 잃어버릴까 봐 아예 벽에 썼다고 한다. 생각나는 대로 줄거리를 적었다가 나중에 다시 지우고 쓰기를 반복했다. 의자에 앉아서 읽어 보기도 하고 침대에 누워서 올려다보며 생각을 가다듬었을 것이다. 큰 틀을 잡고 세심하게 부분 부분을 이어나가던 그의 손길이 느껴진다. 깊고 끈질긴 사색을 통해 그가 작품을 썼음을 보여준다. 앉으나 서나 구상하고, 상상한 결과가 작품에 그대로 녹아들었기에 후대에도 논의되고 연구하지 않을까. 그의 열정을 보았다. 가까이 가서 더듬어 보고 싶다. 몇 줄 베끼면 좋을 텐데 문을 가로지른 굵은 줄이 앞으로 더 나가는 걸 막는다. 연필로 썼기에 멀리서는 잘 보이지 않는다. 이 책은 구할 수가 없어 읽지 못했지만 그가 쓴 것을 보는 것으로도 행복하다. 문향으로 도배된 방이다.

응접실은 포크너 딸들의 결혼식과 자신의 장례식이 여기에서 행해졌다는데 낡은 피아노가 놓여 있다. 구석에는 검은색의 전화가 긴 다리를 한 테이블 위에 놓여 있다. 그 전화기로 그가 노벨상의 수상자로 결정되었다는 통보를 받았다고 한다. 그의 노벨문학상 수상 연설은 최고였다는 평을 듣는다.

이층으로 올라가니 그가 그렸다는 가상의 도시 요크나파토파와 제퍼슨 읍의 지도가 유리장 안에 보관되었고 그의 책들이 진열되어 있다. 우표딱지만 한 고향이 글을 쓸 만한 가치가 충분하다고 느껴 15편의 작품을 그 속에 풀어 놓았다. 그만의 우주를 창조한 셈이다. 그가 즐겼던 위스키 빈 병들도 주인의 손길이 멈춘 때를 기점으로 먼지를 뽀얗게 뒤집어쓰고 허전하게 선반 위에 누워있다,

아내의 침실에는 꽃무늬가 그려진 벽지와 아담한 화장대가 있다. 그의 방에는 승마용 부츠가 긴 나무 받침대를 안에 심고 벽난로 옆에 세워져 있다. 안락의자 위에는 그의 승마용 흰색 바지가 걸쳐져 있고 작은 경대에

는 방금 풀러놓은 듯한 그의 넥타이 두 개가 걸렸다.

현관문을 나와 뒤뜰로 갔다. 하얀 건물은 포크너의 말들이 머물던 마구간이다. 아버지가 한때 말 임대업을 해서인지 말을 좋아했다. 아내의 만류에도 불구하고 말을 타다 낙마를 해서 부상을 여러 번 당했으면서도 그의 말에 대한 사랑은 멈추지 않았다. 도시에서는 말을 탈 수 없기에 웬만해서는 장거리 여행을 꺼렸다.

많은 좌절과 고통을 겪은 윌리엄 포크너는 고독했다. 어릴 적에는 어머니의 사랑을 받지 못하고 유모의 손에 키워졌다. 첫사랑의 여인과 결혼을 하지만 서로 증오했고, 다른 여자들과 데이트를 하며 가정을 멀리 했다. 그래서 안전과 평화의 상징이라는 로원 오크의 집에서 살면서도 그 작품에는 정이 흐르는 가정을 그려내지 못했다.

문학계의 피카소라는 평을 듣는 포크너가 일본을 방문했을 때, 일본의 한 학자가 "당신은 왜 글을 어렵게 쓰기를 좋아하느냐"는 질문에 그는 "형식과 내용은 일치한다."고 대답했다. 그의 소설은 난해하고 복잡해 쉽게 읽히지 않는다. 행간에 담긴 뜻을 찾아가며 읽어야 한다. 과거, 현재, 미래를 분리하지 않기에 그가 표현하는 시간에 대한 개념을 정확하게 이해하지 못하면 다음 장으로 넘어가서 헷갈리게 된다.

윌리엄 포크너여, 안녕히. 벽에 가득 써 내려간 당신의 열정을 가슴에 담아갑니다. 앉으나 서나 작품에 대해 고뇌했던 작가가 지녀야 할 자세도 배워갑니다.

붉은 흙을 밟으며 걷다가 뒤돌아서서 윌리엄 포크너의 집을 바라본다. 떡갈나무 잎사귀가 바람에 흔들린다.

# chapter 04

정,
사람과 사람
사이에

작전은 끝났다. 증거물을 압수하고 돌아서는데 그
 아이의 서글프도록 무심한 눈동자가 자꾸 떠올랐다.
어떤 삶을 담고 자랐으며, 어떤 모습으로 살아갈까.
오늘의 이 상황을 어떻게 받아들이고 삭힐까.
한창 꿈에 부풀어 있을 나이에 삶을 달관한 듯,
무관심한 아이의 태도는 앞으로 그를 어디로 이끌 것인가.
뒤집히고 헤집어진 그 집안의 옷장과 서랍만큼이나
한 가정을 헝클어트린 마약의 검은손길이 섬뜩했다.
다친 사람 없이 소기의 목적을 달성한 마약단속반 팀은
사무실로 가는 길에 나를 가게에 내려 주었다.
걱정하며 기다린 두 아들이 반겨주었다.
전쟁터에서 무사히 돌아온 병사를 맞이하는 듯
깊게 포옹했다.
―본문 중에서

# 그 아이는 지금

스치고 지난 인연인데 강한 인상을 남기는 사람이 있다. 마약에 관련된 뉴스를 접할 때면 그 아이가 생각난다. 어디서 무엇을 할까. 어떻게 살고 있을까 궁금해진다. 아니, 걱정된다. 그날, 그는 마치 몸과 영혼이 분리되어 다른 세계에 있는 것처럼 느껴졌기 때문이다.

몇 년 전 마약단속반(Narcotic Squad)의 작전에 동행하는 특별한 경험을 했다. 경찰서 바로 맞은편에 우리 상점이 있어서 많은 경찰과 수사관이 드나들었다. 마약단속반 중에 성격이 털털한 존에게 '청소년과 마약'에 대한 자문을 얻어, 한인 학부모에게 경각심을 일깨우는 내용의 글을 쓴 것이 신문에 실렸다. 미국인은 작가를 우대하기에 가게주인에서 신분이 상승되었고 그들과 친해졌다. 그 팀원과는 농담도 주고받고, 생일에 초대도 받으며 스스럼없이 지내게 되었다.

소탕 작전을 나가기 전에 그들은 많은 시간 잠복근무를 하며 탐색전을 펼친다. 어떤 날은 집배원 유니폼을 입고 나타났고, ○○정비라고 쓰인

기름때에 절은 푸른색 셔츠를 입기도 했다. 어느 날 단속반원 존이 반바지와 구겨진 티셔츠 차림의 꾀죄죄한 모습으로 나타나서 맥주를 사더니 몸 여기저기에 뿌렸다. 빈 맥주 캔을 누런 봉투에 담아 달라고 했다. 작전 나가는데 의심받지 않고 접근하기 위해 위장을 하는 것이라고 했다.

작전 나갈 때 데리고 가라고 농담처럼 말했다. 어느 날, 이번 작전은 간단하니 같이 가겠느냐고 물었다. 불상사나 사고가 발생했을 시 모든 책임은 본인이 지겠다는 각서에 사인해야 한다는 단서가 붙었다. 위험하지 않을까 걱정됐지만, 내 호기심을 누르지는 못했다. 이런 날이 오지 않을까 하는 기대감도 있었기에 승낙했다. 가족들은 적극적으로 말렸지만, 이미 내 머릿속에는 영화 한 편을 찍고 있었기에 들은 척도 하지 않았다.

드디어 결전(?)의 날이다. 약속 시각, 경찰서 안에 있는 그들의 사무실로 갔다. 전투복 차림에 안전 조끼까지 차려입은 존과 팀원을 대하면서 내가 지금 무슨 일을 하려는 것인지 실감했다. 발길을 돌리고 싶었다. 의자에 엉덩이를 반쯤 걸치고 엉거주춤 못 가겠다는 말을 하려고 기회를 엿보았다. 멸치라는 별명의 웨인이 칠판 앞에 서더니 한 묶음의 서류를 모두에게 돌리며 브리핑했다. 6개월 동안 관찰한 경과와 오늘 체포할 마약 판매상의 신상에 대한 자료였다. 마약상의 집과 주위의 환경을 그린 칠판에 도주 경로로 예상되는 지점들을 설명하고, 만약을 대비해 가까운 병원의 위치까지 알려 주었다. K-9 소속 마약 탐지견과 뒤를 받쳐 줄 순찰팀, 그리고 본부에서 나온 감찰관까지 각자가 할 일을 숙지하고 정확한 출발 시각을 확인했다.

존이 여자경관에게 빌려온 안전 조끼와 헬멧을 나에게 입혀 주었다. 그런 내 모습이 어찌나 어설픈지 나를 빙빙 돌려세우며 모두 웃음을 터트렸다. 그 분위기를 깰 용기가 나지 않았다. 이미 엎질러진 물이다. 가보자.

평범한 푸른색의 밴(Van)은 안을 개조해 사람이 앉을 수 있게 ㄷ자 모양의 의자와 무전시설이 갖추고 있었다. 여덟 명이 앉으니 꽉 찼다. 오늘의 작전을 주도한 웨인은 왼쪽 다리를 가늘게 탁탁 털었다. 평소 느긋한 존도 꽉 쥔 장총을 쉴 새 없이 손가락으로 토닥토닥 두드렸다. 고르지 못한 숨소리가 바닥에 깔린 카펫 위로 내려앉고, 지지직대는 무전기의 단발음만 혼자 떠들고 있다. 내가 침을 삼키는 소리에 고요가 깨질까 봐 입안에 가득 머금었다.

이들은 지금 무슨 생각을 하고 있을까. 매번 작전 나갈 때마다 목숨을 걸어야 하는 이들의 무거운 숨이 천장에 얼룩으로 남아 있는 듯했다. 사랑하는 사람의 얼굴을 그려보는 이도 있겠지. 동료의 안전을 걱정할 수도 있겠구나. 서로 눈맞춤을 피했다. 계획대로 착착 진행되어 지난 몇 달의 노력이 헛수고가 되지 않아야 한다는 압박감이 넓적다리에 두른 리볼버 권총에 장전되어 있는지도 모른다. 말을 잃어버린 혀가 돌돌 말리고, 심장이 점점 옥죄어 온다. 소변이 마렵다. 화장실에 가고 싶어졌다.

15분 정도 달린 것 같았다. 차가 멈추었다. 눈에 익은 골목 같은데 어딘지 얼른 떠오르지 않았다. 존이 차안에서 잠시 기다리고 있으면 곧 데리러 온다고 했다. 마틴이 문을 부술 때 쓸 굵은 원통 모양의 램(Ram)을 챙겼다. '하나, 둘, 셋' 신호와 함께 문이 열리고 모두 신속한 동작으로 뛰어내렸다. 차 안에 나 혼자 덩그러니 남겨졌다. 갑자기 넓어진 공간이 낯설고 두려웠다. 아무 사고 없이 모두 무사하기를 들숨 날숨 때마다 기도했다.

시곗바늘은 10분쯤 지났다고 보여 주는데 마음으로는 10년이 흐른 것 같다. 존이 차 문을 열었다. 무사한 것이 고마워 와락 끌어안고 싶었지만 내 몸은 얼어서 움직이질 않았다. 그는 비디오카메라를 챙겼다. 눈물을 대롱대롱 매단 나를 향해 "준비됐니(Are you ready)?"하고 물었다. 그가 내민 손을 잡았는데 땀으로 젖어있었다. 존을 따라 어느 집 안으로 들어섰다. 벌써 마약 탐지견과 단속반이 구석구석 뒤져 엉망이라 어디다 발을 디뎌야 할지 망설여졌다.

거실에는 일가족처럼 보이는 다섯 명이 소파에 앉아 있다. 존은 그들을 카메라로 촬영하며 단서를 얻어내기 위한 질문들을 예리하게 던졌다. 그중에 15살 정도의 남자아이와 눈이 마주쳤다. 나를 기다리고 있을 작은아들과 비슷한 나이다. 움찔한 나와는 달리 놀라거나 당황한 기색도 없는 무표정한 얼굴이었다. 그의 눈은 텅 빈 듯 아무런 감정도 느낄 수 없었는데, 너무나 생소해 내가 어디에 와 있는지 잠시 잊게 했다. 무엇이 저 아이를 저토록 무심하게 만들었을까. 원망이나 두려움도 없는, 아니 그 나이에 가질 수 있는 반항이나 호기심도 찾을 수 없었다.

마약 탐지견이 요란스럽게 짖는 소리에 모두의 관심이 집중되었다. 부엌의 캐비닛 안쪽에서 비닐로 돌돌 말린 벽돌 크기의 뭉텅이 두 개를 찾아 냈다. 압축된 마리화나다. 시리얼 상자 안에서 여러 개의 작은 봉투에 나누어 담긴 가루로 된 마약도 들어있었다. 부엌의 식탁에는 마약을 하는데 사용하는 도구들이 —작은 저울, 화려한 무늬의 유리 램프, 유리대롱, 면도칼, 마리화나를 말아 피울 수 있는 직잭 종이, 백반가루— 음지에서 양지로 옮겨진 채 놓여 있었다. 권총 두 자루와 여러 종류의 잭나이프 등도 나란히 누워 있다. 그들이 잡고자 했던 용의자는 집에 없었고, 만삭인 부인만 참고인 자격으로 데려간다며 경찰차에 태웠다.

작전은 끝났다. 증거물을 압수하고 돌아서는데 그 아이의 서글프도록 무심한 눈동자가 자꾸 떠올랐다. 어떤 삶을 담고 자랐으며, 어떤 모습으로 살아갈까. 오늘의 이 상황을 어떻게 받아들이고 삭힐까. 한창 꿈에 부풀어 있을 나이에 삶을 달관한 듯, 무관심한 아이의 태도는 앞으로 그를 어디로 이끌 것인가. 뒤집히고 헤집어진 그 집안의 옷장과 서랍만큼이나 한 가정을 헝클어트린 마약의 검은손길이 섬뜩했다.

다친 사람 없이 소기의 목적을 달성한 마약단속반 팀은 사무실로 가는 길에 나를 가게에 내려 주었다. 걱정하며 기다린 두 아들이 반겼다. 전쟁터에서 무사히 돌아온 병사를 맞이하는 듯 깊게 포용했다.

"어머, 글쎄. 대마초가 두 덩어리 나왔는데 돈으로 치면 엄청난 액수래."

에구머니나. 속물근성이 먼저 튕겨 나오는 바람에 그날의 무용담은 방향이 어긋나버렸다.

그 아이는 지금쯤 한 가정의 가장이 되었을지도 모른다. 그 고통스러운 날에 자신을 안타깝게 바라보던 동양 여인을 기억이나 할까.

지인들에게 오늘의 상황을 이야기하며 마약에 대한 경각심을 깨우쳐 주어야겠다는 큰 그림을 그렸다.

# 101호 형사법정

편지함을 열고 우편물을 꺼내니 법원에서 배심원으로 나오라는 통지서가 있다. 돈 내라는 요금청구서보다 백 배나 더 달갑지 않다. 받는 순간부터 스트레스를 받는다. 배심원은 18세 이상의 미국 시민으로, 일 년 이상의 금고형을 받지 않은 사람이라면 누구든 해야 하는 의무다. 운전면허증이 발급된 모든 사람에게 무작위로 선정되기에 피할 수 없다. 미국에서는 배심원이 의무(Jury Duty)이기에 거부하거나 무시하면 1,500불의 벌금을 물거나 감옥까지 간다.

배심원제도는 법의 문외한이어도 지극히 일반적인 상식과 보통 사람의 시각으로 사건을 판단하는 데 의미가 있다. 미국 연방대법원은 '피고인에게 부패하거나 공명심이 지나친 검사, 권력에 순응하거나 편견이나 괴벽에 빠진 법관에 대항하는 안전장치이다. 재판 절차에 민주주의적 가치를 투영하는 수단이며, 국민에게 법률교육을 하고, 법률에 정당성을 부여하는 제도'라고 정의한다. 열두 명의 배심원을 뽑고 그중 누군가가 병이 나거나 피치 못할 상황에 대비해 세 명을 추가로 대기시킨다. 그들이 범인의 유무죄를 결정하고 판사는 형량이나 보상금 등 구체적인 판결을 내린다.

내가 이민 온 1980년도 초에는 영어의 이해력이 부족하다는 핑계로 빠져나올 수가 있었다. 엘에이의 한인타운 안에서 한국어로 발간되는 신문을 읽고, 한국어 TV 방송을 보며 한인들이 모여 사는 아파트에 거주한다는 주위환경이 이를 받쳐주었다. 한인들뿐이었겠는가. 영어가 모국어가 아닌 타민족들이 즐겨 이용했던 핑계였다. 그러나 이제 영어를 못한다는 초보적인, 이유 같지 않은 이유로 피해갈 수가 없게 법원은 완강하다.

배심원 대기자 통지를 받은 날부터 내 시간은 묶여 버린다. 정확한 법원 출두 날짜를 알려주지 않기에 더욱 불편하다. 정해진 일주일간 다음날 출두를 해야 하는가를 매일 법원에 전화나 인터넷 사이트에 접속해서 확인해야 한다. 그것도 미리 알아볼 수 있는 게 아니라 바로 전날 오후 다섯 시 이후에야 가능하니 기다리는 내내 마음이 조마조마하다.

미국에 살면서 나는 일곱 번 정도 통지서를 받았고, 그 절반은 형사법정에 배심원 대기자로 참석했다. 매번 씁쓸한 심정으로 법정의 차갑고 딱딱한 의자에 앉아 이곳이 정말 합리적이라는 미국인가 하는 의구심이 들고는 했다. 대통령이자 독립선언서의 기초자인 토머스 제퍼슨은 배심원은 정직한 열두 명의 사람이라고 했는데 정직이라는 기준이 어디에 있는 것일까.

일반인으로 구성된 배심원들은 피고와 원고 측 변호사가 제시한 증거와 자료, 증인의 증언으로 사건을 분석한다. 지극히 평범한 상식과 판단에 따라 유죄와 무죄를 가름해야 하는 중책이다. 만장일치가 기본 원칙인데 이 만장일치가 배심원 제도의 장점이자 바로 단점이다. 법적인 지식이 없어

변호사의 화려한 언변이나 분위기에 휩쓸리거나 객관적인 관점보다는 주관적인 감정에 치우쳐 평결하게 되는 함정이 있다.

그 예로 1995년에 있던 풋볼선수 OJ 심슨의 살인혐의 재판은 인종적 편견 문제가 대두되며 배심원제도의 문제점을 이야기할 때 자주 인용된다. 그는 자신의 전처와 그녀의 친구를 살해한 혐의로 배심원 재판을 받았다. 결정적인 물증으로 유죄가 확실시될 것이라는 예상을 완전히 뒤엎고 무죄로 판결을 받아 세상은 경악했다. 흑인 배심원의 수가 많아 인종적인 편견과 의견의 일치를 보지 못한 만장일치라는 두 개의 고리가 범인이 아닌 법에 쇠고랑을 채운 격이다.

사람의 시간을 붙잡는 것도 문제다. 대기자는 법원에 나가 최소 하루에서 3일까지 대기실에서 기다리며 자신의 번호가 불리기를 기다린다. 혹 불렸다 해도 몇 그룹으로 나뉘어 각기 정해진 법정에서 50여 명 정도의 사람 중에서 열두 명을 추리기 위해 다시 여러 단계를 거쳐야 한다. 직장에 휴가를 내고 온 직장인, 수업을 빠지고 온 학생, 상인은 가게를 닫고 와서 마냥 기다려야 한다. 자원하는 사람이 드물어서 그리고 공정하게 하려고 무작위로 불려온 200명이 넘는 사람의 시간을 저당 잡아 놓는 법이 과연 옳은 것일까? 또 죄를 지었으면 벌을 당연히 받아야 하는데 배심원 선정하느라 시간이 걸리고, 만장일치를 위해 기다리는 판결은 누구를 위한 법인지 아리송하다.

101호 법정 안은 배심원 대기자로 가득 찼다. 엄숙과 정숙이라는 단어가 딱 어울리는 곳이다. 판사는 한 사람의 운명이 당신의 손에 달려 있으니 현명하게 판단해 달라고 부탁을 했다. 어젯밤에 잠을 제대로 못 잤는지 눈을 계속 비비며 의자에 등을 깊숙이 묻고 앉았다. 범인에게 어느 정도의 형량을 내려야 할지 형법 몇 조 몇 항을 머릿속으로 뒤지고 있을 것이다.

검사가 그동안의 조사기록과 석 장이 넘게 정리된 증인의 이름을 열거했다. 많은 양의 증거물을 제시하며 과장된 몸짓으로 범인이 유죄임을 주장했다. 또박또박한 말투와 일그러진 표정으로 피고가 저지른 행위가 얼마나 끔찍한지도 말했다. 피해를 본 사람을 대신해 자신에게 확실한 표를 던져 줄 사람을 찾느라 한 마디 한 마디 조심스레 던지며 우리를 천천히 돌아봤다.

변호사는 피고인에게 주어질 형량을 최소한으로 낮추기 위해 범인이 자라온 과정을 설명했다. 가난한 미혼모의 손에 키워져 제대로 교육을 받지 못했고, 젊은 나이에 즐기고 싶은 충동을 이기지 못해 우발적으로 강도질을 했다. 그러니 정상 참작이 되어야 한다는 것이다. 그를 꿈도 제대로 가져보지 못한 불우한 젊은이로 몰고 갔다. 감정에 호소하며 배심원 대기자들에게 피고인을 대신해 동정을 구했다.

범인을 바라봤다. 30대 초반의 젊은이로 얌전하게 생겼다. 살인, 살인미수와 강도사건까지 무려 여덟 군데의 경찰서와 사건이 연결되었다는 사실이 믿어지지 않았다. 그는 지금 어떤 생각을 하고 있을까. 자신이 저지른 일에 대한 반성하고 있을까. 그의 손에 목숨을 잃은 사람과 그 유족에게 미안해할까. 잠시의 향락과 바꿔치기 한, 쇠창살에 갇혀 살아가야 할 시간이 얼마나 될지 판정을 기다리는 옆모습치고는 담담하다.

배심원 대기자들의 표정이 무겁다. 피고인이 저지른 많은 사건을 머릿속으로 되짚어 본다. 하룻밤에 권총 강도질을 두 번씩이나 했다니… 몸이 부르르 떨린다. 그 사건으로 상처를 입은 가게 주인은 병원에 입원 중이라고 검사가 말했다.

나도 20년 전에 리커스토어를 하며 세 번의 권총 강도를 당했던 기억이 되살아났다. 총구가 내 가슴 한복판을 꾹꾹 찌르던 차갑고 서늘한 느낌은 아직도 잊을 수가 없다. 살기 가득한 강도의 눈빛은 인간이기를 거부한 채 나를 옭아맸다. 한 달 내내 악몽으로 수면제 없이는 잠을 잘 수 없었다. 그 후로도 비슷한 모습의 남자가 가게에 들어오면 나도 모르게 소름이 돋고 벌벌 떨렸다. 저 앞의 범인과 나에게 총을 겨눈 자가 겹쳐졌다. 다시 되돌리고 싶지 않은 끔찍한 시간이다. 아, 이 법정에서 벗어나고 싶다. 다른 배심원 대기자들은 어떤 심정일까. 주위를 둘러본다. 모두 입을 굳게 다물고 있다.

일반인으로서 범죄 유무를 판단하는 일에 참여하는 미국의 배심원 제도는 민주주의의 표상이라고 한다. 시민에게 권한이 주어지고 그들의 상식을 존중한다지만 많은 단점과 일상생활에 불편을 주어서 피하고 싶은 의무이자 권리다. 이런 심정은 비단 나만은 아닐 것이다.

101호 법정은 각기 다른 생각에 빠진 사람이 무겁게 앉아 있다.

# 먹으며 정들고

다민족이 사는 엘에이에서는 세계 각국의 음식을 쉽게 접할 수 있다. 추석에는 중국의 월병을 선물로 받았고, 추수감사절에는 가족이 모여 칠면조와 햄으로 전통적인 저녁식사를 했다. 페루의 세비체나 베트남의 쌀국수, 또 태국의 똠양꿍, 이태리의 파스타는 원하면 언제든 먹을 수 있다. 음식을 먹으며 그 안에서 풍기는 민족적, 지역적 특색을 찾는 색다른 즐거움이 크다.

한 가정의 식탁에 오르는 음식으로 그들의 삶의 방식을 이해하는 데 도움이 된다. 지난주에 이웃인 헤수스(Jesus)의 집에 초대를 받았다. 그의 아들과 딸, 조카까지 가족이 긴 테이블에 앉아서 이야기꽃을 피우며 타말레스(Tamales)를 만들고 있었다. 그의 아내인 로울데스(Lourdes)가 총주방장으로 선두지휘를 하며 반갑게 맞아주었다. 얼른 손을 씻고 그들 사이에 끼어들었다.

타말레스는 멕시코의 전통음식이다. 만드는 과정이 복잡하고 시간이 걸려서 명절 때 주로 만든다. 말린 옥수수 잎을 전날부터 뜨거운 물에 불려 부드럽게 하고, 소고기와 닭고기는 삶아서 몰레라는 소스로 양념한다. 옥수숫가루에 만테카라는 돼지기름을 넣어 반죽한 마사(masa)를 옥수수껍질 가운데 편다. 그 위에 양념한 고기나 치즈와 할라피뇨 고추를 넣고 둘둘 말아 보자기로 싸듯 잘 여민다. 만두나 송편을 함께 빚는 느낌이다. 손바닥만 하게 만들어진 이것을 찜통에 넣고 쪄내어 바로 먹기도 하고 냉동시켜 보관했다가 필요할 때 먹는다. 옥수수 잎은 벗겨내고 옥수수떡과 양념소를 먹는데 씹을수록 고소함이 휘감기는 감칠맛과 고기의 매콤함이 곁들여지면서 입맛을 돋운다.

내가 처음 맛본 타말레스는 끊어지지 않는 삼베를 씹는 기분이었다. 미국에 와서 며칠 지나지 않았을 때, 멕시칸 재래시장 구경을 하러 갔다. 입구에 할머니가 김이 모락모락 나는 찜통을 앞에 놓고 앉아 있었다. 순간 그 안에 찐 옥수수와 고구마가 있을 것 같아 발걸음을 멈추었다. 우리 동네 시장에 온 것 같았다. 그 모습이 안쓰러웠던지 선배는 찜통에 담긴 타말레스를 하나 사주고는 앞서서 걸어갔다. 한입 힘들게 베어 물었는데 씹으려 애를 써도 얼마나 질긴지 잘리지 않아 씹을 수도, 삼킬 수도 없었다. 물어볼 용기가 나지 않아서 얼른 뱉어 가방에 쑤셔 넣고, 맛이 어떠냐고 물어볼까 봐 집에 올 때까지 안절부절 진땀을 흘렸다. 내 이야기에 헤수스의 딸은 먹는 방법을 알려주지 않은 사람이나, 물어보지 못한 사람이나 너무 답답하다며 배를 잡고 웃는다.

남편은 오래전 조지 부시 대통령이 멕시코로 정상회담을 하러 갔을 때 이야기를 해주었다. 막강한 힘을 지닌 미국 대통령이 왔기에 정성 들여

만찬 연회를 열었다. 상석에 대통령 내외와 각료들이 앉았다. 그런데 음식을 먹던 부시 대통령의 얼굴이 일그러지기 시작했다. 담당자가 놀라서 그에게 달려갔다. 멕시코 전통 음식인 타말레스를 대접했는데 그가 껍질째 그냥 입에 넣은 것이다. 뭐 이런 음식이 다 있어 하는 표정이 각국의 뉴스 미디어를 통해 방송되었다. 결국 몸을 뒤로 돌려 입안의 것을 뱉어내고 관계자가 옥수수껍질을 벗겨주어 위기를 모면했다. 멕시코의 전통음식인 타말레스에 대한 사전 지식이 없었느냐는 질타보다 그의 일그러진 표정이 한동안 인터넷을 돌아다니며 웃음거리가 되었단다.

헤수스 가족과 타멜레스를 만들며 어릴 적 송편과 만두를 빚던 때가 기억났다. 곱게 빚어야 시집가서 예쁜 딸 낳는다는 말에 정성 들여 손을 움직였다. 가족이 둘러앉아 담소를 나누며 감추어진 누군가의 비화를 들썩거리기도 했다. 이웃이나 친지의 뒷말이 양념으로 가미되면 왜 그리 재밌던지. 손만큼이나 입도 바삐 움직이며 정을 나누던 그때가 떠오른다. 헤수스의 가족도 3대가 함께 하는 이 시간은 시간과 공간을 나누며 등 비비고 살아가는 삶의 원천이다. 또 역사와 전통을 나누는 소중한 의식과도 같다. 로울데스가 내 등을 두드리며 너도 이제 우리 가족이라고 말하자 모두 손뼉을 치며 찬성했다. 다음에는 메누도(Munudo·내장탕) 만드는 법을 가르쳐 주겠다며 내 등을 토닥였다.

세계가 일일생활권이라고 부르는 시대에 살고 있기에 잦은 교류와 정보 교환이 이루어지며 다른 문화를 쉽게 접한다. 음식은 생존을 위한 기본 욕구를 충족시키는 데서 벗어나 문화를 담고, 소통을 이루어낸다. 국가와 민족마다 또는 지역에 따라 특유의 맛뿐 아니라 일상생활의 모습과 사고방식이 담겼다. 이제는 그 나라의 특색을 갖고 고유명사처럼 자리를 잡았다.

또 음식으로 민족의 역사와 전통이 이어진다. 미국에 살지만 생일날이면 미역국을 먹어야 하고, 설날에 떡국을 먹지 않으면 새해를 맞이하지 못한 듯 허전하다. 추석날에는 떡집의 송편 가격이 평소의 두 배로 뛰어도 동이 난다. 헤수스 가족도 타말레스를 만들며 그 전통을 이어간다. 아무 때나 먹을 수 있는 음식이지만 그날의 특별한 의미가 담겼다는 것이 의식 속에 깊게 자리를 잡고 있기 때문이다. 각자의 전통을 지키며 서로 이해하면서 소통하는 곳이 바로 식탁에서부터 시작이 된다. 같은 음식을, 함께 먹으니 상대를 자연스레 이해하고 친해져 한솥밥에 정드는 것이다.

오늘 아침에도 종소리와 경적을 빵하고 울리며 작은 밀차가 골목을 지나간다. "타말레스. 참뽀라도. 델리시오스. 무이 리꼬(타말레스 사세요. 참뽀라도 사세요. 맛있어요)."를 외치는 히스패닉 여인의 음성이 창을 두드린다. 아침마다 들리던 두부 장수의 종소리와 밤에 야식으로 메밀묵 찹쌀떡을 외치던 소리가 겹쳐진다. 환경과 모습은 달라도 먹고 사는 방식은 비슷하다.

# 떠넘겨진 고통

저만치 찰리의 가족이 보였다. 꽃다발을 들고 걸어가는 발걸음이 무겁다. 그들과의 간격이 좁혀질수록 슬픔의 그림자가 더 짙어지는 듯하다. 첫마디를 어찌 꺼내야 할지 입안에서 맴도는 여러 말이 갈팡질팡 길을 잃었다. 막 봉오리를 열기 시작한 장미 송이가 꽃다발 안에서 다른 꽃들보다 목을 곧게 세운다.

찰리의 딸인 니콜이 묻힌 작은 공원묘지. 아침 이슬을 잔뜩 머금은 잔디들이 그녀를 덮어주고 있다. 작년 오하이오로 여행 중일 때 찰리의 딸이 자살했다는 소식을 들었다. 장례식에 참석하지 못해 미안했는데 일주기에 니콜을 만나러 간다는 말을 듣고 우리도 함께 왔다.

니콜은 태어나면서부터 병약해 잔병치레를 많이 했다. 학교보다는 병원에 머무는 시간이 많아 또래들과 어울리지 못하고, 불안해하는 증세가 심해져 우울증 약을 먹었다. 일 년 전 그날, 딸의 방문을 연 바버라는 싸늘한 낯선 공기가 가득 찬 것을 느끼고 가슴이 철렁 내려앉았다. 여기저기 뒹구는 빈 약병들이 간밤에 일어난 일을 대신 말해 주었다.

찰리와 그의 아내 바버라 그리고 찰리의 노모 샌드라가 먼저 와서 우리를 맞아주었다. 준비해간 꽃을 니콜의 묘비명 위에 올려놓고 잠시 그녀와 가족을 위해 기도했다. 얼굴을 가린 바버라의 손가락을 타고 슬픔이 방울방울 흘러내렸다. 그리움의 진액이 땅으로 스며들어 니콜에게까지 전해지리라. 바버라, 우세요. 그래도 울 수 있어 다행이에요. 힘들지 않은 척, 안으로 삼키면 병이 되니 자꾸자꾸 끄집어내세요. 다시 채워지더라도 덜어 내세요. 자신의 목숨보다 소중한 자식을 잃었으니 그 마음이 오죽 아플까요. 어떤 말로 감히 표현할 수 있을까.

부모가 죽으면 산소에, 자식이 죽으면 가슴에 묻는다고 했다. 소설가 박완서 씨가 "하나님은 없는 게 낫다"라고 절규한 것도 스물여섯 살 외아들을 교통사고로 잃었을 때다. "내 수만 수억 기억의 가닥 중에 아들을 기억하는 가닥을 찾아내어 끊어버리는 수술이 가능하다면 이 고통에서 벗어나련만…." 이 구절을 읽으며 자식을 앞세운 애통함이 느껴져 나도 한참을 마음이 아렸었다. 자식의 얼굴빛이 달라져도 걱정이 되고, 병이 나면 대신 아파주고 싶은 것이 부모의 마음이다. 필요하다면 몸 일부라도 내어 준들 무엇이 아까울까. 그런 자식이 먼저 떠났으니 세상의 어떠한 말로도 위로가 안 될 것이다.

핑크빛 풍선에는 '공주(PRINCES)'라고 프린트되어 있고 그 위쪽에 샌드라가 'BEAUTIFUL' 하고 사인펜으로 삐뚤삐뚤하게 썼다. 샌드라는 "내 손녀딸을 만나보지 못해서 그 아이가 얼마나 아름다운 공주님인지 모를 거야."라고 말했다. 작년 이맘때, 니콜의 만 16살이 되는 스윗 식스틴(Sweet Sixteen) 생일잔치를 준비 중이었단다. 소녀에서 숙녀가 된다는 의미로 마치 결혼식을 치르듯 하얀 드레스에 들러리를 세우고 잔치하는 것이 미국의 풍습이다. 니콜은 그녀보다 두 달 빠른 사촌의 16살 생일잔치에 참석했을 때만 해도 자신도 멀지 않았다며 날짜를 손꼽았단다.

파티를 열어 그녀가 얼마나 소중한 존재인지 알려주려고 가족은 머리를 맞대고 의논했다. 죽기 전 날에도 드레스를 선물해 준다는 할머니의 약속에 잡지를 보며 어울리는 디자인을 찾느라 즐거운 시간을 함께 보냈다며 샌드라는 아직도 눈에 선한 표정이다. 허무하게 갈 줄 알았다면 멕시칸 식으로 낀세녜라(Quinceneara 스페인어: 만 15세 생일잔치)를 해줄 것을 후회된다며 눈물을 글썽였다. 지켜주지 못한 죄책감과 후회가 말끝에 꼬리를 단다. 찰리는 직장에서 자신에게 맡겨진 업무를 처리하지 못해 쫓겨날 뻔했었다. 이제 겨우 안정을 찾아 누나를 잃은 열 살짜리 아들과 시간을 많이 보내려 노력한다. TV를 보다가 니콜이 좋아하는 배우나 음악이 나와도, 음식을 먹을 때도 지나치는 또래의 여자아이를 볼 때마다 애써 유지해온 평정심이 맥없이 무너져 버리고 만단다.

오죽했으면 자신의 삶을 끊을 생각을 했을까. 나름대로 절박한 이유가 있었겠지. 만나본 적도 없는 니콜이 자살이라는 극단적인 방법을 택한 것이 안타깝다. 무언가 계기가 되어 그녀의 마음을 돌렸다면, 활짝 핀 얼굴로 생일잔치를 했었을 텐데. 그녀는 지금 편안할지 모르나 남겨진 가족은 그날의 놀램이 아직도 가슴에 응어리로 남아 있는 듯하다. 태어나는 것이 본인의 의지가 아닌 것처럼 죽는 것도 마찬가지다. 사회적 관계 안에서 누구의 자식으로, 누구의 친구로의 위치가 있기에, 모든 생명은 온전히 자기 자신의 것이 아니다. 나 하나 지구상에서 사라진다고 무슨 상관있냐는 변명은 지극히 이기적인 생각이다. 자신이 이겨내야 할 고통을 남겨진 이들에게 떠넘기는 것이기 때문이다.

"니콜! 참고 견디며 이겨내야 했어. 지금 가족의 헤어나지 못하는 깊은 슬픔의 수렁이 보이지 않니? 나도 한때 자살을 생각한 적이 있었단다. 전 남편과의 불화가 극에 달했을 때 약을 사 모았다. 주위의 사람은 행복해 보이는데 나만 고통의 소용돌이 속에서 허우적거리는 게 싫었어. 마음은 점점 절망의 늪으로 빠져들었지. 그냥 사라지고 싶었단다. 그런데 잠자는 두 아들을 들여다보고, 친정어머니를 찾아가 무릎을 베고 누우며 죽을 용기가 있다면 살아나갈 힘도 있다는 걸 깨달았어. '내일'이라는 가보지 않은 그 날이 항상 대기하고 있다는 것을 믿었기에 벗어날 수 있었단다. 너는 나와 상황이 달랐겠지, 당연히. 제대로 살아보지도 못하고 떠난 너를 생각하면 안타깝지만, 남겨진 가족은 더 불행해 보이는구나."

가까운 사람을 잃은 상실감은 시간이 흘러도 익숙해지지 않는다는 것을 안다. 할머니는 내가 남아서 우리 공주랑 더 놀아줄 거니까 인제 그만 가라고 찰리 부부를 쫓는다. 집에 혼자 있는 손자가 걱정된다며. 어린 딸을 잃고 고통스러워하는 아들과 며느리를 보는 것이 샌드라에게는 견디기 힘든 또 다른 슬픔이다. 어머니의 마음이기에.

눈물에 젖은 손을 입으로 가져가 키스를 담아 니콜의 묘비명에 살포시 얹는 바버라. 그녀의 등을 찰리가 쓸어준다. 꽃을 다시 정리하는 샌드라의 뒷모습을 보며 우리도 발길을 돌렸다. 덜어내도 다시 채워지는 슬픔은, 잊으려 할수록 더 깊어지는 그리움은 사랑하는 사람을 먼저 보낸 남겨진 이들이 몫이다.

# 핑크리본의 날

여학생들이 모금함을 들고 있다. 흰색 셔츠를 입은 그들은 차들이 멈출 때마다 다가가 도움을 청한다. 우리의 차가 멈추니 두 명이 나풀나풀 날아왔다. 오늘 제 8회 암 예방기금을 위한 걷기대회(Cancer Walk)가 열렸다며 핑크빛 모금함을 내밀었다. 유방암과 자궁암에 필요한 의료기기를 사려고 일 년에 한 번씩 걷기대회를 한다며 서툰 영어로 열심히 설명했다. 그러고 보니 셔츠에 핑크리본이 나비가 되어 내려앉았다. 분홍과 흰색이 만나 사랑을 이룬다. 수줍게 꽃잎을 하나씩 피며 여성으로 발돋움하는 학생이 입고 있어서인지 동네가 환하다.

이곳 멕시코의 산 펠리페는 사거리에 신호등이 없고 우선멈춤(Alto) 표시판이 있을 정도로 한적한 바닷가 마을이다. 제대로 된 병원시설이 없다. 보건소도 없다. 의사가 한 사람이 있는데 시체 검사관을 겸직할 정도다. 치료도 힘든데 예방은 저기 보이는 바다 건너편의 세상일 것이다. 과연 주민 중에 몇 명이나 유방암과 자궁암 감사를 받아 보았을까. 몇 년이나 더 걷기대회를 해야 그 비싼 의료기기를 살 수 있을까. 그나마 이곳에 살던 여인이 유방암으로 죽은 것을 계기로 '핑크리본 날'이 시작됐단다.

경제적으로 넉넉지 않은 곳이다. 관광객들에 의존해 사는 마을이다. 외지인의 별장 지역이라 미국의 불경기가 그곳에까지 영향을 미친다. 2년 전에 왔을 때는 은행이 세 개 있었는데 이번에 보니 하나로 줄었다. 햇볕이 드는 한낮에 상점 안쪽은 깜깜하다. 전깃불을 켤 엄두를 내지 못하는 곳이다. 관공서도 냉방에 드는 전기요금을 줄이려 여름에는 오전 근무만 한다.

걷기대회는 오전 9시에 시작해서 오후 1시쯤 마쳤다. 진즉 알았으면 나도 그들과 어울려 걸었을 것을. 아쉬운 마음으로 20불을 모금함에 넣었다. 참가자는 많았느냐는 질문에 확실하지 않은데 백 명쯤 된 것 같단다. 에이고, 내가 백한 번째인데. 궁금한 것이 많아 자꾸 묻는데 뒤차가 참다못해 클랙슨을 울려댔다.

핑크리본은 유방암의 심벌마크다. 처음으로 사용된 것은 1991년 에블린 로더(에스티 로더 화장품 회사 사장)가 유방암에 걸렸을 때 적극적으로 캠페인을 시작하면서부터다. 가슴을 꽉 죄는 코르셋 대신 실크 손수건 2장과 핑크리본으로 앞가슴을 감싼 것의 상징이다. 여성의 아름다움과 건강, 그리고 가슴의 자유를 의미한다. 유방 건강과 관련한 기본 상식 및 정보를 전달해 조기검진에 관심을 끌게 하는 행사가 세계 곳곳에서 벌어진다. 외진 어촌마을에서도 유방암 캠페인을 하니 다행이다. 건강은 건강할 때 지켜야 한다는 진리를 다시 깨닫는다.

운전하는 남편의 눈치를 보며 슬쩍 옷 위로 유방을 만지며 자가진단을 했다. 일단 멍울이 잡히지 않으니 안심이다. 사춘기에는 부끄러움과 설렘으로 부풀어 오르는 가슴을 가리려 했었다. 성숙해서는 옷맵시를 내며 매력을 뽐낼 수 있는 신체의 중요한 부위였다. 친구들과 좀 더 커 보이게 하려고 스펀지를 넣거나 일부러 앞쪽으로 쓸어 모아 깊은 골짜기를 만들려 애를 쓰던 때도 있었다.

유방(乳房)은 젖이 담긴 곳이니 수유하는 어머니의 젖가슴이다. 모성애의 뿌리다. 첫 아이를 낳고, 처음으로 수유했을 때 느낌은 아직도 생생하다. 아이의 입술 사이로 어렵게 젖을 물리니 기다렸다는 듯 오물오물 빠는데 출산하며 겪은 고통과 통증이 스르르 몸에서 빠져나가며 눈물이 흘렀다. 열 달 동안 뱃속에서 탯줄로 나와 연결되었던 아이가 이제는 내 품에 안겨 나를 바라보고 있다니 신기했다. 아기가 황달이 심해 다시 병원에 입원하고 나는 심한 젖몸살을 앓았다. 유방의 혈관마다 젖이 꽉 들어차 단단해지고, 바람을 가득 넣은 고무풍선처럼 터질 것 같은 상태가 된 것이다. 빨갛게 부풀어 오르면서 열이 나고 욱신욱신했다. 어깨를 넘어 등까지 전달되는 통증에 팔을 들어 올릴 수도 내릴 수도 없었다. 출산할 때와는 또 다른 고통을 두 번이나 겪었다. 이제 나이가 들며 탄력이 없고, 크기도 줄어서 속옷을 고를 때 신경이 쓰인다.

얼마 전에 본 TV 프로그램이 생각났다. 한쪽 유방을 절제한 어느 여인의 삶을 이야기했다. 유방암이라고 말하는 순간, 상대의 눈길이 무의식중에 자신의 가슴을 향할 때 받는 수치심은 통증보다 더 고통스러웠단다. 등 돌리고 자는 남편이 타인처럼 느껴지고, 자신의 몸을 의식적으로 피하는 느낌마저 든다고 했다. 한쪽으로 기우는 몸매는 옷 갈아입기가 두려워지고 사우나나 찜질방은 그녀와는 다른 세계로 떨어져 나갔다. 암세포보다도 달라진 세상과의 대면이 더 두렵다고 그녀는 흐느꼈다.

유방암 환자는 단순히 가슴에 있는 종양만 떼어낸다고 완치에 이르는 것이 아니라고 말했다. 가슴을 잘라낸다는 것은 여성성의 상실과 동시에 '가슴이 없다.'라는 장애를 짊어진다는 의미란다. 프로그램을 보는 내내 그 여인의 고통과 슬픔이 느껴져 당장 내일이라도 검사를 받으러 가야지 하고는 돌아서서 잊어버렸다. 유명한 할리우드의 배우 안젤리나 졸리는 유전적으로 유방암 발생 위험이 60% 이상으로 높아서 예방을 위해 유방을 절제했다. 적절한 치료였는지 겁이 많은 나는 잘 모르겠다.

올 초에 서울에 사는 큰언니가 자궁암으로 항암치료 중이라는 소식을 들었다. 전화통화를 하며 우는 나에게 언니는 착한 암이니 걱정하지 말라고 오히려 위로했다. 암에 착하고 나쁜 게 어디 있느냐, 암은 암이지. 내가 환자보다 더 서럽게 울었다. 언니의 말대로 빨리 발견되고, 치료 잘 듣고, 사망률이 낮은 것이어서 다행히 지금은 치료를 잘 마치고 6개월에 한 번씩 검사받으면 된단다. 유방암이면 잘라내고, 자궁암은 들어내면 된다는 표현을 하는데 말처럼 간단하다면 그게 어디 병인가. 그 고통이 얼마나 심할지 상상이 안 된다.

방파제 길 양쪽으로 오늘의 행사를 알리려는 천막이 즐비하게 설치됐다. 핑크리본이 인쇄된 셔츠를 사서 그 자리에서 입었다. 유방암과 자궁암 검사를 할 때가 되었다고 산부인과에서 보낸 엽서를 받은 지가 언제더라. 보험회사에서 비용을 처리해 주는데도 가지 않았다. 2년은 넘게 건너뛴 것 같다. 있는 시설도 제대로 활용하지 않는 나의 무신경을 반성했다. 주어진 여건에 감사할 줄 모르고 산다. 엘에이 집으로 돌아가면 먼저 검사를 받아야겠다. 기회가 주어지지 않아 열망하는 이곳의 여성에게 미안했다.

설치된 확성기에서 크리스디버그의 〈레이디 인 레드(Lady in Red)〉 노래가 나온다. 여성의 날이라 선곡을 했나 보다. 이어서 '섹~시 레이~디' 귀에 익은 목소리다. 멕시코 어촌에서 〈강남스타일〉 노래를 듣다니, 반갑다. 싸이의 〈강남스타일〉이 파도를 들썩이며 말춤을 추게 만든다. 가운데 마련된 무대에 사람들이 음악에 맞춰 춤을 춘다. 그 리듬에 맞춰 핑크리본도 따라서 날갯짓을 한다. 나도 그들 속에 섞여 가슴을 흔들며 말춤을 함께 춘다. '섹~시 레이~디'

# 애니의 문패

애니(Annie)의 집 문패에는 '카사 데 애니(Casa de Annie)'라고 쓰여 있다. 하얀색 타일 위에 바다 빛깔로, 파도의 곡선을 타며 그녀의 이름이 새겨있다. 그 옆에는 그녀의 보트에서 식사시간을 알릴 때 사용했다는 종이 달려 있다. 종에 달린 줄을 잡아당기면 추가 움직여 '띵띵' 울리며 손님이 왔다는 것을 알린다. 그녀를 닮아 소리도 명쾌하고 크다.

작은 체구의 그녀는 이곳의 터줏대감이다. 바다처럼 사람을 편안하고 넉넉하게 포용하는 매력 때문에 골목을 들어서는 순간부터 그녀의 미소가 그립다. 그녀는 파란 눈동자가 긴 눈썹 안에서 바다를 품고 있는 시누이엘의 이웃이자 15년지기 친구다. 멕시코의 산 펠리페에 있는 하시엔다 커뮤니티 하우스 단지는 주로 은퇴한 미국인과 캐나다인이 사는 곳이다. 80여 채의 하우스가 있는데 3분의 일 정도만 더운 여름철을 제외하고는 이곳에 상주해 산다. 애니는 그들 중의 하나이다.

멕시코 집에 오면 일단 짐을 풀고 애니의 집에 들러서 '우리가 왔다'는 신고를 하게 된다. 어제 인사하러 갔더니 그녀의 집에는 이웃들이 모여 있었다. 자치위원들이다. 애니는 그들의 리더이다. 한 달에 한 번씩 미팅하고 일정 금액의 돈을 모아 단지를 관리한다. 정화조를 설치하고, 도로를 고치며, 가로등의 전기요금도 정산한다. 관리인인 호세의 월급도 준다.

올해로 83세인 그녀는 나이를 잊은 맹렬여성이다. 일주일 전 교통사고를 당하고도 보험이 없다는 이유로 감옥에 갇힌 세라의 일로 경찰서장을 찾아가 항의를 했단다. 이곳에 살지 않는 사람이니 자동차 보험에 가입한다는 조건으로 벌금을 내는 선에서 해결될 수 있는 문제 아닌가. 무조건 처벌하는 것은 옳지 않다. 현지인보다 더 많은 세금을 내는데 과연 우리에게 어떤 혜택을 주느냐. 공공시설도 우리가 모은 돈으로 설치하는데 하루에 한 번 정도의 순찰은 해주어야 하는 것 아닌가. 그 자리에 없었지만, 이야기를  듣는 것만으로도 그녀가 어떻게 했을지 대충 그림이 그려졌다.

포옹하는데 그녀의 어깨뼈가 앙상했다. 얼굴도 주름살이 서로 밀리며 자리다툼을 하는 듯하다. 지난 몇 달 동안 심하게 앓았단다. 고열에 시달려 온몸의 피부가 뱀이 허물을 벗듯 들고 일어나 인간의 모습이 아니었다며 미소 띤 얼굴로 말했다. 딸이 근처로 이사 와서 의지하고 도움을 많이 받는다니 다행이다.

그녀는 아직까지도 음식의 맛 느끼지도, 냄새를 맡을 수도 없다. 우유가 상했는지 구분을 못해 딸이 와서 그녀의 냉장고를 열어보고 확인을 한다. 원인불명이라며 이곳의 의사는 똑같은 현상이 다시 일어나면 본국으로 돌아가 치료를 받으라고 했다니 심각한 병인가 보다.

오늘은 그녀가 살아난 기념으로 우리가 저녁식사를 대접하기로 했다.

그녀가 좋아하는 식당으로 갔다. 만날 때마다 함께 마셨던 데킬라가 들어간 멕시칸 커피를 주문하려고 했더니 당분간 알코올은 안 된다며 거절했다. 결국 내 앞에만 생크림이 봉긋하게 올라앉은 커피 잔이 놓였다.

왜 이곳에 사시나요? 바다가 좋아서란다. 그녀는 산타바바라에 콘도미니엄이 있는데 일 년에 두 번, 더운 한여름과 연초에 소득세 보고하러 간다. 산타바바라도 바다가 있는데요. 이곳은 미국의 바다에 비할 바가 안 된다. 고깃배가 한적하게 떠다니는 곳, 야자수 이파리로 만든 카바나가 꾸벅꾸벅 졸면서 둥그런 그늘을 모래사장에 남기는 곳, 깜빡깜빡 애꾸눈으로 윙크를 보내는 하얀 등대가 있는 곳, 이곳에 머무르면 행복하단다.

그녀는 혼자만의 삶을 즐기기에 이곳이 안성맞춤이라고 했다. 자식이 네 명이지만 각자의 가정을 꾸리며 살기에 걱정이 없다. 가끔 만나니 더욱더 반갑고, 그동안의 그리웠던 마음에 서로 좋은 면만 보이게 되니 도움이 필요할 때 힘이 되어주면 된다는 생각을 하고 있다. 남편도 하늘나라로 간 지 오래니 누구의 간섭과 참견 없는 자유가 이곳에 있다. 나만의 공간에서, 나만의 시간을 보내는 여유가 좋다고 그녀는 말한다.

웬만한 집수리는 혼자서 해결한다. 서두르지 않고 그 날 할 수 있는 만큼만 한다. 시행착오를 거치면서 깨우친 경험으로 이제는 자격증 없는 핸디맨이다. 집 안 구석구석 그녀의 손길이 닿지 않은 곳이 없다. 지난겨울 태풍으로 페티오의 페인트가 벗겨져 요즘은 페인트를 칠하고 있다. 유언장도 몇 년 전에 작성해 두었단다. 양로병원의 한구석에서 시간을 축내지 않고 마지막 순간까지 스스로 움직이다가 잠자듯 가는 게 소원이다. 바다가 보이고 맑은 공기를 마실 수 있는, 별빛 흐드러진 이곳이 자신의 마지막을 머물 곳이다.

삶을 차근차근 정리하는 애니의 모습이 아름답다. 그녀의 나이가 되었을 때 내 모습은 어떨까. 매 시간을 알뜰하고 소중히 챙길 수 있을까, 당당할 수 있을까. 여유로울 수 있을까. 아니 담담할 수 있을까. 자식에게 의지하지 않고 혼자만의 생활을 즐기는 모습이 보기 좋다. 아니 대단하다. 손에쥐었던 것을 내려놓고 하루하루를 비우면서도 자신만의 시간으로 채워가는 그녀가 용감해 보였다. 오늘 가도 아쉬워하지 않는다는 마음가짐이 부럽다.

식사를 마치고 집으로 돌아오는 길이다. 하시엔다 별장 단지에 들어서는데 가로등 하나가 불이 들어오지 않는다. 애니는 관리자인 호세에게 연락해야겠단다. 누가 그녀처럼 철저히 관리할 것인가. 다른 입주자를 위해서라도 당신은 건강해야 해요. 자신도 그것이 하나 남은 걱정이라고 했다. 25년 노하우를 누구에게 전달하려 해도 자원하는 사람이 없단다. 돈 생기는 일도 아니고 머리만 아프지. 스스로 즐기지 않으면 할 수 없는 일이니까.

그녀를 집에 내려준다. 현관에 걸린 문패에 별빛이 수줍게 머물러 있다. 애니의 집(Casa de Annie). 더 많은 대화를 나누고 싶다. 자주 와야지. 그때마다 귀밑까지 활짝 퍼지는 그녀의 미소가 나를 기다려 줄 것이다. 바다를 담은 애니의 집 문패가 오래오래 걸려 있었으면 좋겠다. 철썩이는 코테해(Sea of Cortez)의 파도 소리가 자장가처럼 들리는 편안한 밤이다.

# 캐런과 세 아들

　캐런(Karen)의 가족을 집으로 초대했다. 그녀 남편 펫(Pat)은 맥도날드의 기술자로, 50대의 백인 부부다. 그들에게는 9살 이앤(Ian)과 4살 개빈(Gavin) 그리고 3살 칼슨(Carson). 아들이 셋이다. 갑자기 왁자지껄 집안이 떠들썩하다. 아이들의 웃음소리는 집안에 활력을 불어넣는다. 한식을 좋아하는 펫은 접시 가득 음식을 담고 맛있다며 행복해 한다. 작은 테이블에 개빈과 칼슨을 앉히고 캐런을 펫 옆으로 보냈다. 오늘은 내가 아이들을 차지할 터이니 양보하라고 했다.

　이앤은 휠체어에 앉아 동생들이 맛나게 먹는 것을 바라봤다. 그 아이는 미소 천사다. 항상 웃는다. 작년에 그가 폐렴에 걸려 아동 응급 병동에 있을 때 병문안을 하러 갔었다. 심한 기침에 평소보다 가래가 심하게 끓고 고열에 시달리면서도 우리에게 미소를 짓던 아이다. 그의 손을 꼬옥 잡으며 턱받이로 입가에 흐른 침을 닦아줬다. 외마디 소리를 지르고 몸을 부르르 떨며 기쁨을 표현했다. 푸르고 맑은 그의 눈 안에 수많은 말들이 담겨 있다.

이앤은 특별한 아이다. 펫과 캐런은 결혼 전에 아이를 낳지 말고 입양하자고 약속했다. 펫은 입양아로 행복하게 살았기에 돌봐준 양부모의 은혜를 갚는 길은 자신처럼 외로운 아이에게 가정을 만들어 주는 것이라 생각했다. 사회봉사센터에서 일하는 캐런도 입양아에 관심이 많았다. 결혼 후에 입양센터에 등록했다. 어느 날 텍사스의 입양센터에서 16살 미혼모가 있다는 연락을 받고 찾아가서 만났다. 우리가 잘 키울 터이니 걱정하지 말라고 안심을 시키고 돌아와 출산 예정일을 기다리며 아이 맞을 준비를 했다. 두 사람은 출산 예정일에 맞추어 여행을 겸해 근처 도시에 머물었는데 산모에게 산기가 있다는 소식에 병원으로 달려갔다. 산모의 옆에서 산고를 느끼며 아기를 품에 안은 캐런은 자신이 낳은 아이라는 착각에 빠질 정도로 아직도 그 감동이 생생하단다.

집으로 데려와 아들 키우는 재미에 쏙 빠져 지내던 어느 날, 아이가 두 살 생일을 얼마 남기지 않았을 때다. 정기검진을 하던 소아과의사가 이런저런 검사를 더 받으라고 하더니 '뇌성마비'라고 했다. 순간, 그들에게 어둠이 덮쳤다. 주위에서는 평생의 짐으로 남겨질 아이를 왜 키우느냐, 왜 고생을 자처하느냐며 생모에게 보내라고 설득했다. 생모에게 보내지면 아이는 더 불행해질 것을 알기에 그들은 포기할 수가 없었다. 친정엄마조차 파양하기를 권했지만 이미 두 사람의 마음은 변하지 않았다.

미국은 장애인의 천국이다. 사회보장국에서 치료비뿐 아니라 많은 재활 프로그램을 제공했다. 캐런은 직장을 그만 두고 이앤에게 매달렸다. 온몸이 뒤틀리고 말도 못하고 수시로 응급실로 실려 가야 하지만, 사랑할 수밖에 없는 자식이다.

휠체어에 의지해야 하는 이앤를 위해 자동차 내부와 집안의 구조를 개조했다. 이앤에게 형제의 정을 느끼게 해주고, 가족이 필요한 아이가 아직 세상에는 많다는 이유로 후에 흑인인 개빈과 중국인 칼슨을 입양했다. 장애아가 있는 가정에서 또 입양하기 쉽지 않다. 보는 것만으로도 벅차서 나는 숨이 막히는데 캐런은 행복해 했다. 한동안 어린 두 아이는 형인 이앤이 자신과 다르다는 것을 이해하지 못했다. 손가락으로 찔러도 보고, 반응을 보이지 못하는 이앤을 슬쩍 때리기도 했는데 이제는 유치원에서 배운 춤과 노래도 보여 주며 기쁨조가 되어준다. 장난감을 선물 받으면 형에게 우선권을 준다니 얼마나 다행인가.

가끔 그 집에 가면 발을 들여놓을 수 없을 정도로 복잡하다. 이앤을 위한 병원용 침대와 산소통, 이앤을 옮길 때 들어 올리는 기계 이외에 자잘한 의료 기구와 약품이 방안 가득하다. 거실에는 개빈과 칼슨의 장난감이 발에 걸리고, 이리저리 뛰어다니는 두 개구쟁이 때문에 소파에 편히 앉아 있을 수가 없다. 이 세 아들을 돌보는 주부 캐런은 아이들 간식 만들어 먹이고 시간 맞추어 이앤에게 약 먹이고 기저귀를 갈아준다. 집으로 방문하는 간호사와 물리치료사에게 이앤의 상태를 기록했다가 알려 주는 원더우먼이다. 비쩍 마른 몸에서 그런 에너지가 나오는지 신기하다.

그녀는 주위 사람의 편견에 마음이 상한다. 왜 자기한테 훌륭한 사람이라고 하는지, 좋은 일을 한다고 하는지 이해가 안 된다며 흥분한다. 가족은 피로 연결된 공동체가 아니라 사랑으로 묶여 사는 것이라는 게 그녀의 생각이다. "함께 사랑을 나누고, 정을 쌓으며, 의지하는 사람들이 모여 사는 곳이 가정이다. 나는 엄마고, 이 아이들은 바로 내 자식이다. 나를 대단한 사람으로, 아이들을 불쌍한 눈으로 바라보는 사람을 만나면 화가 난다"라고 한다. 그녀의 항변에 뜨끔했다. 나도 그런 마음으로 대하고 있었기 때문이다.

캐런의 가족을 만났을 때 내가 했던 생각이다. 왜 굳이 하지 않아도 되는 일을 하는지. 나 몰라라 해도 손가락질할 사람도 없다. 내 자식 키우며 마음 상하고 속 터지는 일이 한두 번이 아닌데 남의 핏줄을 왜 키우나. 머리 검은 짐승 살피지 말라고 했는데 잘못되면 그 원망을 어찌 감당하려고 그러는지. 입양돼 새로운 환경에 적응해야 하는 아이는 또 얼마나 혼란스러울까. 자라며 백인 부모에 백인 흑인 동양인 형제끼리 겪는 환경의 차이와 주위의 눈에 잘 적응하려는지. 이런저런 걱정이 꼬리를 물었다. 임신과 출산이라는 여자로서 느낄 수 있는 신비스러운 경험을 못했지만 자신은 가슴으로 낳았다는 그녀의 말에 내 허튼 걱정을 날려 보냈다.

마주 앉은 개빈과 칼슨의 접시에 갈비와 잡채를 적당한 길이로 잘라줬다. 평소 정신이 산만할 정도로 분주한 개빈이 만화영화에 빠져 있기에 음식을 먹으라고 했다. 입을 짝 벌리며 입 안 가득 먹고 있다는 것을 증명해 보인다. 그답다. 수줍음이 많은 칼슨은 동양인이기에 마음이 먼저 간다. 다른 환경의 틈바구니에서 그 아이가 온전히 자리매김할지 걱정된다. 밥과 튀김만두를 곁들여 준다. 칼슨은 슬금슬금 눈치를 보며 손가락으로 음식을 집어 든다. 수줍어하지 말고 당당해지렴. 개빈처럼 말썽을 부려도 씩씩하게 개구쟁이로 자라면 좋겠다. 세 아이가 함께 자라며 도와주고 챙겨주는 온전한 가족으로 살아가길 바란다.

돌아가는 길도 복잡하다. 두 아이를 카시트에 앉히고 이앤의 휠체어를 밀어 차에 장착시키는 과정이 만만치 않다. 차 안에는 백인 흑인 동양인. 피부색은 다르지만 진정한 가정의 의미를 일깨워주는 가족이 타고 있다. 몸은 바삐 움직이면서도 아이들과 다정히 대화를 나누는 두 사람의 뒷모습에 사랑이 담겨 있다. 사랑을 나누고, 정을 모으는 삶이 어떤 모습인지 보여준다.

그들이 좋아하는 갈비와 잡채가 담긴 그릇을 내밀며 내일 먹으라고 하니 "와!"하는 함성을 지른다. 돌아서는 나에게 칼슨이 천천히 말한다.

"슉! 내 이름은 Calson이 아니고 C.a.r.s.o.n이야."

동양인들이 헷갈리기 쉬운 L과 R의 발음이 문제였다. 내가 무심결에 잘못 불렀나보다. 저 아이가 잘 적응하고 있구나. 다행이다. 멀어지는 차를 보며 그들의 행복을 빈다.

# 더 굿 닥터의 바람이 분다

미국에 〈더 굿 닥터(The Good Doctor)〉의 바람이 분다. 〈더 굿 닥터〉는 미국의 3대 방송사인 ABC에서 9월 25일부터 매주 월요일 황금시간대인 밤 10시에 방송되는 드라마다. 몇 달 전부터 버스와 전철 또 정거장과 고속도로변의 빌보드판 등에 포스터가 붙고, 방송과 온라인에서는 수시로 예고편이 나와서 주위의 관심을 끌었다. 홍보예산만 150억 원이고, 예고편의 조회수가 2개월 만에 3천만 뷰에 달했단다.

남편은 혹시 본 방송을 놓칠까 봐 미리 녹화를 예약했다. 자폐증을 앓는 천재의사가 주위의 편견을 극복해내며 환자들의 생명을 구하는 의학드라마라는 내용에 관심이 간단다. 영화광이지만 드라마는 잘 보지 않던 사람이라 의외였다. 며칠 전 손자가 자폐증(Autism)이라 상담을 받는다는 딸의 이야기를 들었기 때문일까. 천재 아인슈타인도 신발 끈을 매지 못했다는 말로 은근히 손자를 그쪽으로 몰아갔다. 나는 손자가 게임 중독으로 인해 사회성이 부족하고 타인과 의사소통의 방법을 모르기 때문이니 생활방식을 바꾸면 좋아질 것이라며 병으로 받아들이지 않던 참이었다.

〈더 굿 닥터〉의 첫 회는 서번트 신드롬(자폐증, Savant syndrome)을 앓는 주인공 숀 머피가 미국 산호세 세인트 보나벤처 병원으로 가는 여정으로 시작했다. 공항에서 불의의 사고가 발생하면서 응급처지하는 과정에서 의사 숀 머피의 천재성을 보이며 속도감과 긴장감 있게 펼쳐졌다. 그 누구도 생각하지 못한 방식으로 응급환자를 살려내는 모습이 인상적이었다. 그 후 반응이 뜨거웠다. 18~49세 시청자를 대상으로 집계한 시청률에서 2.2%를 기록하며 타 방송국의 경쟁작을 멀찌감치 제쳤다고 한다. 미국 연예지 할리우드리포트는 〈더 굿 닥터〉의 기록은 ABC가 방송한 월요일 드라마의 첫 시청률 중 21년 만에 최고다. 그동안 방영된 의학 드라마와 차원이 다르고 특히 자폐증을 앓고 있는 환자나 그 가족에게 희망을 줬다며 SNS에 댓글이 줄을 잇고 있다고 했다.

제 2화가 시작하는 화면에 자막이 뜨는데 Korean이라는 단어가 휙 지나갔다. 어머, 뭐지? 순간이라 자세한 내용을 읽지 못했다. 언제나 어디서든 코리아라는 소리가 들리거나 글자가 보이면 온몸의 세포가 반사작용을 한다. 길에서 현대나 기아 자동차를 봐도, 고속도로 옆의 큰 광고판에 삼성이나 LG 사인은 보는 것만으로도 흐뭇하니 이것도 중증의 병이 아닐까. 드라마를 보며 궁금증이 가라앉지 않아 핸드폰으로 〈더 굿 닥터〉를 인터넷에서 찾아보았다. 2013년 KBS2 TV에서 방영한 〈굿 닥터〉를 리메이크한 것이라는 설명이 나왔다. 미국 지상파 TV의 프라임 타임대에 편성된 한국 드라마 1호가 된 것이다.

리메이크(remake)란 이미 발표된 작품을 다시 만드는 것으로 부분적인 수정을 가하지만 대체로 원작의 의도를 충실히 따른다는 의미가 있다. 리메이크는 잘해야 본전이라고 할 정도로 성공률은 미지수다. 몇 년 전에 〈올드 보이(Old Boy)〉가 미국판 영화로 리메이크되었지만, 흡입력이 없는 평범한 내용으로 변해 실망했듯이 원작과 비교 대상이 되기 때문이다.

대대적인 광고와 함께 각색의 힘도 큰 작용을 했다. 미국 프로덕션 3AD 의 대니얼 김 대표가 의학드라마 〈하우스(House)〉의 작가인 데이비드 쇼어를 끌어냈다. 쇼어는 "〈하우스〉에 괴짜 의사가 나온다면 〈굿 닥터〉 는 착한 의사이기에 기존 의학 드라마와는 전혀 다른 캐릭터의 드라마가 탄생할 수 있을 것 같아 매력을 느꼈다."라고 인터뷰를 했다.

보통 드라마는 여성이 주 타깃이다. 어떤 모임이든 내가 한국인이라고 말하면 그중 한두 명은 한국 연속극을 좋아한다는 사람을 만난다. 인터넷 에서 자국의 자막을 읽으며 보는데 경치와 배경음악 그리고 스토리가 아름 답다고 칭찬 했다. 하지만 한정적인 사람들에 의해서다. 그러나 이 드라마 는 다르다. 원작에 충실하게 줄거리를 잡으며 현지에 맞는 정서와 여건을 가미함으로써 미국인의 흥미를 유발하고 관심을 끌고 있다. 언어와 배경이 낯설지 않아 드라마 내용에 빠질 수 있어서 여성뿐 아니라 남성 시청자와 폭 넓은 연령대를 흡수한다. 물론 그 안에 삶과 죽음이라는 명제가 깔렸고 생명을 지키려 일분일초를 다투는 간절한 투쟁이 긴장을 끈을 조이기 때문 이기도 할 것이다.

〈더 굿 닥터〉는 합격점을 받고, 풀 시즌 제작이 확정되었다. 한국적인 따뜻한 감성과 정이 흐르는 드라마가 미국 메이저 방송에 많이 방송되었으 면 좋겠다. 손자 때문에 기울였던 관심은 접어두고 한인 배우가 나오지 않지만, 자막의 한국드라마(Korean Drama)가 기본틀이라는 내용에 자부심을 느끼며 방송 시간을 기다린다. 만나는 사람에게 〈더 굿 닥터〉를 보라며 입선전하느라 바쁘다. 원작을 인터넷에서 다운받아 보면서 두 드라마를 비교하는 재미도 쏠쏠하다. 미드가 한국에서 인기인 것처럼 리메이크를 넘어서 미국에 '코드(Korean Drama)'의 바람이 불었으면 한다.

# chapter 05

일상,
그 안의
삶

오가는 사람이 기웃거리며 물건을 들춰본다.

거저 준다 해도 거들떠볼 것 같지 않은 물건도 의외로 임자가 나타난다.

무릎이 찢어진 리바이스 청바지를 들고 이리저리 재보던 중년여성은

하단 부분을 오려내고 가방으로 만들면 좋겠다며 2불을 내밀고,

얼룩진 커튼은 길 건너편에 사는 소피엄마가 쿠션으로 만들면

자신의 집 소파에 어울리겠다며 얼른 집어 들었다.

물건이 오래됐거나 낡아도 괜찮다.

적절한 것으로 재활용하는 정보를 교환하고 삶의 지혜도 나눈다.

손님을 기다리며 야외용 의자에 앉아 커

피와 마리아가 구운 쿠키를 먹으면서

이런저런 살아가는 이야기를 나누었다.

히스패닉인 로울데스, 흑인인 루시 그리고 한국인인 나.

인종은 달라도 사는 모습은 비슷하다.

-본문 중에서

# 작은 실천

아침부터 골목이 부산스럽다. 드르륵드르륵. 쓰레기통을 끌어내는 소리다. 시에서 제공해 준 50겔론(Gallon)이 들어가는 큰 드럼통크기로 밑에 바퀴가 달린 이동식이다. 매주 목요일은 우리 동네의 쓰레기 수거하는 날이다. 검은색은 일반 쓰레기통, 초록색은 잔디나 나무를 정리하며 나온 쓰레기를, 파란색은 재활용할 수 있는 물건을 담게 되어 있다. 집마다 내놓은 쓰레기통이 길가에 줄을 선 것을 보며 저 많은 것이 다 어디로 갈까 걱정됐다. 남편은 옆집에서 종이 상자를 일반 쓰레기통에 쑤셔 넣은 것을 보고, 분리수거는 한국인에게 배워야지 미국사람은 아직 멀었다며 고개를 흔든다.

작년 서울 방문 중에 쓰레기를 분리수거하는 모습에 감탄했다. 화요일 저녁이면 일을 마치고 돌아온 형부는 발코니에 모아 놓은 쓰레기를 종이, 플라스틱, 유리병, 캔 등을 분류한 후 차곡차곡 담아 아파트 입구의 쓰레기 수거장소로 가져갔다. 버리는 물건이라고 하기 믿어지지 않을 정도로

깨끗하게 정리하는데 남편은 형부를 도우며 우리도 엘에이 집으로 돌아가면 분리수거를 철저히 하자고 했다. 외출하려고 곱게 차려입은 언니가 냄새나는 음식물 쓰레기 봉지를 당연하다는 듯 들고 나가 경비실 옆의 통에 버리는 모습은 낯설었다. 야외 곳곳에 마련된 쓰레기통도 색으로 분류되어 일단 그 앞에 서면 어디에다 버려야 할지 잠시 생각하게 된다.

엘에이로 돌아온 후 헤프게 사용하고, 생각 없이 마구 버리던 생활이 바뀌었다. 자주 사용하던 일회용 컵과 플라스틱 접시 사용을 줄이고, 빈 병은 모아 재활용센터에 가져간다. 큰 봉투에 가득 플라스틱 병과 알루미늄 캔을 모아서 가져가면 10불도 안 되는 돈을 받아오지만 기분은 100불을 번 것 같다. 매일 한 뭉텅이로 들어오는 광고 전단지와 종이상자는 적당한 크기로 잘라 재활용통에 넣고, 음식물은 음식물 처리기(Garbage Disposal)에 넣는다. 전에는 귀찮게 생각하던 천으로 만든 가방을 차에 항상 가지고 다녀 장을 볼 때마다 플라스틱 봉지의 사용을 줄이고 있다. 작은 노력이지만 계속하다보니 일반쓰레기통이 평소의 반으로 줄어들었고, 스스로 대단한 일을 해내는 기분이 된다.

스타벅스는 2020년까지 전 세계 모든 매장에서 플라스틱 빨대를 없앤다는 발표를 했다. 맥도날드도 영국과 아일랜드의 모든 매장에서 플라스틱 빨대 사용을 중단하겠다고 밝혔다. 그까짓 빨대라고 생각할 수 있지만, 미국에서 하루에 사용되는 일회용 빨대는 5억 개로 125대의 학교 버스를 채울 수 있는 양이라고 한다. 각종 플라스틱 용기와 비닐봉지가 해양 생물에게는 독과 같은 존재고, 그 미세한 조각이 공기에 섞여 우리의 인체에 흡수되어 병을 유발한다는 뉴스를 자주 듣는다. 다큐 프로그램에서 콧속에

10㎝ 넘는 플라스틱 빨대가 박힌 바다거북이가 고통스러워하는 영상은 큰 충격을 줬다. 가볍고 질긴 편리함 때문에 우리의 일상 곳곳에서 무심코 사용되는 일회용 플라스틱은 생산하는 데 5초, 쓰이는 데 5분, 분해되는 데 500년이 걸린다니…. 어릴 적 내가 먹은 과자봉지가 몇 대 후손에 의해 발견될 수도 있다는 말인데 그렇게 심각한 줄 몰랐다. 요즘 종이로 만든 빨대를 사용하는 식당이 늘고 있다.

영화 WALL-E(Waste Allocation Load Lifter Earth-Class, 지구 폐기물 수거-처리용 로봇)가 떠오른다. 무분별한 자원 채취와 쓰레기의 양이 한계를 넘어서자 인간들은 오염된 지구를 떠나 우주선 엑시엄 안에서 산다. 로봇들이 청소하는 동안 스마트 폰과 태블릿에 젖어든 생활로 움직임이 줄어들자 그들의 몸집은 점점 비대해졌다. 한 포기의 초록빛 식물이 보이면 지구로 돌아간다는 꿈을 갖고 지구를 그리워하며 살지만 그들의 손에는 여전히 일회용 플라스틱 컵이 들려져 있다. 몇 백 년 동안 WALL-E가 압축한 정육각형의 쓰레기가 지구를 뒤덮으며 무수히 쌓여 뉴욕의 마천루처럼 고층을 이루는 화면은 어쩌면 우리의 미래가 아닐까. 서울에서만 하루에 덤프트럭 2만3천 대의 분량이 나온다니 그 엄청난 양을 어디에다 버릴 것인가. 땅이 넓은 미국도 쓰레기로 골치를 앓는다. 일반 집에는 시에서 세 개의 분류할 수 있는 쓰레기통을 제공하지만, 아파트에는 대형의 쓰레기통이 주차장 한쪽에 놓여 있어서 분리수거 자체를 할 수가 없다.

미국도 분리수거에 대한 인식을 위해 홍보나 교육이 필요하다. 요즘 코스트코(Costco) 매장에 한국처럼 분리수거용 쓰레기통이 설치돼서 반가웠다. 온난화 현상으로 기후가 변하고 북극의 얼음이 녹으며 지구는 적신호를 계속 보내고 있다. 실생활에서 쓰레기를 만들지 않고는 살 수 없지만 조금만 신경을 써도 줄일 수는 있다. 차츰 분리수거와 재활용을 하며 환경에 대한 자각이 높아가니 다행이다. 작은 일부터 실천하니 어렵지 않았다.

남편은 못 참겠는지 옆집의 쓰레기통에서 종이 상자를 꺼내서 재활용통에 넣고는 손에 묻은 먼지를 툭툭 턴다. 서울에 사는 형부에게 교육을 잘 받은 결과다.

# 재활용의 장(場), 그라지 세일

　이웃 아줌마들이 뭉쳤다. 며칠 전 세 가족이 모여 고기를 구워 먹자는 이야기를 하다가 그 경비를 그라지 세일(Garage Sale)을 해서 만들면 좋겠다고 로울데스가 제안했다. 미국인은 날씨가 좋은 주말이면 자신의 차고 앞이나 마당에 필요 없어진 살림살이를 내놓고 이웃에게 헐값에 판다. 거리에 광고판을 붙이거나 지역신문에 올리기도 하지만 대부분은 즉흥적으로 펼쳐지는 경우가 많다. 손님도 지나다가 들르는 동네 사람이 대부분이다.

　드디어 벼룩시장을 펼치는 날. 로울데스의 집 앞마당은 세 가정에서 나온 물건으로 작은 언덕 다섯 개가 봉긋하게 솟았다. 그라지 세일에 익숙한 그들은 척척 물건을 분류했다. 티셔츠와 청바지는 옷걸이에 걸고, 부엌용품은 1불. 가방과 신발류는 2불. 찌그러진 액자, 얼룩 묻은 침대보, 이 빠진 그릇들이 패잔병처럼 주눅이 든 채 웅크리고 있다. 식탁용 의자가 25불로 제일 비싸다. 남편은 전단을 골목의 네 모퉁이에 붙이고 간이테이블을 설치하며 도와준다.

나는 이틀 전부터 집안 구석구석을 둘러보았다. 지난 몇 년간 바깥바람을 쐬지 못한 채 갇혀 있던 옷과 차고 선반에서 커피 메이커와 머그잔 그리고 유리그릇을 찾아내 먼지를 닦아내니 쓸 만했다. 살이 빠지면 다시 입을 수 있을 것 같아서, 손님을 초대하면 음식 준비할 때 필요할지 모르니, 추억이 담긴 물건이라 차마 버릴 수 없어서라는 각각의 이유로 쌓아두었던 것을 내놓으니 넓어진 공간만큼 마음도 넉넉해졌다.

오가는 사람이 기웃거리며 물건을 들춰본다. 거저 준다 해도 거들떠볼 것 같지 않은 물건도 의외로 임자가 나타난다. 무릎이 찢어진 리바이스 청바지를 들고 이리저리 재보던 중년여성은 하단 부분을 오려내고 가방으로 만들면 좋겠다며 2불을 내밀었다. 얼룩진 커튼은 길 건너편에 사는 소피엄마가 쿠션으로 만들면 자신의 집 소파에 어울리겠다며 얼른 집어 들었다. 물건이 오래됐거나 낡아도 괜찮다. 적절한 것으로 재활용하는 정보를 교환하고 삶의 지혜도 나눈다.

손님을 기다리며 야외용 의자에 앉아 커피와 로울데스가 구운 쿠키를 먹으면서 이런저런 살아가는 이야기를 나누었다. 히스패닉인 로울데스, 루시아 그리고 한국인인 나. 인종은 달라도 사는 모습은 비슷하다. 남편 흉보기와 자식 걱정 그리고 손자 자랑이 서로 질세라 꼬리를 물고 이어졌다. 물건을 구경하던 손님까지 합세해 이야기 잔치가 벌어지며 동네 사랑방이 되었다.

온종일 뙤약볕에 손님과 흥정하고 물건을 추스르는 일은 하루 인건비로 따지자면 밑지는 장사다. 버리면 그만인 헌 물건을 팔고 사는지 의아했었는데 내가 직접 해보니 돈으로 사지 못하는 재미가 쏠쏠했다. 물건 가격이 워낙 싸니 목돈을 만들 거라는 생각을 안 했는데 오늘 128불을 벌었다. 티끌 모아 태산이라더니 1불짜리 물건을 팔아 모은 것이라 몇 배의 부피로 부풀어 올라 주머니가 두둑했다. 해가 어둑해지며 짐을 정리하고 핫도그와 햄버거로 열다섯 명이 풍족하고 유쾌한 바비큐 파티를 즐겼다.

어릴 적 과자 상자에 적혀있던 '아나바다'—아껴 쓰고, 나눠 쓰는, 바꿔 쓰고, 다시 쓰자—라는 구절이 떠오른다. 미국에서는 불필요한 물건을 거절하자(Refuse), 쓰레기를 줄이자(Reduce), 반복해서 사용하자(Reuse), 재활용을 활성화하자(Recycle)는 4R 표어가 있다. 물건을 버리는데도 돈을 주고 처리를 해야 하는 시대에 부담 없이 정리할 수 있고, 필요한 사람은 저렴한 가격에 살 수 있으니 일거양득이다. 나에게는 필요 없지만 다른 사람에게는 쓰일 수 있는 물건을 재활용품센터에 기증하면 가격만큼의 세금을 면제해주는 증서를 준다. 구디구디(Goody-Goody)라고 불리는 트리프티 중고품 상점에서 그 물품을 팔아 이익금은 아동병원이나 구호재단으로 보낸다. 가끔 주인이 값어치를 모르고 내놓은 골동품을 헐값에 샀다가 횡재했다는 뉴스가 들리기도 하는데 일삼아 그라지 세일을 돌아다니는 골동품상인도 있다고 한다.

물자가 풍부해진 세상에 살기에 아끼고 절약하는 것이 더는 미덕이 아니라고 한다. 소비해야 경제가 돌아간다고 하지만 직접 그라지 세일을 해보니 단 1센트도 낭비하지 않고 귀하게 여기는 미국인의 실용적인 사고방식이 부럽다. 남이 입던 옷이나 가구를 꺼리지 않고 자신에게 맞게 적절히 재활용하는 모습이 유명브랜드의 신상을 쫓아다니는 사람보다 여유롭게 보였다.

　다음 주에도 오늘 팔다 남은 물건으로 재활용(Recycle) 마당을 펼치기로 했다. 필요 없는 물건을 새로운 주인에게 헐값에 팔고, 필요한 물건을 공짜나 다름없는 돈으로 장만하는 절약과 실용의 의미를 배운다. 내 손때가 묻은 것을 타인의 손에 전달하며 이웃과 소통하는 방법을 알려준 그라지 세일이었다.

## 팁, 배보다 배꼽이 크다

팁을 줘야 하나 말아야 하나. 얼마를 주는 것이 적정선일까. 미국에 살며 적응하기 힘들었던 것 중의 하나다. 일상생활에서 자주 대하는 팁 문화는 외식했을 때다. 식사 후에 나오는 계산서를 보면 두 가지 금액이 적혔다. 하나는 주문한 음식 가격이고, 다른 하나는 세금이다. 그리고 바로 밑에 팁(Tip)이라고 쓰인 빈칸에는 통상적으로 세금을 포함한 금액의 15~20% 를 내야 한다. 짧은 순간에 계산하기가 쉽지 않다. 그래서인지 요즘에는 레스토랑마다 영수증 밑단에 15%면 얼마요, 18%면 이렇고, 20%면 이만 큼을 내야 한다고 친절하게 알려준다. 4명이 식사하고 100불 정도를 내야 할 때의 20%면 20불이다. 한 사람의 식사비용이 나온다. 15%를 주자니 적다고 할까 봐 눈치 보이고, 20%는 좀 과한 것 같아서 갈등이 생긴다. 배보다 배꼽이 커 부담스러울 때가 많다.

팁은 '선물'을 뜻하는 라틴어 'stips'에서 유래됐다. 16세기 영국에서 술 집을 찾은 손님이 웨이터에게 술을 빨리 가지고 오라는 뜻의 머리글자인

TIP(To Insure Promptness 신속 보장)이라 적은 종이에 돈을 말아 건네던 것이 시작이라고도 한다. 서비스 업종에서 일하는 종업원에게 손님이 요금과는 별도로 주는 봉사료(Gratuity)다. 팁은 손님이 종업원에게 주는 선물이다.

조카는 이민 초기에 한식집에서 일했다. 식당 주인이 주는 기본 급료(House pay)에 손님이 주는 Tip이 그의 수입이다. 음식 값이 비싼 고기집이나 맛 좋기로 소문난 식당은 임금보다 손님에게 받는 팁이 더 많기에 일자리 경쟁이 심했다. 바빠서 팁을 많이 받은 날은 피곤을 잊고 몸이 가벼운데, 반대인 날은 어깨가 축 처져서 들어온다. 급료보다 팁이 더 생활의 기본을 보장해 주니 배보다 배꼽이 큰 셈이다.

주는 입장에서는 받은 서비스에 대한 답례이자 감사의 인사지만, 머릿속으로 계산기를 두드리며 고민한다. 점심시간의 할인가격인 10불짜리 설렁탕을 먹고, 1불을 내놓기는 손이 부끄럽고, 2불을 내자니 20%나 내야 하나 망설인다. '까짓 1불'에 좀생이로 변하는 자신을 발견한다. 울며 겨자 먹기로 내기는 하지만 자신이 버는 돈의 가치와 비교를 하게 된다. 또, 업종이 달라 자신은 받아보지 못한 팁을 줘야 하는 사람에게는 매번 '나는 왜'라며 억울하게 느낄 수도 있다.

서비스가 만족스럽지 못해도 선택이 아닌 필수로 내놔야 하는 것도 불만이다. 얼마 전 엘에이의 한식집에 생일 축하 자리로 초대를 받았다. 주말이라 식당은 손님으로 가득 차 한참을 기다린 후 테이블을 차지할 수 있었다. 불러도 대답 없는 웨이트리스에게 물 한 잔 더 달라고 하기도 힘들어 결국에는 일행 중의 한 명이 주방에 가서 직접 물병을 받아왔다. 음식을 주문하고, 그 음식이 나오는 시간도 꽤 걸렸다. 불쾌했지만 초대한 분의 체면을 생각해 참았다.

계산을 마치고 주차장에 나와 작별인사를 나누는데 웨이트리스가 헐레 벌떡 달려왔다. 손님, 팁을 계산 안 하셨어요. 우리는 서비스 받은 것이 없기에 줄 수가 없어요. 식사했으면 팁을 내셔야 하는 게 기본이죠. 서비 스에 대한 감사의 마음을 표현하는 것이 팁인데 형편없는 대우를 받았기에 줄 수가 없소. 바빠서 어쩔 수 없었다는 그녀의 핑계에 실랑이가 오가고, 언성이 높아지며 주위에 구경꾼들이 몰렸다. 결국 친구가 웨이트리스를 식당 안으로 데려가며 돈을 쥐어 주고, 화가 난 주인공은 부인에 의해 등 떠밀려 차에 태워지며 해프닝은 끝났다. 집으로 돌아오며 씁쓸했다.

손님과 종업원 사이에서 업주는 일거양득이다. 인건비를 은근히 소비자 에게 떠넘기며, 기본임금만 주어도 그 빈자리를 팁이 메워 준다. 또 팁을 받기위해 종업원이 서비스를 잘해 손님이 많아지면 손해 보는 일은 아니 다. 어디 식당뿐인가. 호텔에서는 벨 보이부터 방 청소하는 메이드까지, 미장원이나 주차요원 등 셀 수가 없다. 하루 동안 팁으로 나가는 돈도 만만 치 않다. 요즘 웬만한 미국식 레스토랑에는 테이블마다 태블릿이 설치되어 있다. 웨이트리스에게 의존하지 않아도 테이블 위에 놓인 기계로 음식을 주문하고, 카드로 지불한 후 영수증을 인쇄한다. 음식을 주방에서 가져와 테이블 위에 놓아주는 일 말고는 손님 스스로 해결하기에 시간 절약이 된 다. 그런데도 팁은 내야 한다. 누구에게 주는 봉사료인가, 감사함인가. 나 는 기계를 사용하지 않고 웨이트리스 기다린다. 얼굴을 마주 보고 인사를 하고, 이야기도 나누어야 정상이다.

남편과 가끔 팁 때문에 다투기도 한다. 필요 이상 주는 것은 낭비라는 나와 대접을 잘 받았으니 기분 좋게 넉넉히 주자고 해서다. 그래서인지 서너 번 간 곳은 종업원이 남편을 기억하고 자주 우리가 앉은 테이블에 와서 챙긴다. 몇 년 전 서울 방문했을 때의 일이다. 조카와 강남의 칵테일 바에 갔었다. 바텐더들이 불 쇼를 멋지게 하자 남편은 기분이 좋아져 그들에게 데킬라 한 잔씩을 사주었다. 계산할 때 20불을 따로 팁으로 내놓으니 '이게 뭐지?' 하는 반응을 보였다. 손사래를 치며 받으려고 하지 않았다. 한국은 팁 문화가 보편화되지 않기 때문이다. 반면 멕시코는 외국 사람이 오면 웨이트리스들이 서로 자신의 담당 테이블로 데려가려고 경쟁이 심하다. 본토 사람은 팁을 주지 않아서다.

팁은 강요가 아니다. 마지못해 던지는 적선은 더욱더 아니다. 팁은 공짜로 먹는 돈도 아니다. 종업원은 프로의식을 갖고 손님을 존중하고, 손님은 즐거운 식사를 할 수 있게 도와주는 종업원에 대한 감사의 마음이 서로 어우러져야 의미가 있다. 마음에서 우러나와야 아깝지 않다. 그래야 배보다 배꼽이 더 크다고 느껴지지 않을 것이다. 손님과 종업원, 그 위치가 바뀌기도 하기에 서로의 입장을 생각해 보자.

팁은 서로 존중해야 내놓을 때 즐겁고, 받으며 흐뭇하다. 그것이 봉사료를 나누는 정석이다. 팁이다.

# 스스로 고치며 살자(Do it yourself)

스스로 고치고 만드는 일을 익히며 산다. 주말이면 이웃집 차고에서 자동차 보닛을 열고 아버지와 아들이 수리하는 모습을 본다. 타이어나 배터리를 교체는 기본이다. 목욕탕 타일을 바꾸고 집 안팎의 페인트칠도 한다. 아버지가 차를 고칠 때 옆에서 렌치를 집어 주고, 지붕에 올라갈 때 사다리를 잡아준다. 이곳에서는 어릴 적부터 부모가 하는 것을 직접 보고 배웠기 때문에 스스로 해내는 것에 익숙하다.

어릴 때부터 손에 익고 눈에 담은 지식은 잊히지 않는다. 기본을 알면 아는 만큼 삶이 편하고 돈과 에너지가 절약된다. 자주 하다 보면 자신만의 독창적인 아이디어가 떠오르기에 경쟁력을 키우는 연습이 되기도 한다. 아이에게 물고기를 잡아주지 말고 물고기 잡는 법을 가르치라는 탈무드의 명언이 떠오른다. 지난주에는 물이 새는 부엌 수도꼭지를 고쳤다. 하나씩 보고 배우는 재미가 쏠쏠하다. 남편 옆에서 거들기만 하는데도 일을 마친 후에 오는 성취감이 크다. 미국에 사니 나도 자연스럽게 고치고 만드는 실용적인 생활을 하게 된다.

스스로 고치며 살자(Do it yourself). 재혼하는데 용기를 실어준 말이다. 결혼 전의 일이다. 청혼을 받았지만 망설였다. 이혼의 상처가 아물지 않아 자신이 없었다. 큰아들이 학교를 졸업하고 직장을 잡으면 그때쯤 생각해 보겠다고 미루었다. 두 아들이 엄마가 재혼한다는 것을 어떻게 받아들일 지도 두려웠다. 다시 누군가와 얽히고 사는 일이 싫었다.

그렇게 고민하던 중 다니던 직장에서 문제가 생겼다. 한인 타운의 헬스 클럽에서 일했다. 카운터 뒤 한쪽 벽에는 귀중품을 맡기는 작은 개별 금고 가 있다. 열쇠는 손님이 보관한다. 매스터 키는 직원이 갖고 있는데 이 두 열쇠가 함께 또 동시에 움직여야 열 수가 있다. 은행과 같은 시스템이다. 한 회원이 운동을 마치고 집으로 돌아가려고 금고를 열어 물건을 챙기다가 얼굴이 붉으락푸르락해졌다. 금고 안에 넣어둔 지갑에서 1,000불이 모자 란다며 나를 도둑으로 몰았다. 황당했다. 몰려든 사람들 앞에서 그는 지붕 이 날아갈 정도로 고래고래 소리를 질렀다. 나는 모르는 일이라고 했지만 통하지 않았다. 어느새 나는 도둑이 되었다.

결국 사장과 매니저를 불러 사무실에서 보안용 카메라에 녹화된 동영상 을 확인했다. 억울하고 분했지만 참았다. 결국 내가 금고 근처에 가지 않았 다는 것이 판명이 났고 그의 착각이었다는 어설픈 결론이 났다. 해프닝이 라고 생각하라는 사장의 말은 이미 상처 입은 내 자존심을 다독이지 못했 다. 살다 보면 이런 일도 겪을 수 있다며 위로 아닌 위로를 했다.

혼자 사는 여자라고 무시를 했나. 전문직이 아니라 하찮게 대해도 된다 는 것인가. 그날 밤 울다가 잠이 들었는데 온몸의 통증으로 깼다. 천장이

빙글빙글 돌며 일어날 수도, 전화기를 들 힘조차 없었다. 아침이 되길 기다려 겨우겨우 택시를 불러 병원에 가는 동안 이렇게 혼자 있다가 죽을 수도 있겠다는 생각이 들었다. 건강보험이 없어 병원비로 일주일 일 해 번 돈이 다 들어갔다. 도둑 누명까지 쓰며 받은 주급이 그냥 날아가 버리니 허무했다. 세상이 무서웠다.

실의에 빠진 나에게 지인이 사주풀이하는 곳으로 데려갔다. 여자 혼자 살기 힘든 세상이야, 그녀가 말했다. 쭈뼛쭈뼛하며 나에게 청혼한 그의 생년월일을 주었다. 사주에 아내가 없다고 했다. 혼자 살 팔자란다. 결혼 날짜를 길일로 잡으면 괜찮을 수 있다며 그러려면 돈을 더 달라고 했다. 그 말에 이건 아닌데 라는 생각이 들었다. 믿는 것은 아니지만 듣고 나니 혼란스러웠다. 고민하다가 친정어머니에게 하소연했더니 쓸데없는 짓을 했다며 꾸중하셨다. 삶을 남에게 의지하지 말고 본인의 마음을 먼저 들여다보라고 하셨다.

"팔자 탓하지 말고, 좋으면 그냥 살아. 세상사 마음먹기에 달렸어. 고치며 살면 되는 거야." 어머니의 말씀은 힘이 됐다. 하나부터 열까지 나를 챙기는 자상한 그를 놓치면 또다시 그런 사람을 만난다는 보장이 있을까. 혼자 살 자신도 없다. 울타리가 없다고 함부로 대하거나 슬쩍슬쩍 끈적끈적한 눈길을 보내는 사람 때문에 몸에 송충이가 기어오르는 기분일 때도 있다. 그렇다고 번듯한 직장에 다닐 수도 없으니 혼자 잘났다고 한들 아무 소용이 없다는 것도 깨달았다. 사주팔자에 아내가 없다면 만들어 주면 되겠지 하는 배짱으로 결혼을 결심했다.

그와 나는 열한 살 차이가 난다. 영어나 미국 생활에 익숙하지 않은 나를 위해 그는 앞장서서 일을 해결한다. 지인들에게 '열두 살짜리 애'랑 산다고 말한다. 본인이 보살펴 주고 챙겨줘야 한다는 생각에 딸 대하듯 가르치려 하고, 지시하듯 할 때도 있다. 한동안은 나도 어른인데, 아내인데 하고 반기를 들었다. 남편 말을 들으면 자다가도 팬케이크(?)가 생긴다고 했던 가. 우왕좌왕 시행착오를 겪으며 터득했다. 상황에 따라 그의 아내가 되었다가, 응석쟁이 딸처럼 굴기도 한다. 그러니 편하다. 배우는 것도 많다. 그때 사주를 믿고 결혼하지 않았다면 알콩달콩, 아옹다옹 보금자리는 이루지 못했을 것이다.

일상생활뿐 아니라 삶도 스스로 고치며 살자. 세상의 틀에서 벗어나 혼자 살 수 없지만 내 운명은 내가 개척해야 누구를 원망하거나 탓하지 않는다. 인생을 내 작품으로 만들어가는 삶의 주체가 되어야 나의 하루하루가 소중해진다. 조건과 환경을 탓하며 세상이 정해놓은 행복의 조건에 내 인생을 재단하다 첫 결혼생활에 실패했다. 이제 내가 원하는 삶을 만들어갈 내공을 키우며, 남편과 맞추어 가며 산다. 뚝딱뚝딱 고치며 살아가자. 삶은 흐르는 대로가 아닌 내가 의도한 대로 살아야 한다는 말이 맞는다. Do it myself. 나만의 스타일로 만들어야지.

# 우선멈춤과 일단정지

미국은 자동차가 없으면 불편한 나라다. 땅이 넓어 그만큼 활동반경의 폭이 펼쳐져 한국처럼 대중교통이 발달할 수 없는 여건이라 차가 없으면 기동력이 떨어진다. 주택가와 상가구역이 분리되어 우유 한 병을 사러 상점에 가려면 차를 이용해야 하기에 차량 보유율이 성인 1.3명당 1대일 정도로 필수다. 러시아워에는 어느 나라를 막론하고 길이 막히겠지만 엘에이는 6년 연속 교통체증이 가장 심한 도시로 뽑힐 정도로 복잡하다. 출근 시간에 10차선 도로를 꽉 메운 채, 꼬리에 꼬리를 문 자동차를 보면 실감이 난다. 길에 걸어 다니는 사람보다 차가 더 많다면 과장일까.

이민자들은 미국에 오면 운전면허증 취득이 첫 번째 과제다. 80년대 초, 여자가 운전한다는 것이 흔치 않던 시절이라 설레고 흥분했다. 예상문제를 달달 외운 필기시험은 단번에 붙었는데 운전 실기 테스트에서 세 번째에 겨우 합격한 후 30년 넘게 운전한다. 그동안 크고 작은 사고를 겪었고, 교통위반 티켓도 받았다. 그중 아직도 억울하게 받은 티켓은 일단정지 사인에서 정지를 하지 않았다는 것이다. 집 앞 골목길, 사거리에 있는 '4 Way STOP' 사인 앞에서 차를 멈추었다. 네 방향의 모든 차가 일단 멈추었다가 가는 게 교통법규다.

평상시처럼 '하나 둘 셋'을 마음속으로 세고 다시 출발했는데 어디서 나타났는지 경찰차가 경고등을 켜고 내 차 뒤를 따라 왔다. 차를 세우고, 유리창을 내린 채 기다리니 경찰이 다가와 운전면허증과 차량등록증 그리고 보험증을 요구했다. 내가 무슨 잘못을 했느냐고 물었더니 스톱라인에서 완전히 정지하지 않고 속도만 슬쩍 늦춘 후 지나갔다는 것이다. 분명히 3초 멈추었다고 했지만, 경찰은 티켓을 내밀며 억울하면 법정에 나와서 항의하란다. 분명히 멈추었는데 버선 속이니 뒤집어 보일 수도 없고, 근처에 카메라가 설치된 곳도 아니라 입증할 방법이 없었다. 법원에 가봤자 내 말이 받아들여지지 않을 것이라는 주위의 충고에 포기하고, 벌금에 교육비까지 거의 500불이 들었다.

미국의 역마차 시대부터 내려온 이 교통법규는 신호등이 없는 사거리에서 어느 방향의 차든지 정지선(Stop Line)에 먼저 도착한 차에게 우선순위(right of way)가 있다. 판가름하기 힘들 정도로 동시에 멈추었을 때는 보통 운전자끼리 손짓으로 순서를 정한다. 뒤에 차가 밀려도 개의치 않고 한 대씩 순차대로 지나가는 게 불문율이다.

그 이후부터 정지를 완벽히 한 후 좌우를 둘러보고 내 차례를 기다린다. 자신의 순서를 지키지 않는 것은 사고의 위험을 초래할 뿐 아니라 경찰에게 걸리면 비싼 벌금을 내야 하고, 보험료도 올라가기에 이래저래 조심한다.

왕복 8차선 도로의 신호등이 고장 나면 운전자가 차량의 흐름을 이끈다. 한쪽의 교차로 정지선에 서 있는 차가 가고 나면 그다음 방향의 차가 움직인다. 누군가의 지시가 없어도 묵시적 약속에 따라 천천히 질서정연하게 운전하는 것을 보면 신기하다. 어릴 적부터 보고 배웠기에 자연스럽다. 1초 일찍 간다고 세상이 바뀌거나, 불이익을 당하지 않는다는 상식을 그들은 알고 있다.

미국인이 교통질서를 준수하는 것을 보면 자율성이 높다는 것을 느낀다. 그 첫 번째가 스톱사인(STOP Sign)을 잘 지키는 것이다. '우선멈춤'이 아니라 '일단정지(一旦停止)'다. 소방차와 구급차 또는 경찰차가 요란하게 경고등을 번쩍이며 사이렌을 울리고 다가오면 모든 차선의 차량이 도로의 가장자리로 움직여 가운데 길을 내준다.

구급차는 환자를 병원으로 옮기기 위해, 경찰차는 범죄 현장에 빨리 가야 하므로, 소방차는 911의 지시를 받고 화재나 사고현장에 먼저 도착하는 차량이다. 이때 우물쭈물하며 길을 내주지 않으면 주위 차량이 경적을 울리며 질타를 한다. 한국에서는 경찰차가 항상 경고등을 켜고 다니지만, 미국에서는 급할 때만 사용하기에 주의를 기울여야 한다. 골목길에 통학버스가 앞에 있으면 속력을 줄이는 것이 정석이다. 노란색의 버스가 멈추면서 'STOP'이라고 쓰인 팔각형 표지판이 버스 옆 부분에서 날개처럼 펼쳐지고 빨간불이 깜빡인다. 이때는 같은 방향뿐 아니라 반대쪽에서 오는 차도 모두 정지해야 한다. 아이들의 안전을 위해서다.

얼마 전 본국 신문에 난 기사를 읽었다. 국회가 공동주택에 소방차 전용구역 설치를 의무화하고, 전용구역에 주차하거나 진입을 가로막으면 100

만 원 이하 과태료를 물리도록 결정했단다. 한국은 미국과 지리적으로 다르다. 땅이 넓지 않아 주차공간이 부족하고 길도 좁기에 이곳처럼 응급차가 급하게 달려와도 비켜주기 쉽지 않겠지만 도와야 하는 손길을 위해 필요한 조처라는 생각에 반가웠다.

하루의 절반을 차 안에서 보낸다는 표현이 지나치지 않을 만큼 운전은 생활과 연결되어 있다. 멈춰야 할 때를 알고, 양보하는 미국인의 기본 상식이 교통문화를 바꾸고 편안하고 안전하게 운전할 수 있게 만든다.

# 세일 전쟁 중인 12월

미국의 블랙프라이데이(Black Friday, 검은 금요일)는 대대적인 쇼핑의 시작을 알린다. 11월 마지막 목요일인 추수감사절 다음 날로, 미국인의 연중행사가 된 지 오래다.

사고 싶은 물건의 품목을 미리 작성하고, 날짜가 가까워지면 무엇을 어디서 얼마에 판매한다는 정보를 눈여겨본다. 매장을 돌며 가격을 알아보고 눈도장을 찍어 두기도 한다. 선착순 몇 명에게 거저 준다는 느낌이 들 정도의 가격으로 판매하기에 며칠 전부터 캠핑 나온 것처럼 상점 앞에 텐트를 치거나 담요 등을 준비해 줄을 서는 진풍경이 벌어진다. 새벽 5시에 상점 문을 열자마자 밀물처럼 밀려들어 카트에 물건을 경쟁하듯 담는 모습과 물건을 놓고 심한 몸싸움을 벌여 경찰이 출동했다는 TV 뉴스는 낯설지 않다. 50~80퍼센트의 파격세일 제품을 차지하려 극성을 부리는 소비자들의 열성적 구매욕은 양손 가득 넘치게 들은 물건들이 말해준다.

그 유래는 여러 설이 있지만, 1924년에 '메이시스(Macy's)' 백화점이 추수감사절 퍼레이드를 한 후, 다음날부터 빅 세일을 한 것이 유력하다. 이 날은 미국 연간 소비의 30%가량을 차지하는 것으로 집계됐다. 블랙(Black) 은 적자(Red ink)가 아닌 흑자(Black ink)를 본다는 것을 의미한단다. 추수 감사절이 지나면 사람들은 크리스마스에 나눌 선물을 준비하게 된다. 이 시기에 판매자는 그 해를 넘기며 재고를 관리하는데 비용을 들이니 싸게 팔아버리자는 생각과 지출이 많은 연말에 조금이라도 절약하고자 하는 판매자와 소비자의 상호이해 관계가 맞물린 것이다. 이런 윈윈 작전이 세일 기간으로 확실히 자리매김을 하게 만들었다.

아이들이 초등학교 시절이니 25년 전쯤이다. 미국에 사니 그들처럼 블랙프라이데이의 줄서기를 해야겠다는 호기심이 일었다. 저녁식사를 마치고 장난감 전문점인 토이즈 알 아스(Toys 'R' Us)에 크리스마스선물로 줄 아동용 자전거를 사러 갔었다. 이미 많은 사람들이 건물 벽을 따라 담요를 두르고 간이의자에 앉아 여유롭게 준비해온 간식을 먹거나 음악을 듣고 있었다. 우리 뒤로 점점 불어나는 사람으로 위안을 삼으며, 한두 시간은 참았는데 12시가 넘으니 외투 속으로 찬바람이 스며들고, 다리가 얼얼하게 마비되었다. 화장실도 가고 싶고, 점점 짜증이 나서 준비 없이 나간 것을 탓하며 집으로 돌아왔다. 낮에 다시 갔지만 주차장이 꽉 차서 포기하고 며칠 뒤에 정가로 샀다. 세상에 공짜는 없다더니 밤새 줄서기는 아무나 할 수 있는 게 아니라고 생각했다.

10년 전, 고등학생이던 조카 제시는 선착순 3명에게 주어지는 특권으로 700불 정가인 노트북 컴퓨터를 100불에 구입하는 행운을 누렸다. 가족이 함께하는 추수감사절 저녁 만찬을 거절하고, 전자 상점 앞에서 목요일 아침부터 자리를 잡고 기다린 결과다. 친구에게 400불에 되팔아 300불의 순이익을 챙겼기에 지금까지도 블랙프라이데이가 되면 가족들의 대화에 첫 번째로 떠오르는 히어로이다.

요즘에는 오프라인뿐 아니라 온라인 세일인 '사이버 먼데이'로 이어지며 12월 내내 쇼핑전쟁 중이라고 해도 과언이 아니다. 아마존은 '카운트다운 투 블랙프라이데이(Countdown to Black Friday)' 페이지를 오픈해 매일 파격적인 가격에 상품을 선보였고, 소비자들이 분당 11만 달러어치의 쇼핑을 했다는 기사를 읽었다. 밤을 새며 줄을 서거나 다른 쇼핑객들과 몸싸움을 하지 않아도 되고, 물건이 품절되어 빈손으로 돌아서거나 주차장을 빙빙 돌며 시간 낭비할 필요가 없어서 좋다. 또한 컴퓨터에 익숙한 요즘 생활상을 보여주는 단면이기도 하다. 내년 1월 중순에 결혼하는 사촌에게 줄 선물로 고민했는데 조카 지미는 55인치 TV를 온라인으로 절반가격에 샀으니 다섯 가족이 100불씩 추렴을 하자고 해서 걱정을 덜었다.

올해는 작년에 비해 온라인 쇼핑이 대폭 늘었지만, 아직 상점 앞에 밤새 줄서기는 여전히 길다. 매일 신문과 TV 또는 이메일로 세일 광고가 밀려들어온다. 싸다는 이유로 필요 없는 물건을 구입하게 되고, 옆에서 누군가가 구입을 하면 충동구매를 하게 되니 문제다. 70% 세일이라는 광고를 보고 감탄하는 나에게 남편은 사지 않으면 100%를 절약하는 것이라고 말했다. 과거에는 대부분의 제품이 정가에 판매됐고, 재고를 털기 위해 제한된 수의 제품들에만 세일이 적용됐는데 요즘은 거품 가격을 책정한 후 세일용 미끼 상품을 내놓는다는 평을 듣는다. 또 인터넷상으로 주문 후, 돈은 빠져나갔는데 물건은 배달되지 않는 사이버 사기를 당하거나 개인정보가 누출되는 부작용이 일고 있다. 그래서 연말이 오는 것이 두렵다. 뭐니뭐니 해도 머니(Money)가 최고라는데 돈으로 주자니 성의가 없어 보여 망설인다.

선물은 'Gift'와 'Present'다. Present는 선물, 현재, 참석이라는 의미가 있다. Gift는 '주어졌다.'라는 의미로 개인의 재능을 나타낼 때도 쓴다. 선물은 현재 함께 하는 사람에게 감사의 의미나 기념할 날을 축하하기 위해 나누는 마음의 징표다. 선물 고를 때 상대방이 무엇을 원하는지 고민하는 건 괴롭다. 사실 아주 밀접한 관계가 아니면 상대방이 무엇을 좋아하는지 알기도 힘들고, 사람 마음이라는 게 언제 바뀔지 모르니 고르기 까다롭다. 적당한 금액에 알맞은 선물을 찾는 것도 쉽지 않다. 독일어로 Gift는 독이라는 뜻이니 잘 주면 백배로 효과가 나지만 반대로 돈 쓰고 욕먹는 꼴이 되기도 한다.

나는 작년에 주위 친구들에게 내가 만든 연필통과 편지함을 선물했다. 서울의 작은언니에게 배운 냅킨 공예로 예쁜 냅킨의 그림을 오려 연필을 담을 만한 통과 우편함 모양의 작은 통에 붙였다. 냅킨이 워낙 얇아 풀이 닿으면 그냥 찢어져 신경을 집중해야 했다. 풀이 마르면 그 위에 니스 칠로 윤기를 내고 상대의 이름까지 새겨 넣으니 그럴듯했다.

내가 받은 선물 중에 지금까지 기억나는 것은 고 3때 받은 카세트테이프다. 동아리의 한 살 어린 후배가 카세트 두 대를 놓고 마치 DJ가 하듯 음악을 넣고 다음에는 자신의 일기나 자작시를 낭송하며 녹음을 했단다. 밤새 이불을 뒤집어쓰고 잡음이 들어가지 않게 하느라 며칠 밤을 새웠다니 그 정성에 감동을 받았다. 선물은 주는 사람의 정성이 담겨야 의미가 더해진다.

    연말에 친지와 지인에게 감사의 인사를 전해야 할 선물이 필요하니 나도 컴퓨터 앞에 앉아 여기저기 뒤져본다. 세일이라는 글자에 현혹되지 말아야지 하고 마음을 다지지만, 컴퓨터 화면에 가득 차오르는 물건을 눈은 쉬지 않고 읽어 내려간다. 12월은 자의 반, 타의 반으로 세일 거품 안에 둥둥 떠 지내다 보니 은행잔고는 바닥을 보인다. 선물이 오가며 사랑을 나누지만 그만큼 스트레스가 쌓인다. 스트레스는 세일이 아니라 공짜라면 누가 대신 가져가려나.

# 고개 숙인 운전자

현대는 자가운전 시대라 많은 시간을 차에서 보낸다. 운전하며 동승자와의 대화는 기본이고, 음악을 듣거나 음료수 마시는 행동도 자연스럽다. 화장하고 면도도 한다. 운전하는 시간이 이처럼 여유롭고 평화스러운 듯하지만 항상 그런 것은 아니다. 평소 얌전하던 사람도 운전대를 잡으면 난폭운전이나 신호 위반을 하는 경우가 있다. 간혹 얌체처럼 끼어드는 운전자가 있으면 막말도 하게 된다. 자신은 물론 다른 사람의 생명까지 위협하기에 신경이 날카로워지기 때문이다.

요즘은 고개 숙인 운전자와 보행자가 늘어 문제다. 남가주 자동차클럽(AAA)은 "술 취한 채(Intoxicated) 운전하지도 말고, 문자 보내면서(Intoxicated) 운전하지도 말라(Don't Drive Intoxicated. Don't Drive Intexticated)."는 공익광고를 내보낸다. TV 화면에서 자동차가 삐뚤삐뚤 차선을 제대로 지키지 못하고 달린다. 중년의 남성이 한 손에 맥주병을 들고 운전하고 뒷좌석에는 아이들 세 명이 즐겁게 이야기를 나눈다. 순간

술병이 핸드폰으로 변한다. 핸드폰을 들여다보며 미소 짓던 남성이 갑자기 고개를 들며 공포에 질린다. 신호등은 어느새 빨간불로 바뀌었고, 앞차에는 졸업 모자와 가운을 입은 젊은이 네 명이 타고 있다. 브레이크를 밟지만 이미 늦었다. 소름 끼치는 타이어와 도로의 마찰음, 차가 부딪치는 요란한 소리 그리고 비명. 해설이 나온다. 미국에서 핸드폰을 보느라 고개를 숙인 운전자로 인한 교통사고로 하루에 아홉 명이 죽고, 천 명이 다친다고 한다. 핸드폰을 보며 운전하는 것은 자신과 가족뿐 아니라 막 졸업식을 마친 청소년들의 미래를 망친다는 메시지다. 짧지만 실감나게 잘 만들었다. 자주 방영되면 좋겠다.

며칠 전에 십년 감수를 했다. 한적한 골목길에서 우회전하려고 우선멈춤 앞에 서 있었다. 인도에서 한 청소년이 열심히 엄지손가락을 움직이며 스마트폰에 집중하고 있었다. 잠시 기다렸지만 움직일 기미가 보이지 않아 차를 돌리는데 순간, 무언가가 부딪히는 소리와 함께 차가 흔들렸다. 남편이 급히 차를 세우고 내렸다. 그 청년이다. 그는 우리 차를 보지 못하고 인도에서 차도로 내려서다가 부딪친 것이다. 다행히 멈추었다가 움직였기에 속도를 내지 않은 상태고, 그 청년도 아무 이상이 없었다. 병원에 가자고 했지만, 그는 자신의 잘못이라며 그냥 가버렸다. 집으로 돌아오며 가슴을 쓸어내렸다.

지인의 어머니는 구십 세지만 건강하고 씩씩해 자식에게 의지하지 않고 혼자 사셨다. 어느 날 그분이 교통사고를 당했다는 소식을 들었다. 운전하며 핸드폰으로 문자를 보던 젊은이가 인도로 뛰어 올라 그분을 쓰러트렸다는 것이다. 연세가 있어 금방 회복되지 않고 그 후로 건강이 나빠졌다는 말에 나는 얼굴도 모르는 그 운전자를 원망했다. 가끔 애완견을 안고 운전하는 사람도 본다. 손에서 떼어 놓을 수 없을 정도로 사랑하는 반려견이 자칫 에어백 대신으로 변할 수도 있지 않은가.

핸드폰의 여러 단점은 알지만, 당장 모든 것을 해결해주는 문명의 이기라 내려놓을 수 없다. 신체 일부처럼 우리 생활에 밀착되어 나이를 불문하고 잠시라도 손에서 떨어지면 불안할 정도다. 모든 것을 해결하고, 실시간으로 세계 각국의 뉴스와 날씨까지 알 수가 있어 손안에 온 우주를 담는 것이니 그 편리함에 빠지지 않을 수 없다. 그러다 보니 거북이 목이 된 운전자와 보행자들 때문에 교통사고 위험성이 날로 높아지고 있다. 운전 중 핸드폰을 사용하는 게 졸음운전이나 음주운전보다 덜 위험하다지만, 그것은 소주 1병 반을 마신 것과 같은, 면허취소인 혈중알코올농도 0.2%의 수치와 같다는 연구결과가 나왔다. 휴대전화를 걸거나 받기 위해 3초만 앞을 보지 않는 것은 순식간에 30m를 졸음 운전하는 것과 마찬가지로 위험하다고 한다. 운전자는 운전에만 집중해야 한다. 짧은 시간 안에 할 수 있는 일이기에 위험하다고 생각지 않지만 사고는 순간에 일어난다.

나는 운전을 자주 하지 않기에 운전대를 잡으면 긴장한다. 내가 운전하는 모습을 조카가 보고는 양손으로 운전대를 잡고 앞으로 바싹 당겨 앉은 모습이 마치 전쟁터에 나가는 병사 같다며 놀렸다. 나처럼 긴장하는 것도 문제지만 운전경력이 몇 년인데 하며 과신하고 방심하는 운전도 문제다. 방어 운전에 자신이 있어도 상대가 와서 들이받는다면 속수무책이다. 거기다 손에 핸드폰이 쥐어져 있다면.

캘리포니아 주는 운전 외에 하는 행동이 다른 운전자를 위협한다고 판단

될 경우, 최소 145달러에서 최대 1,000달러에 이르는 벌금을 낸다. 그래도 벌금이 무섭지 않은지 고개 숙인 운전자는 여기저기 많다. 새로 나온 핸드폰에는 차에 타면 운전 중이니 방해를 말라는 경고 메시지가 뜨지만 그것을 사용하는 사람이 문제다. 술 취한 채 운전하지도 말고, 문자 보내면서 운전하지도 말아야 한다. 운전할 때나 보행 중에는 고개 숙이지 말고 앞을 보자.

# 상자 밖에서 생각하라

태양의 서커스(Cirque du Soleil) 공연을 보러 왔다. 다저스 구장의 넓은 주차장에 하얀색의 거대한 텐트 '빅탑(Big Top)'이 비밀을 담은 듯 웅크린 채 앉아 있다. 태양의 서커스는 1982년 거리공연을 하던 캐나다 예술가들이 만든 문화기업이다. 이번 공연의 주제 '루지아(Luzia)'는 38번째 작품이다. 텐트 위에 높게 달린 15개의 국기는 그 나라 예술가가 참여했다는 것을 자랑스럽게 알리며 펄럭였다. 혹시나 하고 둘러보아도 태극기가 보이지 않아 섭섭했다.

루지아는 스페인어로 빛을 뜻하는 '루즈(luz)'와 비를 말하는 '유비아(lluvia)'의 합성어다. 태양과 비의 신을 숭상하는 멕시코의 전통과 문화를 그들만의 몽환적이고 개성적인 무대에 녹여냈다. 천장에서 광대가 낙하산을 타고 원형의 무대에 떨어지며 공연은 시작됐다. 그가 무대 앞쪽에 높인 태엽을 돌리자 시간이 과거로 돌아갔다. 360도 회전하는 무대 위에 나비 분장의 연기자가 거대한 날개를 펄럭이며 달렸다. 맨발로 수백 킬로미터를 멈추지 않고 달린 타라후마라 후손이라는 그들, 생존을 위해 먼 길 떠나는 모나크나비로 표현했다. 무대 중앙에 달린 대형의 원은 태양을 상징하는데 아스텍 문화에서 사람은 죽은 후 그 영혼이 4년 동안 태양과 여행하고, 벌새(허밍버드)로 태어난다고 한다. 벌새 분장의 연기자는 2단과 3단의 링을 장난치듯 넘나드는 재주넘기를 했다.

멕시코 전통의상을 입은 여성이 주술을 거는 듯, 스페인어로 노래를 부른다. 목소리가 묘하게 잡아끄는 힘이 있다. 마리아치 밴드가 라틴 아메리카의 리듬을 연주하는데 이 공연을 위해 작곡된 곡이다. 그 음악에 맞추어 머리는 도마뱀이고 몸은 인간인, 반신반인들이 마야족의 전통춤을 추었다. 혁명가 사파타가 좋아했다는 종마가 무대 위를 장악하며 힘차게 달렸다.

모든 생물은 물이 있어야 하고 문명의 시작도 물이다. 작은 호수에 야생의 재규어가 목을 축인다. 타잔처럼 밧줄을 타고 내려온 인간도 물을 찾아와 목마름을 해결한다. 재규어와 사람은 경계하고 공격을 하지만 차츰 교감을 나누며 함께 살아가는 공존의 모습을 보여준다.

천막 지붕에서 비가 내리며 무대를 반으로 가르는 막이 생겼다. 시원하게 내리는 비가 화면이 되며 꽃과 동물 등의 무늬를 만들어 자연을 품었다가, 유카탄의 사막기후처럼 순간 증발해 버렸다. 사막의 갈증에 지친 광대는 갑자기 나타난 호수에 뛰어들었는데 순식간에 물이 사라지며 맨땅에 머리를 부딪쳐 관객을 웃음바다로 만들었다. 원형의 무대를 평지에서 수중 무대로 바꾸려 몇 초안에 물을 빼고 채우기는 수압 조절 장치를 개발해 사용했다. 이 공연의 꽃이다. 물은 고였다가 순간 사라졌다.

과거로 돌아가 전통을 표현하고, 멕시코시티의 댄스홀에서 벌인 신나는 춤판과 온몸을 이용한 축구공 묘기로 현재의 무한한 가능성을 펼쳤다. 그들은 직선과 곡선으로 신체의 아름다움을 표현하는 아크로바틱을 한다. 공중제비를 넘고, 그네를 타며, 폴 댄스로 아찔한 연기를 했다.

그 중 큰 환호를 받은 공연은 연체곡예(컨토션, contortion)다. 유리 테이블 위에 어떤 물체가 앉아 있는데 눈 화장과 옷차림이 딱 뱀이다. 곡예사가 신체를 굽히거나 뒤틀며 유연성을 보였다. 몸을 뒤로 젖혀 머리의 뒤통수가 발뒤꿈치에 닿는가 했는데 순간 무릎 사이로 얼굴을 내밀자 관객들은 비명을 질렀다. 뱀처럼 따리를 틀며 상상할 수 없는 움직임을 보이고 다른 공연자들은 주위에서 "괴물이 나타났다(알레브리헤스 Alebrijes)."라고 외쳤다. 고대 멕시코 지역에서는 신비한 뱀은 풍요와 다산을 상징한단다. 그는 인간이 아니라 그냥 뱀이다. 선천적으로 일반인보다 유연한 몸을 지니고 있으며, 후천적으로 유연성을 강화하는 훈련을 받는다고는 하지만 뼈 없는 연체동물이다. 보는 내내 몸이 움찔거렸다. 신기했지만 징그러웠다.

태양의 서커스는 기존의 서커스와는 다르다. 무대에 동물이 등장하지 않고 막이 없다. 연기자들이 무대 장치를 직접 설치하고 해체한다. 광대가 팬터마임으로 관객들과 소통하는 동안 뒤편에는 연기자들이 도구를 들고 나오는데, 그 자체가 연기인 것처럼 자연스레 소화하기에 흐름에 방해가 되지 않고 몰입할 수가 있다. 저글링이나 아크로바틱은 혼자서도 할 수 있지만 누군가가 강하게 받쳐주는 역할이 꼭 필요하다. 서로서로 받쳐주고 뛰는 팀워크가 이 모든 일을 마치 일상인 것처럼 보여주는 것, 이것이 바로 그들의 서커스다.

태양의 서커스 모토는 '상자에서 벗어나 생각하라(Think outside the

box).'다. 상자 안의 정해진 틀 안에 안주하지 말고 밖으로 나가 위험에 도전하라. 세상의 편견에서 벗어나 열린 사고를 하라는 의미다. 담당자는 세계 각국을 돌며 이야기 감과 최고의 인재를 찾는다. 관객의 관심을 끌기 위해 벼랑 끝에 서 있는 마음으로 특수한 메이크업과 의상을 개발하고, 악기와 음악도 새로운 장르를 접목하려 노력한다. 그것이 서커스의 통념을 벗고 아트서커스로, 종합예술로 바꾸어 빠른 속도로 변화는 다양한 세계인들의 주목을 받는 이유다. 뻔한 내용의 서커스를 여러 번 보는 사람은 없을 터이니까. 네 번의 '태양의 서커스'를 보았는데 그때마다 색다르고 강렬한 감동을 받는다. 다음에는 어떤 공연일까, 어떤 특수 장치로 놀라게 할까 기다리게 만든다.

예술은 관객에게 삶에 대한 질문을 던지는 데 의미가 있다고 한다. 돌아오는 내내 생각에 잠겼다. 미국에 이민 온 것이 커다란 도전이었는데, 어느 정도 자리가 잡혔다는 생각에 똬리를 틀고 그저 그런 일상을 보낸다. 그러다 요즘은 모국어로 글을 쓰는 일에 매달리고 있다. 한정된 소재의 테두리에 갇혀 허덕이지 말고, 양쪽 언어와 문화 사이를 오가는 것이 아니라 둘을 잇는, 진정성 있는 삶을 그려내야겠다. 이민이라는 상자에서 벗어나 현재의 자리에서 열린 세상을 바라보고, 그 새로운 발견을 글로 옮기자.

# 너 이름이 뭐니

"너 이름이 뭐니." 한국의 한 연예인의 어투를 흉내 내며 한동안 유행하던 말이다. 신문에 난 기사를 본 지인과 전화 통화 후에 그 성대모사를 하며 혼자 웃었다. 지난주에 '한국과 다언어 문학의 밤(K Lit & Multilingual Poetry Night)' 행사가 있었다. 한국, 히스패닉계, 필리핀 그리고 영어권 문인들이 모여 작품을 낭독했다는 기사를 봤단다. 단체 사진에는 분명히 이현숙이 앞줄 가운데 서 있는데, 본문 기사에는 김현숙이라고 났으니 신문사의 실수라고 흥분했다. 틀린 것이 아니고 둘 다 나라고 답했다.

본의 아니게 내 이름은 여러 개다. 정확히 말하면 성(性)이 바뀌었다. 태어났을 때 아버지가 지어 주신 이름은 이현숙(李賢淑)이다. 어질고 착하게 살라는 뜻이라고 들어서 어릴 적, 장래희망을 물으면 뜻도 모르고 현모양처라고 답했다. 20살이 넘어 미국 영주권자였던 동아리 선배와 결혼하고 이민 서류를 만들면서 '김현숙'으로 바뀌었다. 미국에서는 남편의 성을 따르는 게 당연하다고 했다. 광화문에 있는 미국 대사관에서 비자 인터뷰를 받으러 줄을 서서 기다리며 "나는 김현숙이다."라고 주문 외듯 되뇌었다. 혹시 넋 놓고 앉아 있다가 내 이름을 부를 때 낯설어서 못 알아듣고, 순서를 놓칠까 봐 걱정됐다. 미국에 들어 와서 모든 서류에 김으로 등록이 되고, 아이가 태어나고 나서는 그나마도 누구의 엄마로 살며 성도 이름도 잊었다. 미국 시민권을 받을 때 이름을 바꾸겠느냐는 질문을 받았다. 그때 야 아차, 아버지 성을 버리고 남편 성을 따르고 있는데 이름까지 바꾸면 내가 아닌 다른 사람이 되는 것 같아 미국이름은 없다고 단호히 말했다.

살다 보면 예기지 못한 일을 겪게 된다. 잘 살고 싶었는데 이혼했다. '이현숙'으로 돌아와 몇 년 홀로서기를 하다 새로운 인연을 만났다. 아직도 대부분 미국 남자는 결혼승낙을 받기 위한 프러포즈에서 "Mrs. 누구누구"가 되어 주겠냐고 묻는다. 남편의 그 질문에 'Yes'라고 답하고 그의 성을 따라 Mrs. 센테노(Senteno)가 됐다. 관공서에서 Mrs. 센테노 하고 호명을 할 때 내가 일어서면 주위의 사람이 의아한 얼굴로 나를 바라본다. 동양여자가 히스패닉 성으로 불리니까. 한인 타운의 의사에게 진료를 받으러 간다. 대기실에서 Mrs. 센테노 하고 부를 때 내가 일어서면 분위기가 술렁이며 한인들의 시선이 나에게 집중되는 것을 느낀다.

부부동성(夫婦同性)은 영어권의 관습이고 일본에서도 가족은 같은 성을 쓴다고 한다. 각종 서류의 성을 쓰는 난에 Family Name을 사용하다가 요즘은 여성 운동가들의 항의로 Last Name이라고 바꿨다. 미국에서는 법적인 서류에 배우자의 이름도 함께 적어 공동의 책임을 지게 되고, 은행 계좌도 보통 부부의 공동명의로 한다. 성이 같지 않으면 부부가 아니라 동거인 취급을 받기에 불편한 일을 겪는 경우도 있다. 만약 부부 중 한 사람이 불의의 사고를 당했을 때 그 후의 일을 처리하는데 성이 다르면, 결혼증명서를 제출해야 하는 번거로운 일이 생긴다.

재혼하고 나서 결혼증명서를 제출해 소셜번호(주민등록번호)를 다시 받았고, 운전면허증과 여권을 재발급 받는 복잡한 과정을 거쳤다. 성을 바꾸는 일은 자신의 고유 정체성을 지키느냐 아니면 남편과 가족이라는 울타리 안에서 동질성을 갖느냐 하는 문제만이 아니다. 나처럼 이혼과 재혼이라는 지극히 개인적인 사정이 일부러 말하지 않아도 호칭이 바뀌기에 자연스레 알려진다. 문단에 등단하며 작품집을 냈는데 첫 수필집에는 당시의 김현숙으로 인쇄를 했고, 두 번째 수필집에는 이현숙과 영어 이름인 Hyun Sook Senteno를 사용했다. 그래서 오래 전부터 나를 알던 사람은 김현숙, 최근 만난 사람은 이현숙으로 헷갈리는 문제가 생긴 것이다.

나는 지극히 평범한 사람이니 한낮의 해프닝으로 웃어 넘겼지만 요즘 성에대한 인식이 변하고 있다. 여성이 사회에 진출하여 개인의 경력을 쌓는 경우가 늘어난 세대에 살고 있어서인지 남편이 부인의 성을 따르거나 여성이 자신의 성을 지키는 경우가 많단다. 하이픈(−)을 넣어서 남편과 부인의 성을 둘 다 쓰는 경우와 성을 합쳐 새로운 성을 만드는 '더블 배럴링'도 늘고 있다고 한다. 성이 개인뿐 아니라 가족과 국적, 민족적 정체성을 나타내기에 더 이상 관습이나 강요에 의해 결정되어서는 안 된다는 것이 그들의 주장이다.

이름은 곧 자신이라 그 안에 본인의 정체성을 이루며 살아간다. 나는 살아오며 두 번이나 바뀐 내 이름을 사랑한다. 그 안에 나만의 삶이 녹아 있기 때문이다. 고통스러웠을 때는 나름대로 겪으며 속사람이 성장했고,

실수와 허점투성이 일지라도 그 순간만큼은 최선이라고 생각하며 살아왔을 터이다.

앞으로도 '너 이름이 뭐니?' 하고 스스로 물으며 살아갈 것이다. 내 이름은 바로 나니까 나답게 살자. 한국에 살았다면 아버지가 주신 성을 그대로 사용해서 오늘 같은 경우가 생기지 않았을 턴데 문화의 차이다.

# 할리우드가 '헐리위드'로

최근 녹색의 십자가 모양에 약(Medicine)이라고 쓰인 간판이 부쩍 눈에 뜨인다. 병원이나 약국인 줄 알았는데 대마초(마리화나Marijuana)를 파는 상점이란다. 전에는 의사의 처방전이 있어야만 살 수 있었는데 이제 기호용으로도 합법화되니 그 숫자가 늘어가는 추세다. 버젓이 대마초 잎사귀 모양의 형광 간판을 붙인 상점도 있다.

올해 첫날 아침. 미국 로스앤젤레스에 사는 사람들은 눈을 의심했다. 밤사이에 할리우드 언덕에 위치한 거대한 할리우드(HOLLYWOOD) 간판이 HOLLYWeeD(헐리위드 · 신성한 마리화나)로 바뀌었기 때문이다. Weed는 대마초 즉 마리화나를 일컫는 속칭이다. 알파벳 'O' 2개에 나일론 방수포를 덧대 'e'처럼 보이게 만든 것이다.

간판 철자를 바꾼 재커리 콜 페르난데스는 변호사를 대동하고 경찰에 자수했다. 간판을 훼손하지는 않기 때문에 기물파괴 혐의를 적용하는 대신 무단침입이라는 경범죄 처벌을 받았다. 페르난데스는 캘리포니아주가 지난해 11월 기호용 대마초 사용을 합법화한 데 대한 환영과 더불어 일반인들에게 알리기 위한 목적으로 일을 벌였단다.

보통의 미국인들은 중·고등학생 때 마리화나를 경험한단다. 나는 큰아들이 중학생이 되어 참석한 첫 학부모회의에서 마약에 대한 주의사항을 들었다. 60여 명의 부모들이 모여앉아 사춘기에 들어선 자녀교육에 대한 정보를 나누는데 특히 마약(Drug)과 왕따(Bullying)에 대한 이야기가 주를 이루었다. 대마초는 20달러를 주고 1g을 사면 4명이 나눠 피울 수 있는데 학교 주변이나 교정 안에 판매책이 있단다. 대마초가 손 뻗으면 닿을 거리에 있다니 믿어지지 않았다. 친구들과 어울리는 자리에서 호기심으로 혹은 강요로 또는 왕따를 당할까 봐 두려워 피우게 된다고 했다.

한두 번 하다 그만 두면 다행이지만 벗어나지 못하고 중독되어 더 강한 약물에 손을 댈 확률이 높단다. 특히 신입생 부모들에게는 점심값 외에 돈은 넉넉히 주지 말고 어떤 친구들과 어울리는지 관심을 두라는 당부를 했다. 마리화나와 마약에 대해 생각지도 않았고 아는 것이 없어서 집에 돌아와 인터넷에서 정보를 찾아보았다. 다양한 종류와 증상에 놀랐다.

한인 타운의 청소년 마약 상담전문가는 대부분의 한인 부모들이 '내 아이는 괜찮겠지.'라는 안전불감증에 빠져 자녀들의 약물중독이 어느 정도 진행된 후에야 알게 된다고 했다. 발견 후에는 주위에 알려질까 봐 쉬쉬하다가 치료할 때를 놓치고 상태를 더 악화시키는 우를 범한단다.

마리화나에 중독되면 삶에 대한 저항력이 약해지고 두뇌 기능에 부정적인 영향을 주기에 특히 청소년들에게는 위험하다. 늪 같아서 한번 발을 담그면 빠져나가기 어려운 것이 마약이다.

이후 밤이면 며칠에 한 번씩 아들이 잠자는 사이에 몰래 방에 들어가 가방을 뒤졌었다. 낯선 물건들이 나올까 봐 가슴 졸이다가 별 이상이 없다는 것을 확인하면 안도의 숨을 쉬고는 했다.

프랑수아즈 사강은 코카인 복용 혐의로 기소되었을 때, "나는 나를 파괴할 권리가 있다."라는 말을 했단다. 마약은 성매매와 더불어 피해자 없는 범죄(Victimless Crime)로 불리며 자신에게 해가 될 뿐, 타인에게 피해를 주지 않는다는 논리를 펼치기도 한다. 나 혼자만이 사는 세상이 아니다. 수만 갈래로 연결되고 이어진 속에서 산다. 나만 파괴되는 것이 아니다. 본인이 원하지 않는다 해도 가깝게는 가족과 친지 친구들에게 그 영향이 미친다.

이미 의료용으로 합법화된 후, 마리화나를 피운 환각 상태로 운전해서 발생한 교통사고가 1년 새 32% 증가했다는 보고서도 나왔다. 마약으로 인해 발생하는 범죄도 늘어날 것이다. 정부는 마리화나를 팔면 세금을 더 받아들일 것이고, 단순 마약사범을 관리하는 데 드는 비용을 줄일 수 있다는 견해를 밝혔다. 돈만 생각하며 마약에 물들어가는 사회는 외면하려는가 보다.

마리화나를 1번 피우면 담배 17개비를 피운 것과 같다고 한다. 백해무익이다. '불법'이라는 마음의 짐과 죄책감을 벗어버리고 '몰래'라는 구속에서 풀려나 일상 속으로 스며든다는 생각을 하니 걱정이다.

HOLLYWeeD가 HOLLYWOOD로 다시 돌아오는데 한나절이 걸렸다. 마리화나 판매의 합법화는 새해부터 마음을 무겁게 한다. 지나치다가 녹색 십자가 간판을 보면 외면하는 것으로 반대의 뜻을 보이는 나는 소시민이다.

# chapter 06

# English Essay

## -My Every Day Stories

Instead of making excuses saying that
making a living is too difficult,
we must carry on our obligation
to spread Korean tradition and culture.
To suit the name Koreatown,
Koreatown must give off the charm of Korean culture.
This must be felt so that the visitors will be
drawn to this charm.
Since Korean food has become trendy,
I will bring the guests to a restaurant in Koreatown
and treat them to galbi and japchae.
At least in that way,
their stomach would be pleased.
—during of a treaty

# Getting Along with Two Men

I step into an indoor shooting range. I feel energy draining out of me at the sound loud enough to pierce through my eardrums. A staff member hands me a piece of paper, and on it, are over 20 different instructions and warnings. I sign the document to note that I had read and understood it. I hand in my driver's license and walk over to the assigned shooting stall. I put on the safety goggles and earplugs. My husband had already trained me on the basic shooting stances and rules, but I am nervous at the thought of shooting a gun in real life. I actually hear the muffled sounds of gunfire through my earplugs, making my heart plummet to the ground and shoot back up only to hide behind my back.

The guns we brought are a Beretta 380 and a 9mm. My husband pushes the target out to a 50—meter distance. He puts the gun into my hands. The gun, loaded with 10 bullets, is rather heavy. The chill felt on my palms spreads all over my body. The target shaped like a human torso is painted in black. I glare at it and pull the trigger with my index finger. The sound and the recoil of the fired bullet pushes my torso back. White smoke rises from the muzzle. With the flash of gunfire, the smoky smell of fireworks embraces my nose. The empty shell falls, hits the top of my foot and rolls on the ground. I aim the gun again. The target wavers minutely and soon becomes overlapped with a forgotten memory of mine.

It was when I had been running a liquor store, not long after I had migrated. Five Korean couples working in the same industry were having dinner together. Mr. Park, in his mid-fifties, told us a story about how he was robbed a few days back. When the masked robber pulled out a long shotgun to aim at him, he was so frightened that only later did he realize his pants had been completely soaked. He had urinated on them. Other men at the table made fun of him saying, "Haven't you been in the army?"

I thought that would always be someone else's story until one day, a robber, hiding his face under a baseball cap, pushed a deep black object to the very center of my chest. "Money, money," he yelled as he shoved a gun into my stomach. I could hardly breathe. If I make the slightest movement, the unsightly thing would leave a hole in my heart. Fear came to me as a foggy smoke, completely filling my head into a white void.

This is how I'm going to die. He moved like a slow-motion movie, his motions left a trail in my eyes and then grazed by. My son's face came to me like a dream. He is waiting for me at home. I must live. I prayed that the man would just take my money and leave. My lips were parched. A few minutes felt like ten years. With the sound of the wind, he was gone. My legs then gave out and I fell to the ground.

Where had that overwhelming threat come from? Why was I unable to move? Was it because the man became stronger with his gun? Or was it because the mere tool in his hands had become a lethal weapon with the owner's malicious intent? Or was it his eyes—the frigid chill emitted from his pupils—that chained me up? Yes, his eyes radiated with murderous spirit, much more terrifying than a bullet. The muzzle was aimed at its target, petrifying me with fear. Why did it seem to get bigger and bigger? I might have become stiff because I was getting sucked into the dark abyss of the gun's barrel.

The police had rushed over after they had received a report. After filing some documents, they asked if I had been carrying a gun. If a shop owner counterattacks inside the store, it is an act of self-defense. But if the robber takes even one step out the door or turns his back against the owner and is shot, it is then considered a murder. I didn't understand how the good and evil could change sides in the flip of a hand. Thankfully, I didn't have a gun. If I did have one, it could have been more problematic. I suffered from nightmares and had to resort to sleeping pills for almost a month. Since then, I had experienced three more armed robberies. Guns make me shudder with fright.

The entire country has been stirred up by the brutal mass shooting aimed at kindergarten children occurring not long ago. Many people believe that guns should be controlled. On the other hand, firearms dealers are screaming with joy day after day. Perhaps it is because people are more excited when guns are against the norm. Guns and bullets are selling at the speed of bullets. Since many predict that stronger sanctions may make gun purchase more difficult, firearms business is booming compared to before.

There is a reason why I'm holding and shooting a gun that had once threatened to take my life away. It is to spur on conversation between my husband and my eldest son. After I remarried, I feel as if I'm making my adult sons uncomfortable. Thankfully, we are in very good terms, but I wish my warmhearted husband Joe and thoughtful son Andy would confide in each other as family.

Lately, the two men have found something in common. Guns. My husband had been in the US Air Force, receiving a medal for marksmanship, and my eldest son began to show interest in guns. Since then, their relationship has changed dramatically. My son would drop by at our house, looking up guns online and talking about them with my husband. They even made plans to meet up and go to an arms dealer without me working as a mediator.

I was against my son buying a gun. My husband told my son the advantages and disadvantages of rifles and pistols and gave him ample advice. He told me not to oppose it for the sake of opposition. The problem is the person who uses the gun with evil purpose. A gun is simply a gun. It was made for shooting, and its purpose can only be fulfilled when it is used to shoot. It wasn't made only for war or killing. Guns can be used as a means of self-defense to protect your life. Shooting at an outdoor range with an open view is a great sport to relieve stress. My husband worked hard to change my attitude towards guns.

Eavesdropping on their conversation made my fear of guns die down. My husband had kept his guns in a safe for the five years we have been married. I took it out and tried to touch it. It no longer made me shudder. After looking up some information on guns online, I asked the two men some questions and acted as if I knew more than they thought. "Forget about all the bad memories. Fire those memories away with a bullet," I told myself. I comforted myself thinking this could be a hobby I could enjoy with the two men that I love.

Today I had shot a gun. I put down the empty gun on the table. Even though I was pushed to do so, I can't believe it. My husband pulls my target up. I fired 10 rounds in total. None of the shots made it near the 10-point center. Only four bullets left holes here and there on the edges. My husband consoles me, saying that it wasn't bad for my first try. His face is filled with a wide smile as he takes a photo of the target with his phone. I quickly clasp my shuddering right hand with my left hand. "This was just practice." says my husband, telling me we should go to the outdoor shooting range with our son. He holds me tightly.

It takes much courage to get along with two men.

# Ah, Koreatown

A guest has arrived from Peru. My husband and I invited them for dinner, but because it is our first time seeing each other, and we speak different languages, the air between us feels rather awkward. My nephew's wife acts as a translator between us. Once learning that I am Korean, my nephew's sister-in-law Maria, who is sitting across from me, tells me she likes Korean dramas. She takes out her cellphone and shows me a clip of a drama that she is watching. The Spanish subtitles appear on the bottom of the screen. Their ten-year-old daughter Andriana, seeing a Korean for the first time, repeatedly glances over at me. Maria, with an apologetic expression, says she would like to visit Koreatown before she returns to Peru. Ah··· Koreatown.

In the early 80s when I first migrated to the United States, I settled down on a Hispanic neighborhood. I was aware that I was in a foreign environment, immersed in foreign language and foreign culture. I would leave the area once a week to go to Koreatown, an hour's drive away. I looked forward to the excursion, with a fluttering heart, as if I were going to my parent's home. I felt at home seeing Koreans at Olympic Market—the only store which sold Korean groceries—just because they were of the same ethnic background. I almost wanted to firmly grab anyone's hands and ask how they were doing as if I had met a close friend from my hometown.

Nowadays, Koreatown has a much wider perimeter and deeper roots. Instead of simply being a residential area for Koreans, it has transformed into a commercial district where Koreans can take care of every need they may have. It is a place where you can make a living without speaking a word of English. I, too, have changed. Perhaps because my lifestyle and ideals have become Americanized in my middle age, the word 'Koreatown' no longer strikes a chord in my heart. On top of that, I even take a detour sometimes because I want to avoid the main areas, Olympic Boulevard and Normandie Avenue. This is because of two places that irritate me like a prickly thorn stuck on the tip of a finger.

How VIP Palace, a meeting place for the old timers, has changed pained the very bottom of my stomach. In 1975, the building's owner had personally transported 10,000 blue tiles and employed dancheong (traditional paintwork on wooden buildings) experts to create an authentic Korean restaurant filled with Korean culture and sentiment. Back then, cooking doenjang (bean paste) stew at my apartment would cause a ruckus among the neighbors because they didn't know what the smell was. We would often become an annoyance to them due to strong garlic smells. The only place where we could freely eat doenjang stew without worrying about our neighbors was our koreatown. When the restaurant later turned into a buffet, I frequented the place for celebrations such as first-birthday parties and 60th birthday parties.

A few years ago, the buffet then turned into a restaurant serving South American cuisine, Guelaguetza, and I couldn't believe my eyes. The roof tiles that had once held the savory smell of doenjang, now were buried with the strong fragrance of the South American mole sauce. On weekends, their traditional dance performances take place, and traditional handicraft items are sold at a corner of the restaurant. The walls underneath the blue roof tiles have been painted dark orange with the drawings of the South American children running and playing. The roof tiles and the wall simply do not harmonize. Would there be a way to carefully remove and conserve the blue roof tiles since they will eventually be torn down anyway? What a waste of the colorful dancheong. I feel deep regret since it seems as we Koreans could not protect our own cultural heritage.

Dawooljung, located across the street, makes me even more emotional. The city of Los Angeles donated the property, and the united effort from the overseas Korean community collected the funds to construct the structure. Drawing inspiration from the Octagonal Pavilion in Gyeongbokgung Palace, 16 master artisans from Korea built the structure using the traditional construction method of not using nails or concrete. The Korean style roof tiles were laid and the dancheong was painted. Our people value upholding traditions, and we had much expectations for the structure. We anticipated that it would educate the American mainstream culture about Korea and that it would instill a sense of identity and pride for first and second-generation Korean Americans. I was filled with pride as the pavilion would have been the first Korean traditional work of art located in the United States in over a century of Korean immigrant history. Unfortunately, it's hard to see Dawooljung lately, hidden by the shadows of large buildings surrounding it. It is stuck inside the steel fences that look out of place next to a pavilion. Trash continues to pile inside the fences. I understand that managing and maintaining the structure like this may be troublesome, but it crouches in the triangular corner where three streets collide like an ostracized piece of garbage. From time to time, politicians who need votes from the Korean–American community proclaim that the area should be 'newly renovated' and 'maintained properly,' but this is all out of their need and vanishes out of everyone's minds in a blink of an eye. The true meaning of Dawooljung, a harmonious gathering place, faded away a long time ago. I feel sorry for the koreatown of my heart as it fades away as the passing of time, unable to keep what should be kept. I take a long detour just to avoid the area and seeing what it has become.

Chinatown in the vicinity of Downtown LA begins with the Dragon Gate, formed by two dragons. Between the golden dragons, buildings with red roofs tiles and stores selling traditional items imbued with the Chinese spirit. Chinatown was designed so that upon entering its streets, it instantly feels as if you have stepped into China. Likewise, in Little Tokyo, the torii —a Japanese gate to a shrine that leads to the sacred place—has been built, serving as a gate to Japantown. Traditional restaurants and bookstores are located in low and petite buildings, radiating the Asian style. The Japanese American

National Museum has left behind a legacy of Japanese immigration history for their descendents and foreign visitors. The gate and the museum have since become tourist attractions in LA. They draw in foreign visitors, and they tell these foreigners their own narrative.

When I have to entertain foreign guests, I worry from time to time. I would like to show them Korean culture and tradition, but, regretfully, there's nothing I can show off. Koreatown does not have any buildings or landmarks to tell them about Korea or Korean culture. Foreigners who visit Koreatown to experience Korea may even be disappointed that there are just illegible Korean signs lined up and down the streets. I worry that they might categorize Korea also as a place without any attractions or entertainment.

I feel ashamed before the second-generation Korean Americans. They were born in the United States, and they do not have any tangible symbol to instill the Korean identity or to tell them that their roots are in Korea. Because they are becoming more and more Americanized, they need something to honorably show off as Korean. It is said that history is a dialogue between past and present. History is only meaningful when such dialogue occurs. I have to leave behind a legacy to my children, so they then can pass it down to the next generation.

Instead of making excuses saying that making a living is too difficult, we must carry on our obligation to spread Korean tradition and culture. To suit the name Koreatown, Koreatown must give off the charm of Korean culture. This must be felt so that the visitors will be drawn to this charm.

Since Korean food has become trendy, I will bring the guests to a restaurant in Koreatown and treat them to galbi and japchae. At least in that way, their stomach would be pleased.

# Human GPS

After 25 years of living in the States, I finally take a trip back home. I'm inside the subway line 1. Passengers across from me warm my heart as if I met them before. I turn my head and everywhere I look, people speak in a familiar language and they have familiar facial features. This makes me feel at ease. The dense high-rise apartment buildings are not familiar, but this is the motherland that I had missed so dearly. Even the air that I breathe is sweet in my motherland. Every time I visit different places, one of my family members has to drive me there and then wait for me while I ran errands, so I feel bad. After traveling around, I realized that downtown Seoul was prone to horrible traffic jams, and due to lack of space, finding a parking spot was practically impossible. Taking public transportation would be wise in this case. I insisted that I wanted to take the subway, therefore my family provides me a subway map.

Today, I visited Deoksugung Palace with my husband, Joe. My brother-in-law drove us to the palace, but I told him I would take the subway back home. I reassure my brother-in-law that I knew how to speak the language. My nephew had written down detailed directions for me right before I had left. I had kept it safely in my bag as if it was a precious piece of gold to bolster my confidence.

I brag in front of my husband, telling him that he can count on me, but I feel lost as soon as I stand before the ticketing machine. A couple passing by spots us fumbling and teaches us how to buy the tickets. They even walk us to the turnstiles. While we wait for the train, and I ask a woman who is reading the newspaper whether the train will take us to our transfer station. She mention that she too is going towards the same direction and tells me not to worry. I tell her we are visiting from the States, and she says that the Seoul Silver Grass Festival at Haneul Park in Nanji-do and the guard changing ceremony in Gwanghwamun are both worth checking out. Because the subway train isn't too full, passengers are seated sporadically. We cannot find two empty seats next to each other, so I sit while my husband stands, holding on to the grab handle. A middle-aged woman sitting next to me takes a glance at my husband and at me. She then nudges me by my side with her elbow. "Have him sit here." After these sudden words, she moves across the train to another empty seat. I explain to my husband that she emptied the seat for him. We bow our heads to show our appreciation. "Thank you", we say politely. I am proud to show my husband a positive aspect of his wife's country, thanks to all the kind-hearted people we met. My husband grins pleasantly, and tells me that we wouldn't get lost since we will encounter 'human GPS' wherever we go.

While in Seoul, I had a chance to ride in many of my family members' cars. Most of them used GPS devices. When the driver entered the starting point and the destination, the machine gave detailed directions. A friendly female voice guided them where they would drive to before they needed to turn right, whether there was a speed bump ahead, and even took care of the them by warning them to beware at accident-prone areas. When the vehicle deviated from the set course, it immediately adjusted the route and redirected them.

The drivers would use their GPS devices even though they already knew the directions. I asked whether that was necessary. The machine informs the users of traffic enforcement sites or speed cameras, so they can avoid ending up with traffic tickets. Also, the device can help prevent drowsiness during lengthy drives. The device also reduces confusion by providing updated road information for routes that the drivers don't frequently take. For inexperienced drivers or for those traveling to a place for the first time, it works as a good navigator. The device would be essential for people with poor sense of direction. Now, this voice I automatically hear inside a car has become familiar to me. The device is a navigator that guides us to the correct destination and a center of our daily lives. We do not use a GPS device back home, but utilizing this modern convenience adequately would be a wise decision.

Looking back, my life was not a very smooth drive. Someone else's path always looked more spacious and secure in comparison, so I would follow them, only to return back to my own path after a long detour wasting much precious time. I often had to stop due to exhaustion from climbing uphill. I fell into swamps, struggling to escape. I was stuck at dead ends and faced challenges. I embraced my legs shuddering with fright before cliffs. This must be life. It was never easy.

I have no regrets. Only after much trial and error, I could appreciate the joys of calm and tranquil life. Even though I took wrong turns here and there, it was fun discovering fresh new places, too. There were days I encountered a spring or a shade under a tree where I could pause for a much needed break. When the road was filled with too much traffic, I learned patience, and I could organize my thoughts alone in my own space.

Life was not too desolate as new relationships were made during my brief detours. Today, the people I met on the road make me feel fulfilled. People that shared wisdom they learned from their life's experiences. The kernels of wisdom wrapped in compassion warmed up my heart. How great is sharing information and making new companions, providing an escape from boredom? If my meager effort can make others happy, that is living a life worthwhile. As people helped me today, I, too, should help others.

We finally arrive at Wangsimni Station where we have to transfer to another line. We may need someone else to guide us again before we can reach our destination. I wonder what kind of new relations we will make, and I look forward to it. Inside my husband's hands is the subway line map.

Because it is his first subway ride, my worried husband keeps staring intently into the subway line map. He pays close attention to the Korean and English announcements. I point out every single station we pass and let him know where we are. Then I realize.

We too must become human GPS devices, guiding each other as we live out our lives. My husband and I are companions for life, and we must discuss and decide where to go using a map like we did today. It is wise to lean on my reliable husband and to take care of him as his spouse. This is the way to live wisely.

# Distracted Drivers

Since this is the era of driving, many people spend time in their cars. While driving, drivers talk to passengers, listen to music, or drink beverages naturally and habitually. Some even put on their makeup or shave their faces while driving. Driving may seem leisurely or peaceful, but that is not always the case. When people hold the steering wheel, even the best-behaved people can drive violently or run a red light. Sometimes drivers may curse when others selfishly cut them off. This is because such act threatens the life of the driver as well as others, making the driver anxious and sensitive.

Nowadays, the number of distracted drivers and pedestrians are on the rise, and this is a big problem. Automobile Club of Southern California launched a new TV advertisement campaign with the slogan, "Don't Drive Intoxicated. Don't Drive Intexticated." On the screen, a car swerves left and right, not being able to stay in one lane. A middle-aged male driver holds a bottle of beer, and seated in the back are three children happily chattering away. Instantly, the alcohol bottle turns into a cellphone. The man, who is smiling at his cellphone with his head turned away, suddenly raises his head in horror. The traffic light has already turned red, and in the car straight up ahead are four young students in their graduation cap and gown. He pushes on the brakes, but it is too late. The screech of the wheel in friction, the thud of cars hitting, and screaming can be heard. Then you hear a narrator's voice. Distracted driving kills an average of nine people and injures over a thousand every day in America. Looking at cellphones while driving endangers you and your family, and even the future of newly graduated youth. It's a short commercial, but it is very realistic and well-made. I hope this will be broadcast more often.

A few days ago, I felt as if I had ten years taken from my life. Our car was standing in front of a stop sign to turn right in a secluded alley. On the pedestrian walkway, a teenager was moving his thumbs rapidly, concentrating on his cellphone. We waited, but he didn't seem to be moving so we turned. Then, I heard a sound of our car hitting something. The car shook. My husband quickly stopped the car and ran out. It was the teenager. He did not see our car, and he proceeded to walk into the driveway and was hit. Thankfully, because the car had stopped and had just begun to move, it had not sped up. The teen also seemed to be okay. We urged him to go to the hospital with us, but he said it was his fault and just left. On my way back home, I had to rub my chest to calm my heart down. My acquaintance's mother is 90 years old. She was healthy and brave. She didn't want to burden her children, so she lived alone. One day, I heard that she had gotten into a car accident. A young man texting while driving ran into the pedestrian walkway and hit her. Because of her old age, it took her much longer to recover, and her health deteriorated greatly after the accident. After hearing this news, I resented that driver.

Disadvantages of using cellphones are clear. However, since it is a modern convenience that immediately answers all questions, it is hard to put them down. Cellphones have become a part of our body and an integral part of daily life. If they are not in your hands, you may feel rather nervous regardless of your age. It solves everything instantly, and world news and weather can be checked in real time. It is like holding a piece of universe in your hands. No wonder people are drawn to its convenience. Because drivers and pedestrians keep their heads down to look at their phones, the risk of traffic accidents are increasing. Using a cellphone while driving may be less dangerous than drowsy driving or intoxicated driving. But according to research, using a cellphone is like having consumed a bottle and a half of soju, an equivalent of 0.2% of blood alcohol level. This is enough to revoke your license. Looking at your phone for three seconds to call someone or to answer the phone is as dangerous as driving 30 meters while falling asleep. Drivers should always concentrate on driving. Even though the task may seem simple and safe, accidents can happen in a blink of an eye. Because I don't drive often, I get nervous every time I sit behind the steering wheel. My nephew, who saw me drive once, and joked that I looked like a soldier going into battlefield, holding the steering wheel with both hands and sitting too close to the steering wheel. Being nervous like me is a problem, but overly confident drivers boasting their years of driving experience by being careless is also a problem. Even if you are confident in your defensive driving skills, if another person hits you, you are helpless. Especially if you have your cellphone in your hands.

The state of California imposes a fine of at least 145 dollars to a maximum of 1,000 dollars for reckless driving that disregard the safety of others. But people do not seem to be scared of paying fines, as many continue to drive with their heads down, distracted. New cellphones can send warning messages while the owner is driving to not disturb them. The problem is with the people who use the device. Do not drive intoxicated. Do not drive intexticated. Whether you're driving or walking on the street, don't look down, and look ahead.

이현숙 세 번째 에세이

두 남자와
어울리기

*Getting Along with*

*Two Men*